애정을 베풀어주신 소중한 _____ 님께

마음을 대신하여 이 책을 선물합니다.

감사합니다.

유쾌한
가족 레시피

유쾌한 가족 레시피

지은이 정예서

초판 1쇄 인쇄일 2011년 6월 10일
초판 1쇄 발행일 2011년 6월 24일

발행인 한상준
기획 박재호, 이둘숙
편집 정지연
마케팅 박신용
독자관리 이재희
디자인 GINA, 김경년
종이 화인페이퍼 | 출력 경운출력 | 인쇄·제본 영신사

발행처 비아북(ViaBook Publisher)
출판등록 제313-2007-218호(2007년 11월 2일)
주소 서울시 마포구 연남동 567-40 2층
전화 02-334-6123 | 팩스 02-334-6126 | 전자우편 crm@viabook.kr

가족 편지 써주는 그녀의 심리 처방 30

유쾌한 가족 레시피

정예서 지음

ViaBook
ViaBook Publisher

가족 편지 써주는 그녀의 행복한 처방전

어머니를 일찍 여읜 저는 늘 따듯한 등불 아래 은성한 식탁이 그리웠습니다. 가족이 얼굴을 마주해 두런두런 이야기를 나누며 어머니가 차려주신 밥상을 맛나게 먹는 것. 제가 그리던 가족의 이미지는 그런 것이었습니다. 그래서 1년에 열 번씩 대소사를 위한 상을 차리는 종갓집 장남과 결혼하여 밥상을 차리는 역할을 마다하지 않았습니다.

그러나 제가 바라던 이미지와 일치하지 않는, 다름을 받아들이지 못했던 저는 십수 년을 가족을 가르치려 애썼습니다. 아이들은 물론 남편까지도 나와 다른 생각을 가진 것은 틀린 것이고, 저를 사랑하지 않는 것으로 이해했습니다.

가족과 함께 있으면 불편하고 외롭던 그때, 큰아이가 "엄마는 어떻게 하면 화를 안 내?"라고 물었을 때, 작은아이가 "엄마, 아빠는 밖에서는 상냥하고 친절한데 집에서는 무뚝뚝해"라고 말했을 때, 둔기로 얻어맞은 듯한 충격을 받았습니다. 아이들을 통해 우리 가족이 왜 늘 불통 상태인지를 알게 되었던 것이지요. 의구심이 생기면 책을 통해 문제를 풀던 저의 심리학 공부는 그것을 계기로 시작되었습니다. 그리고 공부하면서야 무대 위의 극장용 가족, 누구나 선망하는 가족을 연출하면서 살아왔다는 사실을 알게 되었습니다.

미혼의 남녀가 만나 사랑하고, 결혼하여 가정을 일구어 서로의 새로운 역할에 적응하기도 전에 두 사람 사이에 아이가 태어나 부모가 됩니다. 때문에 아내, 남편, 부모가 되어보는 연습도 없이 새로운 역할을 수행하면서 갈등이 발생하게 되는 것은 어찌 보면 당연한 일이지요. 신 모델 전자기기를 하나 구입하기 위해서도 긴 시간을 투자해 웹서핑을 하고 매뉴얼을 완독하는데 왜 우리는 80년 프로젝트를 이끌 팀원인 가족을 알려 하지 않을까요.

그동안 탐독한 적지 않은 심리학 서적으로도 부족해 다시 대학에 입학해 심리학을 공부했고, 상담소를 열고, 책을 출판하기에 이르렀습니다. 가족은 엄숙하게 가르치는 대상이 아니라 재미있는 일을 함께해야 성장한다는 것을 수많은 시행착오를 거친 후에야 비로소 이해하게 된 저는 어떻게 하면 가족과 재미있게 놀 것인가를 연구하고 있습니다.

관계망은 협소하지만 저는 사람이 어떻게 성장하는가에 늘 관심이 있었습니다. 그리하여 저는 '어제보다 아름다운 사람을 돕는다'는 변화경영연구소, 구본형 선생님의 제자가 되어 연구원이 되었습니다. 그것을 계기로 시련을 극복한 사람들을 인터뷰 했고, 그들의 마음을 대신해 편지를 씨주게 되었습니다.

이 책에는 성장심리상담소의 임상 사례 12편과 시련을 극복한 사례 18편, 모두 30편의 사례가 각 발달기에 함께 실려 있습니다. 사람에게는 영아기부터 노년기까지의 발달 과제가 있고 그 과정을 잘 이행하며 준비하면 삶을 여유 있게 즐길 수 있습니다.《유쾌한 가족 레시피》는 생애의 전 주기 중 청년기부터 노년기까지의 누구에게나 일어날 수 있는 사례들로 이루어져 있습니다.

또한 이 사례들이 특별한 이야기가 아니라 생애 발달기에 누구나 겪을 수 있기에 편지글마다 '유쾌한 가족 친절한 레시피' 코너를 두어 그때 어떻게 하면 좋을지를 참고할 수 있도록 했습니다. 그러므로 각기 다른 발달기에 있는 가족이 자신의 발달 시기는 물론이고 다른 가족의 발달기를 이해하는 데 도움이 될 것입니다.

연배가 지긋하신 분들이 상담을 마치면서 하시는 말씀의 공통점은 왜 서로를 이해하는 데 필요한 의사소통의 기술이나 공감대화법을 진작 배우지 못했는가에 대한 아쉬움입니다. 관계를 회복하는 것은 느낌에 기대는 것이 아닌 이해를 배우는 과정 수행을 통해

서만 가능한 일입니다. 귀한 인연인 가족으로 만났지만 타성에 젖은 가족이 성장 상담을 통해 관계를 회복하는 과정을 그린 임상 사례. 임상 사례 역시 위의 편지글 형식을 선택한 것은 가족 편지가 서로의 마음을 이해하는 데, 닫힌 마음을 여는 데 기여할 수 있을 것이라는 믿음 때문이었습니다.

심리학에서는 부모를 환경으로 볼 만큼 개인의 자아 형성에 지대한 영향을 끼친다고 봅니다. 그러나 그들이 우리에게 전하는 사례는 자신의 삶을 열심히 가꾸어온 성장 메시지를 담고 있습니다. 인터뷰어의 공통점은 책을 곁에 두고 매사 긍정적으로 성실하게 실천하는 삶을 살고 있다는 것이었습니다.

시련을 극복한 사례를 구하는 공지를 했을 때 예상보다 많은 분이 신청했으나 다 쓰지 못했으며, 사례를 주신 분을 위해 내용을 일부 변형했습니다. 귀한 사연을 세상에 전해 나눌 수 있게 해주신 인터뷰어와 성장심리상담소의 내담자, 그들과 저는 감히 공생적 관계라고 말할 수 있을 만큼 깊은 교감을 나누었습니다. 고개 숙여 감사의 인사를 전하며, 특별한 사람의 이야기가 아닌 오늘을 살고 있는 우리의 이야기인 만큼 부디 지금 가족관계로 인해 뜨거운 불판을 걷고 있는 이들에게 닿아서 힘이 되길 바랍니다.

수많은 심리이론 중에 긍정심리학과 경험주의, 해결중심상담이론 학자들에게 특별히 고마움을 전하며, 평생 탐구해야 하는 어려운 길을 먼저 걸어가신 심리학자, 선배님 들께 감사의 인사를 전합니다.

누구보다 가정을 타성의 제물로 바치고 싶지 않은, 당신에게 이 책을 전합니다. 또한 저의 첫 스승이신 구본형 선생님을 못 만났다면 제 생에 이 책을 만나지 못했을 것입니다. 저의 유쾌함을 열어 준 스승께 첫 책을 헌정합니다.

2011년 5월에 정예서

한 걸음 다가가기

따로 또 같이 •청년기

"내가 사막에서 살아갈 수 있었던 이유는 단 한 모금의 물도,
단 한 조각의 빵도 아니다. 다만 가족의 그리움뿐이다." | 생 텍쥐페리

청년기의 이행 과제

- 부모의 수용이 커지는 시기 소속되지 않은 성인 단계로써 가족관계에서도 크고 작은 일을 의논할 정도로 역할이 커진다.
- 활발한 또래 관계와 함께 드넓은 세상을 맛보고 경험한다.
- 무엇보다 이 시기에 사랑을 경험해야 건강한 가정을 일군다.
- 사회에서 직업인의 정체성을 확립한다.
- 하고 싶은 일, 좋아하는 일, 해야 할 일 등 장기적인 꿈을 계획한다.

아버지는 혼자가 아니십니다

조용해진 것을 보니 아버지는 이제야 잠이 드셨나 봅니다. 언제나처럼 술을 드시고 귀가하신 아버지. 아버지가 술에 취한 채 돌아오신 날이면 가족들은 모두 잠든 척하거나 기척을 내지 않습니다. 언제부터인지 제 기억 속의 아버지는 늘 술에 취해 있었습니다. 그런 아버지를 어머니가 만류하시느라 다투는 소리, 뭔가가 부서지는 소리, 그리고 술이 깰 때까지 누나와 저를 세워놓고 긴 시간 이어지는 넋두리. 그런 아버지가 어릴 때는 무서웠고, 조금 커서는 남들 앞에서 부끄러웠고, 더 커서는 아버지로부터 벗어나 독립하고 싶었습니다. 그러나 어머니, 저희를 위해 그 모든 것을 참으시는 어머니를 홀로 두고 그럴 수는 없었습니다.

묻고 싶었습니다. 도대체 아버지가 원하는 가정은 어떤 모습이었는지, 아버지의 꿈은 무엇이었는지, 무슨 생각으로 결혼을 하셔서 누나와 저를 세상에 내놓으신 건지, 부모를 선택할 수 없는 자식은 부모가 어떠하든 그 관계를 이어가야 하는 건지 꼭 묻고 싶었습니다.

열심히 운영하시던 작은 가게를 정리하고 아버지가 일용근로자가 되셨을 때 아버지의 술버릇은 더 심해지셨던 것 같습니다. 그런 아버지를 보며 어머니는 제게 종종 말씀하셨습니다. "너는 꼭 큰 회사에 가거라. 아버지가 월급쟁이였다면 저렇게 안 되셨을 거야."

누나가 좋은 대학에 입학했을 때, 한 푼이라도 아끼려고 애쓰시던 어머니가 굳이 거금을 들여 대학으로 사진사 아저씨를 불러 누나의 합격자 발표문을 사진으로 찍어 오셨습니다. 사진 속의 어머니는 예전에는 한 번도 본 적이 없는 얼굴로 활짝 웃고 계셨어요.

열심히 공부해도 누나만큼 좋은 학교에 진학할 수 없었던 저는 최선의 선택으로 2년제 대학을 지원했습니다. 어머니 말씀대로 큰 회사에 입사하고 싶었기에 열심히 학업에 매달렸습니다. 아르바이트로 학비를 충당하며 평점 4.4를 유지한 덕분에 졸업도 하기 전에 큰 회사에 입사할 수 있었고, 3년간 근무하면서 경영학과로 편입하고 졸업도 했습니다. 그러자 그 회사에서 정년까지 마칠 수 있을까 염려가 됐습니다. 때마침 경력자를 모집하는 회사에 지원서를 내서 이직에 성공했고, 지금 아버지가 보시는 대로 만족스러운 회사 생활을 하고 있습니다.

제 인생의 롤 모델이었던 누나에 이어 제가 큰 회사에 입사하자,

굳은일도 마다하지 않고 자식들을 뒷바라지해오신 어머니는 행복해하셨습니다. 누나와 저는 부모님 슬하를 떠나 독립해서 살아갈 시간이 있습니다. 그런데 당신 하나만을 믿고 결혼한 어머니는 어찌하셔야 하는 걸까요? 언제까지 아버지의 악습을 받아주며 견디셔야 하는 걸까요? 보다 못한 누나와 저는 어머니에게 이혼을 권유한 적도 있습니다. 하지만 어머니는 저희 앞길에 누가 된다면서 말도 못 꺼내게 하셨습니다.

혹시 아버지가 아시는지 모르겠지만 저는 가끔 어머니에게 데이트 신청을 합니다. 영화도 보고 맛있는 저녁도 먹습니다. 하지만 집으로 돌아오는 길에는, 이런 데이트를 아버지와 즐기실 수 있다면 어머니가 얼마나 행복해하셨을까 생각하게 됩니다. 만약 아버지와 만나지 않으셨다면, 자식한테 강인하고 유쾌한 모습만 보여주시려고 절대 눈물을 보이지 않으시는 어머니가 곱절로 더 행복하시지 않았을까 싶어서 안쓰러워지는 것입니다. 그런 마음이 커질수록 아버지는 왜 넘어지신 그곳에서 저희를 생각하며 다시 일어나지 못하셨을까 원망스러웠습니다.

너무나 괴로웠던 저는 언젠가 신부님에게 고해성사를 하면서 아버지의 불치병에 대해 말씀드린 적이 있습니다. 신부님은 아버지가 술을 안 드셨다면 다른 것으로 찾아왔을 수도 있는, 즉 아버지 내면의 근본적인 문제가 불거졌을 것이라는 말씀을 해주셨습니다. 그 이야기를 들으며 약간은 이해가 되는 부분도 있었습니다.

한 걸음 다가가기 : 따로 또 같이

사회생활을 한 지 6년이 지나자 아버지가 저희를 위해 애쓰셨다는 것도 알게 됐습니다. 그때부터 저는 아버지가 술을 드실 때 자리를 함께하면서 여러 차례 대화를 시도해봤습니다. 술 마시는 아버지가 싫었던 저로서는 큰 용기가 필요했지요. 하지만 어떻게 해봐도 아버지는 제자리였습니다. 그 과정을 두세 번 거치면서 저는 지쳤습니다.

그러나 꼼짝도 하지 않는 아버지, 가장 불쌍한 사람은 그런 당신일 수도 있겠다는 생각이 들기 시작했습니다. 누나도 매형과 알콩달콩 단란한 가정을 꾸리며 조카들의 재롱으로 살아가고, 저도 안정이 되어 결혼에 대해 진지하게 생각하는 나이가 됐습니다. 어머니는 아직도 일을 하시지만 저희가 어릴 때보다는 훨씬 여유로워 보이십니다. 그런데 아버지만은 묵은 세월 속에 우두커니 앉아 계시네요. 아버지가 스스로 술을 끊기 어려우시면 전문가의 도움이라도 받도록 도와드리고 싶어졌습니다.

아버지, 돌아오는 휴일에는 제가 좋아하는 북한산에 모시고 가려 합니다. 그곳에서 산을 오르내리는 과정과 같았을 아버지의 지나온 이야기를 듣고 싶습니다. 아버지의 유년 시절은 어떠했는지, 할머니와 할아버지는 아버지에게 어떤 부모였는지, 아버지가 제 나이 때는 어떤 생각을 하셨는지, 술을 마시지 않은 맑은 정신으로 아버지의 이야기를 들려주세요. 제가 아버지에 대해 잘 알 수 있도록, 아버지를 추억할 수 있도록 말입니다.

예전에 비해 모두가 훨씬 행복해진 우리 집, 저희를 위해 희생하신 아버지의 시간. 아버지에게는 우리와 함께 행복하셔야 할 권리가 있습니다. 그러니 제발 그 악습을 던져버리시고 당신을 기다리는 어머니와 저, 누나를 한 번만이라도 제대로 바라봐주세요. 그리고 제 소원인, 곱게 단장한 어머니와 멋지게 차려입은 아버지가 데이트를 하고 즐겁게 돌아오시는 모습을 보게 해주세요.

아버지가 어떤 모습이어도 저는 아버지의 자식이라는 걸 나이가 들며 알게 됩니다. 아버지, 아주 어릴 적 아기였을 때 저를 맹목적으로 사랑하셨던 것처럼 저를 안아주세요. 저도 북한산 정상에서 소외되고 힘드셨을 아버지를 뜨겁게 안아드리고 싶습니다. 저를 낳아주셔서 고맙다는 말씀, 아직 한 번도 못 해드렸는데 그 말씀도 해드리고 싶습니다.

아버지, 이 글을 쓰면서 알게 됐습니다. 제가 아버지를 참 많이 생각하고 또 생각했다는 것을요. 아버지를 미워한다면서도 사실은 아버지를 사랑하고 있었나 봅니다. 내일 아침 꿀물은 제가 타다 드리겠습니다. 사랑합니다, 나의 아버지. ↓ ↓

이 편지의 주인공은 제가 함께성장연구원에서 100일 동안 글을 통해 지켜보게 된 서른한 살의 청년입니다. 글을 통해 만나본 그는 젊은 나이답지 않게 어떤 면에서는 40대인 듯 미래에 대한 확고한 청사진을 가지고 있었으며 가족관이 남달리 진중했습니다. 하지만 세 번에 걸쳐 직접 만나보니 또래의 어느 누구보다 건강하고 유쾌했습니다. 사람에 대한 호기심을 참지 못하는 저는 그를 유심히 바라봤고 그 까닭을 어렴풋이 알게 됐습니다.

그와의 인터뷰는 저의 요청으로 이뤄졌는데 그와 마주한 제 마음이 자꾸 젖어왔습니다. 아버지처럼 되지 않으려고 스스로를 반듯하게 세우느라 힘써온, 그리하여 마침내 당당해진 청년이 제 앞에서 부모님에 대해 이야기하며 하염없이 울던 모습이 떠올랐기 때문입니다. 그는 자신이 얼마나 아버지를 사랑하는지 잘 모르고 있었습니다. 아버지와의 관계 개선을 위한 시도가 몇 번이나 실패로 돌아가서 지쳐 있었지만, 그 상태로 세월이 더 흐르기 전에 아버지와의 갈등을 해결하려는 시도를 멈추지 말아야 합니다. 그러나 혼자서 모든 것을 해결하려 들어서는 안 됩니다. 그의 아버지를 남편으로 둔 어머니, 그리고 역시 같은 아버지를 둔 누나도 함께해야 훨씬 덜 힘들 것입니다.

아버지를 일찍 여읜 저는 일상의 돌발성에 대해 잘 알고 있습니다. 우리가 이별을 두려워하는 것은 단 하나의 이유일지도 모릅니다. 더 이상 그 사람의 따뜻한 숨결을 느낄 수도 없고 익숙한 목소리를 들을 수도 없는, 다시는 그 사람의 존재를 느끼지 못한다는 사실이 두렵기 때문입니다. 저는 혹여 그가 아버지와의 갈등을 해결하지 못한 채 그런 상황을 맞게 될까 봐 걱정스러웠습니다. 그런 상황을 맞는다면 속이 깊고 타인에 대한 배려심이 남다른 그는 상실감 속에 몹시 아픈 시간을 보내게 될 것입니다. 만약 가족에 대한 감정이 타성에 물들어 자발적으로 움직여지지 않는다면 '결혼은 관계'라고 규정한 조지프 캠벨의 말에 기대어 관계의 의무를 다해야 한다고 생각합니다.

인간은 누구나 태어날 때부터 선한 본성과 무한한 가능성을 가지고 태어납니다. 아버지가 왜 그처럼 술을 마시게 됐는지 그도 이해했으니 이제 아버지를 도와 치료하도록 해야 합니다. 또 부부 중심이 아닌 그의 가족 같은 경우, 아들이 무의식중에 아버지 대신 어머니의 대리 배우자 역할을 하게 되는 사례를 흔히 찾아볼 수 있습니다. 즉 가족 내에서 정서적으로 배우자의 역할이 제대로 행해지지 않아 어려움에 처한 부모의 상담자 역할을 자식이 대신 떠맡게 되는 것이지요. 그러니 그의 결혼으로 새 가족이 결합되기 전에 그가 대리 배우자 역할에서 벗어나고 아버지가 남편의 역할을 되찾을 수 있도록 아버지의 치료에 더욱 힘써야 합니다.

저는 생각 끝에 그에게 짧은 당부의 편지를 씁니다.

행복해져야 하는 평화주의자 그대!

해결되지 못한 갈등이 두려워서 자꾸 포기하고 싶다면 상대가 손을 맞잡을 때까지 그대가 좀더 용기를 내어 내민 손을 거두지 말고 기다려주세요. 당신을 기다렸노라고, 온 마음을 다해 당신의 눈을 바라보며 말할 수 있는 날을 기다려왔다고 갈등에게 부드럽고 다정하게 말해주세요. 다른 무엇보다 당신과 소통하는 게 중요하다는 간곡함을 전달받는다면 아버지도 그 손을 마주 잡아주지 않을는지요.

그대의 가족이 아버지를 치료할 수 있도록 적극적으로 나서야 그대가 사랑하는 연인도 앞으로 결혼을 통해 태어날 아이들을 더 건강하게 돌볼 수 있습니다. 또한 무엇보다 부모님의 여생이 행복해지겠지요. 아버지가 치료받을 용기를 내실 수 있도록 그대도 조금만 더 힘을 내세요.

베란다에 누워 빗소리를 들으며 오랫동안 신화학자의 말에 머물러 있습니다. 조지프 캠벨은 《신화의 힘》에서 "결혼은 관계이지요. 우리는 대개 결혼을 통해서 한두 가지씩은 희생시킵니다. 그러나 결혼이라는 관계를 위해서 희생시켜야지, 상대를 위해서 희생시켜서는 안 됩니다. 결혼한 사람은 자기 정체성을 관계 속에서 찾아야 합니다. 결혼은 단순한 연애가 아니지요. 결혼은 시련입니다. 이 시련은 '관계'라는 신 앞에 바쳐지는 '자아'라는 제물이 겪는 것이지요. 바로 이 '관계' 안에서 둘은 하나가 됩니다"라고 말했습니다.

결혼에 대해 이해하고 나니 '결혼' 대신 '가족'을 대입시켜도 좋겠다는 생각을 해봅니다. 내가 좋아하는 이 대목에 기대어 그대도 의무를 다해 그대가 꾸릴 새로운 가정에 새 희망을 품을 수 있기를 소망합니다.

오랜만에 만난 그는 목하 열애 중이었습니다. 그는 더 이상 알코올중독을 앓고 있는 아버지를 대신해 대리 배우자의 역할을 하지도 않았으며, 건강한 사고로 어머니를 바라보게 됐습니다.

무엇보다 그는 책을 읽으며 눈부시게 성장하고 있는 젊은이입니다. 《인생 수업》의 저자로 잘 알려진 정신의학자 엘리자베스 퀴블러 로스는 "책을 좋아해서 읽는 것이 아니라 행복해지기 위해서 읽는 것이다"라고 말했습니다. 그는 그 말의 의미를 잘 알고 있는 청년입니다. 그가 아버지처럼 살지 않겠다는 강박에서 벗어나 삶의 지평을 더욱 넓혀 건강한 가정을 일구는 모습을 보고 싶습니다.

상실 후에 알게 된 것들

아가야. 우리 막내딸. 요즘 볼수
록 어찌나 예쁘던지 엄마가 보고 또 봐도 대견스럽기 그지없구나.

며칠 후에 있을 시험에 대비해 책상 앞에 앉아 있는 너. 몸 상하
게 너무 오랫동안 책상 앞에 앉아 있지 마라. 엄마가 네 곁에 있을
때처럼 너를 챙겨주지도 못하는데 몸을 아껴야 이다음에 좋은 사
람을 만나면 아들딸 낳고 잘살지.

아가, 네가 엄마한테 미안스럽게 생각하는 일들에 대해 몇 마디
해주려고 이렇게 편지를 쓰게 됐다. 네가 엄마를 기억하며 마음 아
파하는 일 중 첫 번째, 네가 다섯 살 때 다리미에 대어 손가락 화상
을 입고 나서 성장하는 동안 병원이란 병원을 다 찾아다녔던 것은
너의 기억처럼 네가 가끔 투정을 부려서가 아니었다. 그건 엄마가
응급처치를 바로 해주지 못해서 네 손가락이 그리된 거라고 생각
했기 때문이었다. 어떻게든 네 손가락을 전처럼 만들어주고 싶었

던 어미의 마음이었지. 손가락을 원형대로 복원하겠다고 우리 둘은 참 많이도 병원을 찾아다녔다. 지금 생각하면 장애도 아닌데 병원에서 그렇게는 안 된다는 말을 들을 때마다 얼마나 낙심이 되던지. 네 얼굴을 보기가 어찌나 미안하던지.

너는 내가 병명을 모른 채 천국으로 왔다고 생각하지만 그렇지 않다. 언니들이 나를 편하게 해주려고 요양원에 보내자고 했는데도 네가 나의 치료를 포기할 수 없어 병원에서 퇴원하지 못하게 한 것도 다 알고 있었다. 하지만 내가 모른 체하는 것이 편할 것 같아 그렇게 했을 뿐이야. 어떻게든 나를 살리고 싶어서 언니들의 반대를 무릅쓰고 네가 끝까지 나의 치료를 고집했던 것도. 하지만 아가야, 그렇다고 네가 지금 후회하고 있듯이 내가 불편하게 그곳을 떠나온 것은 아니란다. 가족들의 염려와 애도 속에서 나는 아주 행복하게 이곳으로 왔으니 더 이상 그 기억으로 네가 마음 아파하지 않았으면 좋겠구나.

다만 네가 나를 보낸 후에 너무 많이 힘겨워해서 엄마는 그게 더 견디기 힘들었다. 1년 동안의 투병 끝에 내가 그곳을 떠나오고 난 후, 네가 3개월 동안이나 두문불출하며 아무것도 먹지 않았던 너. 언니들이 와서 홍삼이나 미음을 흘려 넣어 겨우 연명하는 너를 보는 내 심정이 어떠했겠느냐.

눈에 넣어도 안 아픈 막내딸이었기에 나와 모든 것을 함께했던 너의 그 아쉬운 마음을 모르는 바는 아니다. 하지만 그다음에 네가 한 일은 엄마 마음을 더 많이 아프게 했다. 식음을 전폐하던 너는 죽겠다고 자살 사이트를 찾고, 죽는 것만이 희망인 듯 결국 세 번이나 시도해서 극약을 사고, 함께 죽을 사람들과 서울역에서 만나자는 약속까지 하더구나. 다행히 네가 그 약속을 지키려 집을 나서기 전에 상담사인 네 친구가 전화해 너를 설득할 수 있어서 얼마나 마음이 놓였는지.

아가, 그때의 너는 슬픔으로 이성을 잃어 어떻게 해야 엄마가 기쁠지를 생각조차 할 수 없었던 것 같다. 엄마의 가슴이 얼마나 애끓는 조바심과 상심으로 까맣게 타들어갔을지 너는 보이지 않더냐? 내가 너를 사랑한다고 모든 것을 다해주려 했던 것이 결국 너를 너무 나약하게 키운 것은 아닌지 자책도 많이 했다.

하지만 아가, 열심히 제 할 일을 하면서 사람들과 나누고 사랑하는 지금의 네 모습이야말로 엄마가 생전에, 또한 지금도 가장 너답다고 생각하는 모습이란다. 요즘의 씩씩한 너를 보면 과연 내 딸이라는 생각이 든다. 새로 목표를 세우고 대학에 다시 진학해 공부를 시작한 것은 평시의 엄마 바람을 이뤄주기 위해서였다는 걸 잘 알고 있어. 그래서 엄마는 요즘 참 행복하구나.

지난번 명절 때는 네가 많이 울지 않아 기뻤다. 전에는 네가 제상 앞에서 울었는데 이젠 오빠, 언니들이 다 돌아가고 난 후에 울더구나. 아가야, 다음에는 울지 말고 엄마가 좋아하는 박꽃 한 아름을 제상 앞에 꽂아주려무나. 그리고 제사 음식 대신 엄마가 좋아하는 음식으로 서너 가지 장만하고, 엄마가 좋아하던 노래도 들려주며, 너희들이 재미있게 담소하고 지냈으면 좋겠다.

우리 아가, 이제 좋은 배필을 만나야 할 텐데……. 다른 것 다 필요 없고 귀한 너를 보배롭게 여겨주는 사람을 만나거든 너도 엄마를 보듯 그 사람을 아껴주어라. 네가 아들딸 낳고 오순도순 사는 모습을 보는 게 엄마의 소원이구나.

그리고 아가, 시간을 내기가 아무리 어려워도 아버지를 자주 찾아뵈라고 언니, 오빠들에게 이르거라. 너희가 나를 보내고 나서 후회한다고 달라지는 게 없다는 것을 깨달았으니 이제 내 몫까지 아버지를 살펴드렸으면 싶다. 평생 너희를 위해 소처럼 일하신 분이다. 말씀은 안 하셔도 힘이 드실 게다.

아가, 엄마가 곁에 없으니 엄마에게 못한 것만 생각나겠지만 죽음과 삶은 그렇게 먼 거리가 아니다. 단지 보이지 않을 뿐, 평시처럼 거울을 보듯 너를 보고 있다는 걸 늘 기억하고 살아주면 좋겠다. 네 행복이 엄마의 기쁨이라는 걸 언제나 기억하면서.

장한 우리 딸, 사랑한다. 너무 잘하려고 무리하지 말고 조금씩 매일 성실하게 나아가면 네가 가려는 길에 꼭 도달하지 않겠니. 너를 아껴주는 분들에게도 엄마가 고마워하더라는 인사를 전해다오.

한 걸음 다가가기 : 따로 또 같이

그녀는 어머니가 돌아가신 후 다시 만학을 시작했습니다. 학부 과정 내내 톱의 자리를 놓치지 않았던 그녀는 학·석사 연계 과정에 합격해서 한 학기를 마쳤습니다. 학사 과정을 마치며 성적 우수자로 지정되어 상을 받을 때도, 대학원에 합격했을 때도, 그녀는 어머니가 살아 계셨다면 얼마나 좋았을까 생각하면서 어머니의 묘소로 달려갔습니다. 그녀는 어머니가 돌아가신 후에야 어머니가 그토록 원하신 길을 걷게 됐습니다.

어머니가 살아 있을 때 지방의 고등학교에서 수재라는 소리를 들었던 그녀는 첫 번째 입시에서 명문대에 지원했지만 불합격했습니다. 부모님은 안정권에 드는 대학에라도 진학하기를 권유했지만 그녀는 꼭 명문대에 합격하고 싶었습니다. 이후 그녀는 서른다섯 살이 될 때까지 동시통역사를 비롯해 전문직에 지원하기 위한 준비를 하느라 입시 4수를 경험했습니다. 그 과정에서 지쳐버린 그녀는 부모님의 말씀대로 하향 지원을 해서 대학 4학년까지 다녔지만 다시 자퇴하고 말았습니다. 어머니가 암으로 시름시름 앓기 시작한 것은 그 즈음이었습니다.

제가 그녀를 처음 봤던 5년 전, 그녀는 어머니를 잃은 상실감에 빠져 있었습니다. 언뜻 봐도 그녀의 그늘을 눈치챌 수 있을 정도였습니다. 저는 그런 그녀에게 자꾸 마음이 쓰였고 그녀도 저를 잘 따랐습니다. 삶의 이정표를 되찾은 그녀는 차츰 밝아졌고, 자신뿐만 아니라 주변까지 환하게 해주는 매력을 지니게 됐습니다.

그녀는 가까운 사람들에게 늘 이렇게 말합니다.

"시간을 내주셔서 감사해요."

"함께 있으니 무척 즐거워요."

"모자란 저와 함께하시니 저는 기쁠 따름이죠."

"선배님들이 아니었다면 저는 여기에 있지 못할 거예요."

그녀의 말처럼 그녀가 다른 사람에 비해 시간이 넘쳐나고 부족한 점이 많은 사람인 것은 아닙니다. 그녀는 대학에서 매 분기마다 성적 우수 대상자로 선정됐습니다.

그러나 헌신적으로 자신을 사랑해주던 어머니를 잃은 상실감이 때때로 밀려오면 그녀는 영락없는 아이처럼 슬픔에 빠집니다. 그녀는 어렸을 때 뜨거운 다리미에 데어 화상을 입은 손가락 하나를 절단해야 했는데, 그녀가 어느 정도 성장한 후부터 어머니는 손가락을 원래대로 돌려놓겠다며 병원을 순례했습니다. 그녀가 어머니를 회상할 때면 아직도 아프게 기어하는 장면입니다. 제 눈에는 더없이 대견하고 예의 바른 그녀인데 왜 어머니를 회상할 때는 그렇게 눈물 바람이어야 하는 걸까요?

왜 우리는 자신에게 가장 가까운 사람, 자신을 가장 사랑하는 사람이 도움을 주려는 말에 귀 기울이지 않는 걸까요? 아마도 그 사람이 지금까지처럼 앞으로도 오래도록 곁에 있을 것이라는 믿음 때문일 것입니다. 그 사람이 홀연히 내 곁을 떠날 수 있다는 것을 미처 생각하지 못하는 것이지요. 그것이 무슨 일이 생기든 늘 자신과 가장 가까운 곳에 있어주는 사람에게 주의를 기울이지 못하는 까닭입니다. 그녀도 지금 알게 된 것을 그때는 알지 못했지요. 가족을 잃고 나서야 뒤늦은 후회로 뼈아프게 깨닫지 말고, 가족과 함께할 때 마음껏 사랑할 수 있어야겠습니다. 이제 그녀가 자신이 이뤄 나가는 꿈의 힘으로 나날이 밝아지고 있으니 그녀의 어머니도 그곳에서 진정 기쁠 것입니다.

그녀의 말대로라면 저는 좋은 선배이지만 사실 그녀에게 해주는 일이 별로 없습니다. 단지 성적 우수 대상자가 돼야 한다는 강박으로 자신을 사정없이 몰아댈 때나 시험을 걱정하느라 손을 놓고 있을 때 가끔 그녀를 야단도 치고 달래기도 할 뿐입니다. 그 시기가 되면 물가에 내놓은 아이를 챙기듯이, 자신을 끊임없이 질타하는 그녀에게 그녀가 얼마나 잘하고 있는지, 다른 사람들은 어떤 풍경으로 살고 있는지 바라보도록 환기해주는 것이 고작입니다. 그녀는 조금 늦었지만 꿈을 이루기 위해 주어진 길을 열심히 가고 있습니다. 현명하게도 그 길을 혼자가 아니라 여러 사람들과 함께 가야 서로에게 훨씬 힘이 된다는 것도 알고 있습니다.

이제 그녀는 석사 과정을 마치고 교수가 되고자 박사 과정에 진학하려 합니다. 그녀는 한 계단씩 꿈을 이룰 때마다 제일 먼저 제게 그 소식을 전합니다. 자신이 힘들었을 때 저를

만나지 못했다면 꿈을 이루지 못했을 것이라고 겸손하게 말
하면서요. 그녀와 함께 있으면 누구라도 겸손하고 이타적인
그녀의 태도에 금방 친숙해지고 맙니다. 가장 가까운 사람을
잃어본 후 누구든 귀히 대접하는 그녀가 가르쳐준 것들이 새
삼 크게 다가오는 싱그러운 시간입니다.

이 글을 쓰고 있는데 막 문자가 도착했습니다.

"선배가 이 세상에 계신 것은 제게도 더없는 기쁨이고 감사
입니다."

어디서든 자신이 조금 모자란다고 생각하는 그녀에게 저는
이 말을 전합니다.

"나를 응원해준 네 덕분에 나도 여기에 있어."

그녀가 자신이 얼마나 귀한 사람인지 알았으면 좋겠습니
다. 그녀가 좋아하는 만두를 빚어 초대해야겠습니다.

당신은 '최고의 아빠'였습니다

사랑하는 엄마, 아빠! 드디어 종강을 했어요. 이제 정말 졸업입니다. 어떻게 여기까지 왔는지 모르겠어요. 휴학하고, 다시 학기를 시작해 마치고, 휴학하고…… 6년여 간을 이렇게 반복한 끝에 드디어 졸업을 하게 됐습니다.

아까 컴퓨터로 계절학기 최종 성적까지 확인하고 나자 아빠의 얼굴이 떠올랐습니다. 대학원 연계 과정에도 합격해서 낮에는 인턴사원으로, 저녁에는 대학원생으로 생활하게 됐습니다. 대학원 입학금을 아끼고 1년의 수학 기간을 단축하게 되어 얼마나 기쁜지 모릅니다. 내일은 엄마와 함께 아빠를 만나러 가기로 했어요. 학교를 마치는 동안 많은 일들이 있었기에 졸업을 하게 됐다는 사실이 믿어지지 않습니다.

수능을 앞두고 6년 전에 있었던 일은 우리 집의 맏이이지만 아직은 어렸던 제가, 그리고 우리 가족이 감당하기에는 너무나 힘겨운 것이었습니다. 아직도 그날의 일이 눈앞에 생생합니다.

누가 독서실로 면회를 왔다는 말에 밖으로 나와 보니 엄마가 서 계셨습니다. 엄마는 저를 보자마자 아무 말씀도 없이 한동안 저를 끌어안고 하염없이 우시기만 했어요. 나중에 알았지만, 그때 엄마는 이미 아빠가 계신 병원에 다녀오신 길이었어요.

저는 엄마 말대로 아빠가 직장에서 사고를 당해 병원에 입원하셨다는 줄 알았어요. 하지만 엄마가 저를 데려간 곳은 장례식장이었습니다. 아빠는 이미 현장에서 돌아가신 것이지요. 도저히 믿을 수 없었습니다. 분명히 아침에 저를 학교까지 데려다 주고 출근하셨는데 그런 아빠를 다시는 볼 수 없다니요.

"너무 꼼꼼하게 청소를 하다가 일어난 일입니다. 그렇게까지 안 해도 되는데……. 근무를 마치고 혼자서 다시 들어가 기계를 둘러보다가 사고가 일어났습니다."

아빠의 회사 동료가 전해주시는 말씀을 들으면서 우리는 울음을 터트렸습니다.

아빠는 청소가 다 끝난 현장을 둘러보다가 사고를 당하신 것입니다. 동료의 과실로 해직되어 2년이나 허드렛일을 하시다가 다시 계약직으로 현장에 서신 지 1년 만에 당한 일이었어요. 아빠는 회사의 현장 기계들이 자식 같다고 종종 말씀하셨어요. 근무를 끝내고 기계를 청소할 때면 마치 아끼는 보물을 다루듯이 소중히 닦게 된다고 하셨지요.

한 걸음 다가가기 : 따로 또 같이

어찌 기계뿐일까요? 아빠는 제 책가방을 청소해주셨고, 동생에게는 시도 때도 없는 운동 스파링 상대가 되어주셨습니다. 퇴근하고 집으로 돌아오시면 집 안에 가득 쌓인 설거지며 세탁물을 정리하시고 엄마에게 커피를 타주시던 모습이 눈에 선합니다. 그처럼 아빠는 아빠가 속해 있는 모든 것이 소중한 분이셨습니다.

그런 아빠의 빈자리가 너무나 컸습니다. 특히 아빠의 사랑을 듬뿍 받던 엄마의 상실감은 어린 자식인 우리가 보기에도 딱했습니다. 엄마는 저희를 보살피실 기력도 없어 보였습니다. 엄마가 밥통에 이틀 정도 먹을 밥을 해놓으면 우리는 각자 적당히 반찬을 꺼내 끼니를 때우고는 서로 눈을 마주치지도, 말을 건네지도 않게 됐습니다. 어쩌다가 이웃들이 반찬을 만들어서 찾아오시면 엄마는 살고 싶지 않다는 말씀을 하시며 우시곤 했습니다.

지금 돌아보면 그때가 제일 힘들었습니다. 계약직인 아빠에게 나온 약간의 보상금으로는 집을 살 때 무리해서 받은 대출금을 갚고, 우리에게 남은 것은 32평 아파트 한 채였습니다. 그 와중에 저는 담임선생님의 격려로 마지못해 수능을 보고 뜻밖에 대학에 합격했습니다.

그때의 담임선생님도 저는 잊을 수 없습니다. 시험을 칠 때마다 저희 반 마흔여덟 명의 시험을 체크하고 대학의 후보군을 미리 정하여 성적이 떨어지면 그야말로 사랑의 매를 드셨습니다. 그 결과는 놀라웠어요. 저희 학교의 역사상 가장 좋은 결실을 거두었고,

저희 반의 대학 진학률은 전설이 됐습니다. 저희를 위해 헌신하신 선생님 덕분에 저도 대학에 갈 수 있었습니다.

그러나 저는 제가 집안의 가장이 됐다는 것을 잘 알고 있었기에 대학에 가고 싶지 않았습니다. 제가 보기에도 세상 물정 모르는 엄마와 동생을 보살펴야 할 책임이 저에게 있다고 생각한 것입니다. 그런데 제 생각을 전해 들은 엄마가 저를 불러 말씀하셨습니다.

"순호야, 고등학교밖에 마치지 못한 것이 평생 아빠의 한이었다. 네가 우리들 때문에 대학에 안 간다면 엄마는 죽어서도 네 아빠의 얼굴을 바로 보지 못할 거야. 네가 원하던 대로 상담사가 되어 네 아빠에게 받은 사랑을 사람들에게 돌려줘. 네 아빠가 너희들에게 어떻게 했는지 잘 알지?"

저는 엄마 말씀대로 대학에 진학했고, 그 후 엄마는 집을 저당 잡혀 이 일 저 일을 시작해보셨지만 점점 그 규모는 줄어들었고 집도 작아졌습니다. 저는 그동안 아르바이트와 학업을 병행하며 어쨌거나 6년간의 우여곡절 끝에 우수한 성적으로 학업을 마쳤습니다. 마치 몇십 년이 지난 듯 길게만 느껴진 세월입니다.

왜 우리 가족은 아빠가 어떤 사람인지 아빠와 헤어지고 나서야 잘 알게 된 걸까요? 왜 아빠에게 고맙다고, 아빠가 최고라고 생진에 한 번도 말씀드리지 못했을까요? 아빠와 함께했을 때는 세상의 모든 아버지들도 아빠와 다르지 않다고 생각했습니다. 맞벌이를 하는 게 아닌데도 엄마의 집안일을 틈틈이 도와주고, 새벽 두 시가 되면 어김없이 저를 데리러 오고, 연호가 운동을 게을리 할까 봐 일정표를 챙기는 것은 아버지라고 모두들 다 해주시는 것이 아니라는 것을 이제야 알게 됐다는 것이 너무나 애석할 따름입니다.

아빠, 엄마도 많이 달라지셨고 씩씩해지셨습니다. 여리기만 하셨던 엄마의 모습이 저희 형제를 키우시느라 사라지는 것 같아 안타깝지만, 김밥집을 1년 넘게 운영하시며 자신감을 얻으신 것 같습니다. 장사가 예전 같지 않다면서 종일제 종업원을 파트타임 종업원으로 바꿔 쓰실 정도로 장사에 대한 경험도 생기셨습니다. 저는 그렇게 일찍 저희 곁을 떠나가실 줄 몰라 아빠에게 미처 못 했던 말들을 엄마에게 많이 해드리려고 노력하고 있습니다.

그리고 엄마의 말씀대로 언젠가는 제 옆에서 힘이 되어준 여자친구와 결혼할 생각입니다. 아빠한테도 소개하고 싶을 만큼 예쁜 사람이에요. 엄마와도 친구처럼 친하게 지내고요. 아빠가 살아 계셨다면 제 여자 친구를 많이 예뻐하셨을 텐데 아쉽기 그지없습니다. 그 친구와 결혼하면 꼭 아빠처럼 다정한 남편, 아빠가 되어 아이들의 사랑을 받을 수 있도록 노력하겠습니다.

아빠, 알고 계셨으면 좋겠어요. 엄마도 연호도 저도 아빠를 잃어서 너무 많이 슬프고 힘들었다는 것, 이렇게나마 지금 안정을 되찾을 수 있었던 것은 아빠가 그곳에서도 저희를 지켜주시고 사랑해 주시는 힘이라고 믿고 있다는 것, 저희가 아빠를 많이 사랑했고 앞으로도 그럴 거라는 것, 아빠처럼 저도 제 손이 닿는 곳에 있는 모든 것이 소중하다는 걸 깨달았다는 것을요.

　아빠, 언젠가는 아빠를 만날 수 있겠지요. 그날을 위해 부끄럽지 않은 모습으로 살겠습니다. 아빠의 아들인 것이 자랑스럽습니다. 사랑해요, 사랑해요, 아빠.

이 편지글의 주인공인 청년은 돌아가신 아버지를 잊지 못하고 있었습니다. 조실부모하셨던 아버지가 누구보다 가족을 사랑했기에 아버지와의 이별을 받아들이기 어려웠기 때문입니다.

청년은 취직을 하면 결혼도 하기를 바랍니다. 아버지처럼 가족을 사랑하며 살아가겠다고 다짐했습니다. 그는 생전에 아버지와 함께 다양한 놀이를 하며 시간을 보낸 기억뿐만 아니라 크고 작은 삶의 방향성을 소중하게 기억하고 있습니다.

아버지의 장례를 치르고 돌아와서, 다른 세상에 가서는 다른 사람에게 다정해지라고 기원했다는 자녀도 있습니다. 그분은 자기 자식을 사랑하지 않아 생전에 그러셨을까요? 결코 그렇지 않습니다. 다만 자식과 끝내 소통하지 못한 채 돌아가신 것뿐이지요. 엄격한 아버지 슬하에 성장한 남성들은 대부분 그런 아버지가 싫어서 자신은 절대 그렇게 되지 않겠다고 결심하지만 어느새 자기 아이에게 아버지와 똑같은 모습을 보여주고 있는 자신을 발견하게 됩니다. 부모의 모습을 보면서 닮기 때문이지요.

김종석의 논문 『아버지의 놀이성, 부모 효능감 및 양육 행동이 유아의 놀이성에 미치는 영향』에 의하면, 아버지가 많이 놀아준 아이는 놀이성이 발달하여 사회성, 인내력, 다중지능이 좋아집니다. 아버지가 양육, 특히 놀이에 참여할수록 자녀의 학습 성취도가 높아지고 목표를 향한 과정을 즐기게 된다는 것입니다.

우리가 주입식 교육을 받으면서 느낀 폐해를 우리도 모르는 사이 아이들에게 고스란히 적용하고 있지는 않은지요? 이 땅에서 부모와 자녀의 인연으로 나에게 찾아온 소중한 사람을 돌보면서 세심하게 관찰하고 흥미롭게 지켜본다면, 아이는 부모의 기대라는 억압에서 벗어나 창의성을 발휘하여 전인(全人)으로 성장합니다. 창의성은 지시·비판·판단이 아닌 관찰, 자율적인 호기심, 자신이 주도하는 재미에서 향상됩니다. 부모는 자녀의 오감을 두드려 자녀가 원하는 대로 이끌어주는 조력자의 역할을 할 수 있습니다. 학습 효과는 아이에게 가르칠 때가 아니라 직접 보여주어 체화시킬 때 가장 크게 나타납니다. 그러니 아이를 가르치려 하지 말고 어떻게 하면 아이와 함께 즐겁게 놀 수 있을 것인가에 골몰하세요. 한 예로 창의성을 부르는 대화도 좋습니다.

- 어떻게 해냈니? 잘해서 기쁘겠구나.

(아이의 자존감을 높여주는 말입니다)

- 네가 한 일이라 기쁘겠구나.

(아이가 좋은 성과를 거뒀을 경우 부모의 기쁨이 아니라 온전히 아이의 기쁨으로 인식시킵니다)

- 아빠는 잘 모르겠는데.

(아이가 스스로 문제를 해결하고 싶도록 의욕을 조성합니다)

• 괜찮니?

(실수를 했을 때도 아이의 안전부터 챙기 부모는 언제나 자기 편이라는 신뢰

도를 높입니다)

• 이번 여행은 동생과 10만 원 안에서 설계해보렴.

(연령에 맞는 자기 주도성을 확장시킵니다)

2011년 통계청 발표에 의하면 아버지와 대화를 자주 한다고 응답한 경우 하위권 학생은 37.4퍼센트에 불과했지만 상위권 학생은 49.5퍼센트로 높게 나타났습니다.

대부분의 상담이 막바지에 이르면서 가정이 행복해지는데, 그 이유는 아버지가 어떻게 의사소통을 하는지 배우고 가정사에 적극적으로 참여하기 때문입니다. 편지글의 아버지는 가족의 소중함을 알고 가족과 즐겁게 살기 위해 자신이 무엇을 해야 할지를 찾아 몸소 실천한 분입니다. 청년은 그런 아버지와 일찍 헤어졌지만 아버지에게 많은 것을 배웠습니다.

여러분은 어떤 아버지로 기억되고 싶은가요? 아버지로서 남들에게 보이는 체면을 중요하게 여기기보다 가족과 함께 행복한 시간을 즐길 줄 아는 아버지, 우리가 그리워하는 아버지의 모습입니다.

세상이란 넓은 바다를 힘차게 헤쳐 나가는 배와 같은 존재로 동경과 놀라움의 대상이 된다. 아빠는 신기한 장난감을 사 가지고 돌아오며, 기꺼이 재미난 모험 놀이의

상대가 되어준다. 아이는 엄마한테서 용기를 충전하고, 그 용기로 아빠를 모방하여 세상을 항해한다. 아빠는 아이의 꿈과 목표가 되는 것이다. 따라서 아빠는 아이에게 넓은 세상을 보여주고, 미래에 대한 비전을 가지게 하며, 용기와 신념을 길러주는 역할을 해야 한다.

—김환, 《심리학자가 만난 아이 마음 부모 생각》 중에서

사랑으로 사랑을 구속하지 마라

 그러니까 수명 씨가 회사에 사표를 냈다고 나에게 말하는 순간부터 심장박동 수가 높아지더니 나중에는 자기가 무슨 말을 하는지조차 들리지 않았어. 수명 씨가 평범하게 살기 싫다는 말은 종종 했기에 막연히 남다르게 살고 싶어하는 줄은 알고 있었는데 이렇게 느닷없이 회사에 사표를 내다니.

나는 늘 말했지만 결혼해서 남들 사는 것처럼 살고 싶어. 고대광실 넓은 아파트는 아니라도 우리 아이들이 태어나면 남부럽지 않게 교육시켜서 멋진 직업인으로 살게 해주고 싶고, '열심히 일한 당신, 떠나라!'던 광고 카피처럼 휴가 때는 자기와 좋은 곳으로 여행을 가서 활력도 재충전하고 싶어.

자기의 연봉이 높아 결혼을 생각한 것은 아니지만, 막상 수명 씨가 좋아하는 일을 시작하면 연봉이 50퍼센트로 준다는 이야기를 들으니 눈앞이 캄캄해. 결혼을 해서 나와 맞벌이로 일하면 언제쯤 우리 집을 장만할 수 있을지 계획까지 세워놓았던 나는 어떡해야 할지 모르겠어. 수명 씨를 말리면서도 자기가 좋아한다는 그 일에 대해 알아보고 어떻게든 내 마음을 움직여보려 했어. 그런데 지난 한 달 동안 5킬로그램도 넘게 살이 빠지면서 정말 지옥과도 같은 나날을 보냈어.

나를 위해서라면 무엇이든 해줄 것만 같았던 자기. 그랬던 자기가 왜 우리가 25평 이상 아파트에서 살면 안 된다고 말하는지, 왜 많이 벌 수 있는데 적게 벌어 적게 써야 한다고 말하는지 이해가 되다가도 안 돼. 그렇다고 일관성 있게 그런 생각을 생활에 적용하며 계획적으로 사는 것 같지도 않아서 한편으로는 안심하고 있었는데……. 그래서 나는 수명 씨가 말하는 '자발적 가난'을 더욱 이해할 수 없어. 정말 나눔을 통한 사회적 기여를 위해 초지일관 자발적 가난을 선택하는 게 맞는지 묻고 싶어.

말은 그렇게 하면서도 첨단 전자 기기는, 그것도 현금으로만 사는 수명 씨의 태도를 이렇게 이해해야 하는 건지 혼란스러워. 내가 그걸 이해할 수 없다면 나를 설득하든가, 내가 원하는 삶의 방향도 인정해주든가 해야지. 아니, 자기가 하려는 일을 나에게 미리 논의만 해줘도 이렇게 힘들 것 같지는 않아.

그전까지 알고 있던 수명 씨의 계획, 사회적 기업의 주말 인턴사원이라든가, 그밖에 공부 모임이라든가, 거기까지는 내가 이해할 수 있었어. 그런데 아까 자기와 헤어져 버스를 타고 오는 내내 울었어. 어떻게 내가 전혀 모르는 계획을 통보하고, 또 사람들과 모여서 무슨 인문학 카페를 열겠다는 말을 할 수가 있는 건지 도저히 이해할 수 없어. 우리가 만날 때마다 새로운 계획을 발표해서 나를 놀라게 하려고 작정한 사람처럼……

그런 수명 씨가 이제 점점 무섭고 두렵기까지 해. 자기와 결혼하는 내 모습을 상상하며 지내온 5년의 세월이 너무나도 무상하게 느껴져. 작년에 부모님에게 인사시킨 후 결혼하고 싶었는데 수명 씨는 좀더 준비가 되면 결혼하자고 했어. 나도 그러려고 했는데 차라리 그때 부모님한테 인사했으면 좋았을 텐데 하는 후회가 들어. 우리는 이제 어떡해야 하는 거지?

오늘 일하면서도 하루 종일 두통에 시달렸어. 자기 외에는 누구랑도 결혼 생활을 꿈꿔보지 않았지만, 내가 수명 씨가 원하는 일을 못 하게 발목을 붙잡고 있는 건 아닌가 싶고, 그렇다면 결국 자기를 놔줘야 하는 게 맞지 않을까 싶어져. 거기까지 생각이 미치면 자꾸 눈물이 나. 무뚝뚝한 자기이지만 자기가 평생 내 곁을 지켜줄 거라고 생각했는데, 우리는 이대로 헤어져야 하는 걸까? 나, 이제 수명 씨를 감당할 수 없을 것 같아. 그래서 수명 씨를 보내주려고 해. 지난 시간이 너무나도 아쉽고 여전히 자기를 사랑하지만 함께 있을수록 내가 더 아플 것 같아. ✔ ✔

5년째 연애 중인 커플을 상담하게 됐습니다. 상담은, 여자 친구를 사랑하는 마음은 분명하지만 가치관의 차이로 괴로웠다는 남자의 의뢰로 이뤄졌습니다. 상담 과정에서 두 사람은 오랜 연애 기간 동안 조금씩 서로에게 무례해졌던 지난날을 돌아봤습니다. 그렇게 처음 만났던 때의 설렘을 되살리고 서로의 매력을 재확인하며 관계를 회복했습니다. 하지만 상담의 막바지에 이르러서도 그들은 끝내 가치관의 차이를 좁히지 못했습니다. 자발적 가난을 지향하는 그와 적당한 소비를 즐기길 원하는 그녀는 결국 공통분모를 찾지 못한 것입니다. 요즘 그들은 소원하게 지냅니다. 저는 그들을 바라보며 몹시 안타까웠습니다.

찰스 스퍼전은 "행복은 우리가 얼마나 많은 재산을 가지고 있는가가 아니라 인생 자체를 얼마나 즐기고 있는가에 의해 결정된다"고 말했습니다. 그녀는 이 말의 의미를 이해하지 못했습니다. 그도 자신이 왜 자발적 가난을 선택했는지에 대한 정체성이 부족했습니다. 결국 사회적 기여의 한 형태인 자발적 가난이라는 열린 선택도 그녀를 이해시키지 못한다면 한 사람만을 위한 이기적인 삶의 태도일 뿐입니다.

사랑은 모든 것을 함께하는 것이 아니라 서로의 가치관을 존중하면서 두 사람이 원하는 것을 더 잘할 수 있도록 응원하며 나아가는 것입니다. 내가 잘하는 것과 네가 잘하는 것, 함께 잘할 수 있는 것, 이 세 가지 요소가 결합하여 마침내 가정이 건설되는 것이지요. 상대에게 부족한 것을 채워주고 싶다는 마음으로 출발해도 서로 다른 점들 때문에 좌충우돌하게 되는데, 대부분 나에게 부족한 것을 상대가 채워주리라는 기대로 결혼을 결심하는 우를 범합니다.

스캇 펙은 "우리 내부에는 우리보다 강한 사람이 나타나 우리를 아이처럼 보살펴줬으면 하는 욕구가 있다"고 말했습니다. 낭만적인 사랑을 꿈꾸는 미혼 남녀는 서로에게 이상화된 성(性) 역할을 기대하는 심리가 기저에 깔려 있습니다. 그러나 기대 심리가 지나치면 오히려 의존증을 자극하여 자신의 결핍을 채우는 방편으로 선택한 결혼 생활은 실망의 악순환이 되고 맙니다.

결혼을 선택할 때 가장 중요한 것은, 내가 사랑에 빠진 대상이 무조건 내 편이 되어주는 사람이라고 착각하는 게 아니라 나와는 성장 과정도 가치관도 다른 그 사람과 어떻게 조화를 이뤄 나갈지를 결심하는 일입니다. 결혼을 온전히 이해하고 배우자를 선택하는 것은 결혼 이후의 인생을 어떻게 살 것인가를 선택하는 것과 같습니다.

사랑의 최고 가치는 열정과 책임, 헌신입니다. 평생 한 번 올까 말까 한 사랑을 가치관의 차이 때문에 포기하는 것은 참으로 닫힌 선택입니다. 사랑은 상대를 생각하는 만큼 그에게 다가가기 위해 자신이 움직이는 것입니다. 그러니 자신은 움직이려 하지 않으면서 상대에게 다가오기를 요구하고 의존적인 태도만 보인다면 진정 서로를 사랑하고 있는지, 스스로 사랑에 대한 정의를 제대로 정립하고 있는지 진지하게 돌아봐야 합니다. 아직 결혼할 준비가 제대로 안 됐을지도 모르니까요.

결혼을 결심할 때는 자신이 상대를 위해 무엇을 해줄 수 있을까를 염두에 두고 스스로를 돌아보며 점검해야 합니다. 그러나 그것이 지나쳐서 강박으로 느껴지지 않도록 주의해야겠지요. 자신을 온전히 사랑할 수 있어야 타자와의 사랑도 건강하게 가꿔 나갈 수 있습니다. 무엇보다 가까운 사람과의 사이에도 일정 거리가 있어야 서로 성장할 수 있다는 사실을 기억해야겠습니다.

상대가 자신의 가치관을 허용하길 바라기에 앞서 상대의 가치관을 존중한다면, 칼릴 지브란의 시 〈결혼에 대하여〉처럼 서로의 그늘 속에 묻히는 사랑이 아니라 햇살을 자양분 삼아 성장하는 사랑이 되겠지요. 이 시처럼만 결혼을 이해한다면 서로의 가치관이 달라서 헤어지는 일은 없을 것입니다.

결혼에 대하여

서로 사랑하라.

그러나 그 사랑으로 구속하지는 말라.

그보다 그대 영혼의 나라들 속에서 출렁이는 바다가 되

게 하라.

서로의 잔을 채워주되 한쪽 잔만으로 마시지 말라.

서로의 음식을 주되 더 좋은 한쪽의 음식에 치우치지 말라.

함께 노래하고 춤추고 즐거워하되 때로는 각자가 홀로

있기도 하라.

비록 같은 음악을 공명(共鳴)시킬지라도 류트와 류트의 줄

은 따로 존재하는 것처럼

서로의 마음을 주라.

그러나 서로를 마음속에 묶어두지는 말라.

왜냐하면 오직 생명의 손만이 그대의 마음을 가질 수 있

기에.

함께 서 있으라.

그러나 너무 가까이 함께 있지는 않게 하라.

사원의 기둥들도 적당한 거리를 두고 서 있는 것처럼,

참나무와 편백나무도 서로의 그늘 속에서 자랄 수 없으니.

— 칼릴 지브란,《예언자》중에서

당신 자신과 대면하세요

 당신이 큰길가에서 택시를 잡아
줬을 때 당연히 당신이 함께 타는 줄 알았다가 아차 싶었습니다.
오늘부터 혼자 출근해야 하는 걸 깜박 잊었어요. 뒤돌아보니 당신
은 그 자리에 멈춰선 채로 멀어지는 자동차를 바라보고 있군요. 지
난 2년 동안 우리는 택시를 타고 10분 거리인 지하철역에 당신을
먼저 내려주고, 그곳에서 5분 거리인 나의 회사에 도착하는 출근
길을 함께했습니다. 15분 남짓의 짧은 출근길 동행. 오늘 혼자 출
근하는 길에 생각해보니 그 시간이 좋았다는 생각이 듭니다. 아침
차창으로 바라보는 거리에는 여인들의 옷차림에 봄빛이 완연합니
다. 뉴스에서는 섬진강변의 산수유 축제가 시작됐다고 하는군요.

당신과 같은 커뮤니티에서 운명처럼 만나 초콜릿처럼 달콤한 연
애를 하고 결혼했습니다. 아이가 생긴 것은 독신으로 살지도 몰랐
다던 당신만큼이나 내게도 큰 변화였습니다. 당신을 처음 봤을 때

한 걸음 다가가기 : 따로 또 같이

나는 한눈에 당신이 식물성 남자라는 걸 알았습니다. 흘러가는 것을 예사로 보지 않지만 함부로 나서지도 않는 품성이라는 데 마음이 더 이끌렸습니다. 당신이 조용하게 나를 배려해주는 모습을 바라보는 게 즐거웠습니다.

그러나 아직도 나는 당신의 아내라는 자리, 한 아이의 엄마라는 역할이 남의 옷을 입은 듯 편치 않을 때가 있습니다. 혼자만을 위한 일상을 당연시 여겨왔는데 이제 그 일상에 여러 일들이 끼어들면서 저는 자꾸 시간을 쫓아가며 동동거려야 했거든요.

당신은 나를 출근시키고 아침 시간을 어떻게 맞을까요? 어떻게 큰아이와 시간을 보낼까 궁리하는 중일까요? 아니면 카메라를 들고 슬며시 거리로 나설까요? 며칠 전부터 불안해 보이던 당신이 구조 조정 대상자에 포함됐다고 말했습니다. 그때 제일 먼저 떠오른 생각은 새 직장을 구할 때 써야 할 이력서가 한 장으로 충분하지 않겠다는 것이었습니다. 다음 직장은 당신의 열네 번째 직장이 되겠지요.

겨우 3년의 결혼 생활을 하면서 당신은 각각 두 번에 걸쳐 넉 달 동안 쉬었습니다. 결혼 전에 이미 당신이 여러 차례 이직을 했었다는 사실을 알고 있었기에 이번에는 당신이 직장을 그만두게 됐다고 해도 놀랍지 않았습니다. 그런데 당신이 직장을 다시 그만뒀다고 내게 알린 그 순간부터 나는 그 근원적인 이유에 대해 골몰했습니다. 왜 당신이어야 했을까요?

물론 우리나라가 전체적으로 긴축 정책을 펴야만 살아남을 수 있는 현실인 것은 맞습니다. 10여 년 넘게 근무한 우리 회사에도 칼바람이 한두 차례 세차게 지나갔습니다. 구조 조정의 구체적인 기준은 잘 모르지만, 어쨌든 조직은 회사에 뿌리를 내리지 못한 조직원을 귀신같이 알아낸다는 것을 알고 있습니다.

　사실 조직은 우리에게 대단한 업무 성과를 거두어 회사에 크게 기여하는 것은 별로 바라지 않을지도 모릅니다. 조직은 상사, 동료, 부하와 건설적인 인간관계를 맺고 생산적인 팀워크를 이루는 우리의 태도가 곧 조직의 역량으로 이진다고 판단합니다.

　당신은 조직에서 어떤 얼굴의 사람으로 비쳤을까요? 자의와 타의에 의해 직장을 옮기는 동안 당신에게서 자라났을 상처라는 이름의 나무는 어쩌면 당신의 성장 과정에서부터 자라고 있었는지도 모르겠습니다. 우리 아이가 당신에게서 영향을 받듯이 당신에게도 어디에도 뿌리내리지 못한 아버지의 초상이 있었겠지요.

　당신은 아버지처럼 되고 싶지 않다는 강박관념으로 누가 뭐라고 하지 않았는데도 스스로 높은 기준을 설정하여 그것에 맞추려고 노력하며 살아왔습니다. 그 때문에 당신은 조직에서 자연스럽게 어울리지 못하는 사람으로 비쳤을 가능성이 큽니다. 10여 년간 조직 생활을 하면서 내가 얻은 교훈은 아무리 큰 성과를 얻어도 조직과 자연스럽게 어우러져야 더욱 빛나고 다른 사람들에게도 시너지를 일으킨다는 것입니다.

당신이 정해놓은 그 기준을 따라가려고 애쓰면서 당신은 조직 안에서 행복할 수 있었을까요? 남들이 자신을 어떻게 생각하는지 끊임없이 살피면서 당신은 남들보다 몇 배 더 힘들지 않았을까요? 사랑하는 사람들에게 보여주는 당신의 따뜻하고 진중한 태도를 당신과 같은 조직에 몸담았던 사람들이 알 수 있었을까요? 바라건대 당신이 세워놓은 기준으로 스스로를 검열하지 말고 좀더 자연스러운 상태에서 스스로를 독려하길 바랍니다. 당신은 내 창문 밖에서 안으로 들어와 우리는 '가족'이 됐습니다. 당신을 옭아매는 기준이 당신뿐만 아니라 우리 가족의 상처로 자리 잡지 않길 바랍니다.

언제 끝날지 모를 휴가를 맞은 당신은 어느 해처럼 훌쩍 떠나 나에게 도착하는 편지를 부칠지도 모르겠습니다. 하지만 이번 여행에서는 다른 누구에게가 아닌 당신 자신에게 보내는 편지를 쓸 수 있었으면 좋겠습니다. 그리고 남들보다 진중한 성향으로 인해 이직을 겪으면서 더욱 힘들었을 당신 자신과 기꺼이 대면해 그동안 얼마나 잘해왔는지 칭찬해주세요. 대부분 당신의 잘못 때문에 이직하게 된 것이 아니라는 걸 당신 자신도 알 수 있도록 말입니다.

또한 당신 안의 여러 욕구들 중에 제일 사랑하는 일에 대한 한 가지 열망을 발견하여 그것을 오래도록 바라보는 시간이 됐으면 좋겠습니다. 그리하여 지금 뱃속에서 태동하고 있는 우리의 두 번째 아이를 포함한 우리 가족이 이제 더 이상 부유하지 않고 지상에 단단히 뿌리내리는 계기가 됐으면 좋겠습니다.

나를 위해, 아이를 위해 최선을 다하고 있는 당신. 이렇게 봄볕 좋은 날에는 당신과 아이와 나를 섬진강 강가에 내려놓을 버스를 타고 싶다는 유혹에 붙들립니다. 당신이 혼자가 아니라는 사실을, 당신을 사랑하는 사람들이 많다는 것을, 그중에서 당신을 제일 응원하는 사람은 바로 나라는 것을, 또한 어제는 오늘의 연장이 아니며 바로 오늘 잘 출발하는 것이 가장 중요하다는 것을 잊지 않길 바라요. 사랑하는 당신. ↓ ↓

그는 열네 번째 직장을 찾아야 하는 과제를 안고 있었습니다. 그는 아주 따뜻하고 섬세한 사람입니다. 프로그래머의 특성상 이직률이 높다는 것은 알고 있었지만 그의 이직 횟수에 적잖이 놀랐습니다. 그가 이상한 사람이라 그처럼 자주 이직하게 된 것일까요? 잦은 이직의 배경에는 아버지처럼 살지 않겠다는 강박이 있었습니다. 아마 그는 매 순간 아버지와 다르게 살려고 최선을 다해 일했을지도 모릅니다. 그 과정에서 그는 더 많이 지치고 더 깊이 상처받았겠지요.

저는 그에게 자신을 편하게 놓아주라고 말했습니다. 스스로 정한 삶의 기준을 바닥에 내려놓고 다시 시작해보라고요. 그러면 무슨 일을 해도 자신이 대견하게 느껴지고 기쁠 테니까요. 그가 충분히 성실하게 살아온 자신을 마음껏 칭찬해주면서 자신의 진정한 가치를 알 수 있길 바랐습니다. 그리하여 정말로 행복해질 수 있는 단 한 가지의 일을 발견하기를, 어제까지의 과정은 오늘의 자신을 만나기 위한 것이었음을 알게 되기를 기원했습니다.

또 한 사람의 젊은이인 그는 서른일곱의 나이에 벌써 열 번의 이직을 했습니다. 성장상담소에서 제 건너편에 앉아 그는 열 번의 이직 사유를 상세히 썼습니다. 그 사유서에는 그의 말과 일치하지 않는 내용들이 적혀 있었습니다. 그는 첫 상담을 하는 내내 사람에게 관심이 없다고 말했지만, 그의 이직은 대부분 상사나 동료와의 갈등 때문이었습니다. 또 그는 자신이 이직한 사유를 모두 타자에게 돌리고 있었던 것입니다.

부하 직원에게 일을 떠넘기거나 과중한 업무를 지시하는 상사부터 업무 시간에 딴짓을 하는 상사까지, 그가 기억하는 상사들은 한결같이 불합리하고 문제점이 많은 사람들이었습니다. 그는 스스로 불의를 참지 못하고 정의감이 넘치는 의리의 사나이라고 평가했습니다. 그런 부당한 환경을 견디는 것은 자존심을 버리는 일이었지요. 그러나 그는 자신이 누구에게나 사랑받고 싶어 한다는 것을 몰랐습니다.

발달 과정에 따른 이행이 순조로우면 '어른의 상(像)'이 정립되어 갈등을 문제가 아니라 과제로 받아들여 해결하기 위한 방법을 찾습니다. 상담이 진행되면서 그는 '자기 상'을 만났습니다. 그는 유년기에 어른들에게 인정받기보다 평가받고 비난받은 기억이 더 많아 소심하고 예민해졌습니다. 그런 그에게 상사, 즉 어른은 여전히 간섭하고 지시하고 평가하는 존재였습니다. 그 때문에 서른여섯 살의 성인이 됐는데도 유년의 상처받은 얼굴이 시도 때도 없이 튀어나와 관계에 어려움을 겪었습니다.

자녀에게 부모가 환경이듯 성인에게 직장의 구성원도 환경입니다. 가족에 대해 공부하여 내가 속한 가정에서 즐거운 에너지를 만들어내야 하듯이, 상사와 동료와 부하를 탐구하여 내가 속한 직장이라는 환경에 적응해야 합니다. '어른의 상'을 정립하는 것은 오직 사랑받고 싶었던 어린 나에게서 벗어나 타자에게 무엇을 줄 수 있는지 인지하는 성장입니다. 그는 불의를 참지 못한다는 것이 무엇인지, 진정한 자존감과 독립심이 무엇인지 생각하면서 자기 내면에 사람들에게 인정받고 싶어 하는 어린 자아가 아직도 크게 자리하고 있음을 알게 됐습니다.

자신이 중요하다고 굳게 믿었던 것들이 흔들리면서 그는 자신에게 가치관이 제대로 정립되어 있지 않다는 것을 알았고, 관계를 맺을 때 가장 중요한 마음인 사람에 대한 탐구심이 없다는 것도 깨달았습니다. 하지만 이제 그는 새로운 인연을 맺게 될 사람들을 탐구하고자 하는 마음으로 이직을 기다립니다. 그것은 곧 어른으로의 이행, 타자에게 관심을 가지게 됐다는 말과 동의어입니다.

어여쁜 제자가 제 책상 위에 놓아둔 책《다산의 마음》에 다음과 같은 구절이 있습니다.

사의재(四宜齋)란 네 가지가 마땅한 방이라는 뜻인데, 내가 강진에 귀양 와서 거처하는 방의 이름이다.

생각은 마땅히 담박해야 한다. 담박하지 않은 점이 있으면 어서 맑게 해야 한다.

외모는 마땅히 엄정해야 한다. 엄정하지 않은 점이 있으면 어서 가다듬는다.

말은 마땅히 과묵해야 한다. 과묵하지 않은 점이 있으면 어서 말을 그친다.

행동은 마땅히 중후해야 한다. 중후하지 않은 점이 있
으면 어서 느긋하게 해야 한다.

사의재는 1801년에 강진으로 유배된 다산 정약용이 주막
집 주인 할머니의 배려로 4년 동안 기거하며 책을 집필하고
제자들을 가르쳤던 곳입니다. 그는 귀양지에서도 자신의 마
땅함이 무엇인지를 생각한 후 옹색한 집에 이름을 붙이고 그
곳에 적응하는 일을 넘어 그 의미에 맞는 책을 집필하는 창의
성을 구현했습니다.

일정 시간 근무하는 여러분에게 회사는 한 달에 한 번씩 급
여를 지급합니다. 급여에는 팀워크를 이루어 최상의 시너지
로 회사를 발전시켜달라는 사측의 바람이 깃들어 있습니다.
회사의 방향성을 인식하고, 자신에게 주어진 일만 하기보다
한 걸음 능동적으로 반응하며 상사를 탐구하고, 동료와 부하
직원에 대해 잘 알아 리더십과 팔로십을 발휘하고, 적절한 요
청과 조력을 할 수 있다면 여러분이 몸담고 있는 직장에서 네
가지의 마땅함이 될 수 있을까요.

직장에서 갈등을 겪는 사람들은 모두 최선을 다하고 있다
고 말합니다. 그러나 정작 우리 자신을 거울로 비춰보는 시간
은 많지 않습니다. 우리 자신보다 직장 동료나 상사가 우리를
거울처럼 들여다보며 객관적으로 판단할 수 있습니다. 왜 나
에게만 어려운 일을 맡기는지 알 수 없다고 자기 연민에 빠져
징징댄다면 자신의 업무 태도를 객관적으로 바라보기는 어

렵습니다. 상담을 하다 보면 자신을 제외한 모든 직장 동료가 빈둥거리는데 혼자만 열심히 일한다는 억울함을 호소하는 경우가 있습니다. 그러다 상담이 중반기에 접어들 즈음 스스로를 거울에 비춰본 후에야 자신을 알게 됩니다.

직업 상담을 하는 중에 내담자의 커리어 맵이나 학습자 맵을 작성해보면 내담자의 학습 성향을 파악할 수 있습니다. 어떤 일을 배우기 시작한 동기는 무엇인지, 그 기간은 얼마나 됐는지, 왜 도중에 그만뒀는지 등 내담자는 자신이 무엇을 얼마나 배워왔는지를 선명하게 알게 됩니다.

재미있는 점은 커리어를 쌓는 태도와 학습자로서 배움의 태도가 다르지 않다는 것입니다. 커리어나 평소의 관심사와는 상관없이 단순한 호기심에 이끌려 시작한 일이 많을수록 그저 결핍에 의한 학습 중독이기 쉽습니다. 평생 뭔가를 열심히 배우기는 했는데 여러 가지를 조금씩 잠깐만 맛본 것이지요. 검사 결과가 그렇게 나타날수록 내담자는 그 배움을 제대로 활용할 줄 모른 채 지극히 평범하게 지냅니다. 평범과 비범의 차이는 바로 그것입니다. 온갖 변명을 내세워 배움을 도중에 멈추는 것과 흥미진진한 설렘으로 끝까지 나아가 자신의 배움을 다른 사람들과도 나누는 경지에 도달하는 것. 비범을 꿈꾸는 사람이 평범한 이유는 한번 시작한 일의 오늘 할 일을 하지 않은 것, 단지 그것뿐입니다.

지금껏 하던 일을 그만둘 때마다 스스로를 합리화했던 온

갖 변명들을 먼저 돌아보세요. 그리고 미뤄놓은 일이 있다면 그 일부터 마치세요. 그것만이 여러분이 진정으로 원하는, 비범하고 자유로운 삶에 도달할 수 있는 길입니다.

우리가 정말 사랑했을까

 오늘 오후, 네가 마치 잠수함 속
에 들어앉아 있는 것처럼 여겨진다던 그 영화관이 있는 빌딩에서
나오니 일기예보에도 없던 빗발이 치더군. 조금 전에 본 영화는
「사과」였어. 그 영화에 대한 어떤 사전 정보도 없었지만, 너와 처음
본 영화가 「오아시스」였고 그 영화에 출연한 배우 문소리 씨가 또
나온다는 이유로, 그리고 네가 좋아하는 영화관에서 상영한다는
이유로 오후 시간을 기꺼이 할애했지.

혼자였냐고? 아니, 얼굴은 알고 있지만 영화를 같이 볼 정도로
친숙한 사이는 아닌…… 이렇게 말하려니 갑자기 내가 너무 고루
하게 느껴진다. 영화 한 편 보면서 상대와의 앎을 운운하다니. 아
무튼 영화를 좋아한다는 그녀와 함께 봤어. 오며가며 자주 보게 되
는 그녀가 영화를 좋아한다는 나의 말을 듣고서 만든 자리였어. 맨
끝 열의 중앙에서 영화 보는 것을 좋아하던 너와 달리 그녀는 사

이드 좌석을 고르더군. 앞에 걸리는 것이 없어서 좋다나. 누군가와 함께 영화를 본 소감을 굳이 말해야 한다면, 그녀를 의식하게 되는 약간의 긴장감이 그렇게 나쁘지는 않았어. 너 이후 여인과 영화를 본 것은 4년 만의 일이었거든. 내심 지금 상태에서 그녀와 조금이라도 발전하고 싶은 마음이 있었는지도 모르겠어.

하지만 영화관 앞에서 우리는 그대로 헤어졌어. 차를 마시자거나 저녁을 먹자거나 하는 말도 없이, 다음에 보자는 그 흔한 말도 없이 자연스럽게 손을 흔들면서. 때마침 내린 비가 그녀와 급하게 헤어질 수 있게 도와주어 한편 다행스럽기도 했어. 사람들 앞에서 자연스럽게 뭔가를 청하는 일이 나는 아직도 부자연스러워. 혼자 영화를 보고 나면 늘 그래 왔듯이 비를 피할 생각도 없이 천천히 걸어 시티은행 앞을 지나쳐 정동으로 접어드는 모퉁이에 서 있는 빌딩으로 습관처럼 들어섰어.

지금쯤 나무 빛깔이 볼 만한 거리, 시립미술관 가는 쪽으로 내처 걸어볼까 하다가 빌딩 안 엘리베이터의 숫자 버튼을 누르고 '젠'으로 올라갔어. 네가 '젠'이라고 발음하던 입 모양이 생각난다. 입꼬리가 올라가며 미소 짓는 것처럼 부드러워지던 그 표정. 너는 '젠'이라는 말이 좋다고 했어. 그 말을 하는 너를 보면서 너와 입맞춤하고 싶다는 생각을 처음 했었다고 내가 말했던가?

너와 마주 앉았던 것이 4년 전인데도 나비넥타이를 맨 지배인이 매번 잊지 않는 네 안부를 오늘은 묻지 말아줬으면 좋겠다고, 내심

한 걸음 다가가기 : 따로 또 같이

주문을 외며 우리가 늘 앉았던 자리에 앉아 버드와이저와 그라탕을 주문했어.

실내 공기가 탁한 것은 근처 신문사의 기자들 서넛이 언제나처럼 자리를 차지하고 담배를 맛있게 피우고 있기 때문이군. 우리는 영화를 보고 나면 각자 떠오르는 명대사를 서로 이어가곤 했어. 오늘 「사과」 속 나의 대사는 남자 주인공, 「달콤한 도시」에서 최강희와 함께 나왔던 이선균이 한 말이야. 최선을 다해 너를 사랑하다 보니 내 모습이 없어지는 듯해서 떠났는데 그런 나의 모습이 좋아 그렇게 한 거지 너를 위해 그런 게 아니라는 걸 나중에 알게 됐다던 말. 문소리를 두고 떠났던 이선균에게는 그 말이 돌아와야 할 명분이 되어줬나 봐.

그럼 우리는? 나와 너 사이에는 돌아가야 할 이유가, 우리에게 남은 명분이 있었나?

너를 처음 본 그날, 대형 서점에서 우연히 너를 세 번쯤 지나치고 나서야 나는 뒷걸음질을 쳐서 너에게 다가가기로 했어. 처음에는 네가 나에게 말을 걸어달라는 호출 신호를 보내는 줄 알았거든. 신기하게도 세 번 다 나와 똑같은 책을 들고 있는 너를 어떻게 지나칠 수 있었겠어.

그때 네가 나를 기꺼이 지나쳐 갈 수 있는 사람이라는 걸 처음부터 알아봤다면, 아니 그래도 나는 네 어깨에 일부러라도 부딪쳐서 네가 누구인지 봐야만 했을 거야. 무엇에라도 잡아끌린 듯 너의 뒤를 쫓아 영풍문고 맞은편에 있는 이탈리아 레스토랑 '베르첼리'의 출입문까지 밀고 들어갔을 때, 모든 것이 흰색이었던 그곳에서, 그러나 너는 내게 고작 5분의 시간을 줬을 뿐이야. 5분 동안 내가 한 일은 냅킨에 내 이메일 주소를 적어 너에게 건네주고 네 눈동자를 딱 한 번 바라본 게 전부야.

"키가 참 크시네요"라는 말을 남기고, 5분이 지나자 정말 너는 자리에서 발딱 일어서서 너를 기다리고 있던 후배에게 가버렸어. 나는 찰랑거리는 네 머리의 꼭뒤를 바라보다가 좀 위태로워 보이는 목조 계단을 긴 한숨 소리와 함께 발소리를 내며 내려왔어. 우여곡절 끝에 나의 생각 밖으로 불려 나온 너는 그 후 2년여간 상상할 수 없을 만큼 나에게 많은 영향을 미쳤어. 너를 만나고 나면 나의 작은 귀가 마구 커져서 바람에 금방이라도 휘둘릴 것 같았지.

너는 태생적으로 그렇게 생겨난 사람이었어. 상대를 마구 휘몰아치게 해서 결국 근간을 흔들도록 만들고야 마는 사람. 덕분에 나는 네 곁에서 내가 어떤 인간인가를 투명하게 들여다보는 유리병이 되고 말았어. 그 시간은 지금 생각해보면 참 달콤하고 참 민망한 시간이기도 했다. 내가 가지고 있었던 이상적인 여성, 여자다움의 고정관념을 깨고 존재성 자체를 묻게 하던 너를 보는 것은 너를 보는 것과 같은 일이었지.

네가 다 보여주지 않았던 너의 그 너머 세상, 아니 어쩌면 내가 다 보지 못했던 네 세상. 너를 처음 봤을 때 네 눈동자는 땅 위의 것을 보고 있지 않는 듯이 아스라하게 여겨졌어. 가닿을 수 없는 피안의 어느 곳을 바라보는 듯한 갈색 눈동자. 후일 생각해보니 그것이 너에게서 도망친 이유이기도 했지만 너를 사랑하게 된 이유이기도 했더군. 우리가 함께 있어도 너는 네 세상에 갇혀 있고, 그런 너를 속수무책으로 바라보는 것밖에는 할 수 있는 일이 없다는 이유로 나는 점점 마음이 차가워졌다.

두 번쯤 너를 두고 돌아서려다가 다시 돌아간 길에서 우리를 위해 내가 썼던 닉네임은 '위버멘쉬Uebermensch'였어. 무엇인가 스스로에게, 또한 너에게 증명하고 다짐해야 했으니까. 너와 내가 열광하던 니체라도 빌려와서 우리 사이의 간극을 메우고 싶었어.

오늘 '젠'의 차창 밖 광화문 하늘은 흐리고 나지막하다. 일기예보에 의하면 내일은 그날처럼 첫눈이 올 거라는군. 그해 겨울은 유난히 눈이 잦았고, 연인에게 눈은 선물과 같다는 걸 처음 알게 된 것처럼 우리는 눈을 즐겼어. 눈이 펑펑 쏟아지던 그날, '젠'에서 버드와이저를 마시다가 차창 밖으로 흩날리는 눈에 환호의 웃음을 보내던 네가 왜 갑자기 일어나 밖으로 나가서는 두 번 다시 내 앞으로 돌아오지 않은 것인지, 내게는 여전히 아픔 같은 의문이다.

기어이 이별을, 그리고 너를 극복하고 말았다고 생각한 너에게 나 '위버멘쉬'는 이렇게 다시 물을 수밖에 없다. 그날 네 눈동자 위에 어리던 습기가 네가 늘 갈망하며 서성이던 다른 세상을 더 이상 내가 감당하지 못하리란 것을 알게 된 이유였는지.

우리가 정말 사랑했을까? 네가 물었고 내가 답하지 못했던 말.

나는 너의 부유하던 두 다리가 단단한 땅 위를 내딛을 수 있도록 온전히 최선을 다한 것일까? 4년 전 그때의 나는 그 물음에 대답할 수 없었어. 그러나 숱한 시간이 흘러 「사과」를 보고 난 지금, 48개월이라는 시간이 지나간 지금, 너에게 못다 한 최선이 나에게 남아 있노라고 대답할 수 있게 됐다. 그러니 나를 떠난 네가 디디고 있는 지상은 단단한가 물을 수밖에 없다.

오늘 영화관에서 내 옆에 앉았던 그녀가 산적 두목같이 길고 튼튼한 내 다리에 네가 곧잘 그렇게 했듯이 문득 작은 두 다리를 올려놓았다면, 이런 글은 쓰지 않았을지도 모르지.

마음은 그렇게 쉼 없이 드나든다는 것을 잘 알고 있을 너. 그러나 너, 지난 4년간 충분히 그리웠다. 그것으로 내가 비겁하게 도망친 벌은 다 받은 것이 아닐까? 언제든 돌아설 준비가 되어 있었던 너에 비하면, 어쩌면 한 번도 나를 제대로 들여다보지 않으려 했던 너. 내게서 돌아선 너의 등을 보는 것이 마지막일지도 모른다는 아슬함을 2년이나 견뎌온 나의 심정을 알고 있는, 너는 나의 침묵을 이해해줘야 하는 것이 아닐까?

늘 짧기만 했던 너와의 향기로운 입맞춤보다도, 이디를 가든 우리더러 오누이 같다던 사람들의 말보다도 끊임없이 나를 시험해 내 마음을 통째로 저미는 일이 다시는 내 일상에서 일어나지 않으리라는 것을, 회오리 같은 설렘이 내게 다시 오지 않으리라는 것을

한 걸음 다가가기 : 따로 또 같이

너무나 잘 알게 됐을 뿐인 나.

우리가 정말 사랑했을까?

네가 다시 묻는다면 어제처럼 기억하건대 한순간도 너를 보고 있지 않은 때는 없었다. 단지 어떻게 너를 사랑해야 하는지 몰랐을 뿐이야. 과거의 나는 너에게 항상 근사한 남자, 뭔가를 해주는 남자여야 한다고 생각했어. 이제 네가 원하는 사람은 그저 있는 그대로 너를 바라봐주는 사람, 그저 네 곁을 지켜주는 사람이라는 걸 깨달았으니, 이제 그 잠수함 같은 영화관에서 나의 튼튼한 두 다리에 너의 새처럼 가는 두 다리를 올려줘.

해가 저물어 조도가 낮은 실내등을 켠 '젠'에 손님은 이제 나밖에 없다. 이 시간, 너는 퇴근해서, 너를 태워 보내는 게 아쉬워 내가 담배 한 대를 핑계 삼던 광화문 버스 정거장에 서 있는 것은 아닐까?

내일, 일기예보대로라면 눈이 올 거라는군. 눈이 오는 날이면 아무리 늦은 시간이라도 이곳에서 함께 눈을 봤던 그때를 기억한다면, 이곳으로 다시 돌아와 그날 그렇게 가버린 것은 단지 쏟아지는 눈 때문이었노라고 말해줄 수 없을까?

나비넥타이를 맨 지배인이 네가 좋아하는 쳇 베이커의 무반주 〈마이 퍼니 발렌타인My Funny Valentine〉을 턴테이블에 올려놓았다. 단골손님을 위한 배려로 얻게 된 나만의 애도의 시간인 셈이지. 명치끝에 걸려 있는 상어 가시 같은 네가 어딘가에서 죽은 것이 아니라면 이제 그만 나의 과거, 애도의 시간에서 걸어 나와 너를 느끼게 해줘.

나처럼 분명 고통스러울 너. 다시 서로에게 기회를 주어 우리의 이 시간을 멈춰줘. 지난 48개월간 여기, '젠'에 앉아 우리를 기다렸다. 나의 베아트리체! ↯ ↯

　　　　　　　　　　　　　　　　한 걸음 다가가기 : 따로 또 같이

지나간 사랑이 사랑에 관한 고전 영화 「러브 스토리」처럼 남는다면 얼마나 아름다울까요? 그러나 흑백사진이 되어버린 현실 속 사랑의 시간은 늘 아름답지만은 않습니다. 옛사랑의 기억은 돌아볼수록 회한과 아픔으로 점철되어 아쉽기만 합니다. 그러나 '그때 내가 이렇게 했더라면……' 하고 그때 가지 않은 길을 수백 번 눈앞에 그려본들 첫사랑은 이문세의 노래 〈옛사랑〉처럼 '아무도 모르게 서성이다' 타임머신을 타고 돌아간다 해도 또다시 서툴 수밖에 없습니다.

그녀를 본 지 4년이 지났는데도 그의 사랑은 고스란히 머물러 있었습니다. 그녀와 함께 영화를 본 극장, 함께 읊조리던 영화 대사, 함께 갔던 찻집, 그 찻집에서 함께 들었던 음악, 함께 걸었던 거리……. 우리는 다시 내게로 오지 않는 그 사람을 지금도 사랑하고 있다고 착각하곤 합니다. 단지 사랑했던 지난날의 자신을 잊지 못한 것일 수도 있는데 말입니다. 과거의 그녀는 그가 이상화한 사랑의 공간에 갇혀 있는 추억 속의 사람일 뿐입니다.

새드엔딩으로 끝나는 사랑은 언제나 자신의 미숙한 실패에서 기인했다는 기억으로 남습니다. 어쩌면 로미오와 줄리엣 효과처럼 서로를 사랑했던 시절로 되돌아갈 수 없다는 것을 알고 더욱 아프게 기억할 뿐인지도 모릅니다. 과거지향적인 사람의 한계는 현재의 사랑을 알아보지 못한 채 그 사랑을 놓처 과거의 사랑이 된 후에야 그 가치를 인정한다는 것입니다. 이제 미숙한 사랑이 현재의 사랑을 성숙하게 지켜주는 밑거름이 된다는 것을 이해하길 바랍니다. 그래야 사랑의 기억 속에 멈춰버린 상대는 물론 자신도 더욱 성숙한 사랑으로 새롭게 나아갈 수 있습니다.

창가에 놓아둔 화분이 해바라기를 하며 자라듯 누구나 스스로 행복해지는 선택을 합니다. 그러니 모든 이별에는 그만한 이유가 있는 것입니다. 알게 모르게 현재의 사랑을 선택하기까지 우리가 사랑의 일곱 단계* 여과망을 거치는 중에 두 사람 사이를 가로막는 불편함으로 인해 이별하게 된 것입니다.

아직도 여러분의 마음속에 지나간 사랑을 첫 번째로 놓아두고 있다면 그와 함께했을 때 예의를 다한 것으로 위로를 삼으세요. 그리고 현재 내 곁에 머무는 사람과 아낌없이 사랑을 나누세요. 과거를 그리워하며 과거 속에 사는 사람은 평생 과거의 갈피갈피를 헤집으며 회한에 잠길 뿐입니다. 그러나 현재를 귀하게 여기는 사람에게는 과거의 기억도 삶을 아름답게 가꾸는 추억이 됩니다.

그때 나는 아무것도 이해할 줄 몰랐어.
그 꽃의 말이 아니라 행동을 보고 판단해야 했어.
그 꽃은 나에게 향기를 주고 내 마음을 환하게 해줬어.
절대 도망치지 말았어야 했는데.

그 가련한 꾀 뒤에 애정이 숨어 있다는 걸 눈치챘어야
했는데.
꽃들은 그처럼 모순된 존재였는데.
하지만 나는 너무 어려서 그를 사랑할 줄 몰랐던 거야.

생 텍쥐페리의 《어린왕자》에 나오는 구절입니다. 부디 이
구절을 눈여겨보세요. 과거의 사랑을 떠올리기보다 지금 내
곁에 있는 단 한 사람을 끊임없이 재발견해주세요. 이 세상을
떠날 때 단 하나뿐인 내 사람의 모든 것을 탐험하며 후회 없
이 사랑했다고 말할 수 있다면 우리의 생은 정말 행복하지 않
을까요?

---

* 사랑의 일곱 단계

① I meet you. 운명적인 만남, 시작의 시작이죠.
② I think you. 사랑하면 자꾸 그 사람이 생각납니다.
③ I like you. 그 사람을 좋아하게 되고 그도 나를 좋아해주길 바라게 되죠.
④ I love you. 좋아하는 마음이 점점 깊어져 사랑으로 발전해갑니다.
⑤ I want you. 그 사람과 항상 곁에 있기를 원하게 되고요.
⑥ I need you. 그 사람을 필요로 하게 되고요.
⑦ I am you. 드디어 두 사람이 하나 되어 모든 기쁨, 슬픔, 아픔까지 함께하게 됩니다.

두 걸음 다가가기

다른 가족의 탄생 · 신혼기

"가족은 젊은이가 처녀와 연애에 빠져드는 것에서부터 시작된다.
이보다 더 훌륭한 길은 아직 발견되지 않았다." | 버나드 쇼

신혼기의 이행 과제

- 가족생활주기의 제1단계인 결혼으로 성숙한 남녀가 결합하는 시기. 따로 또 같이 하면서 개성과 주체성을 가진 생활을 해야 한다. 꿈, 자녀, 경제적인 계획 포함.

- 연애의 공생기가 끝나고 이성적인 사랑이 시작되는 시기라는 것을 이해하며, 평생의 파트너라는 협력 인식이 필요하다.

- 원가족과 독립하되 일정한 가족 모임을 통해 어른들과 유대감을 지속하고 필요한 경우에 선험자의 지지와 도움을 받는다.

- 원가족에게서 무의식적으로 형성됐던 결핍을 서로가 이해하고 채워주어 좋은 부모가 될 수 있도록 준비한다. 자녀를 출산하면 다음 단계로 이행한다.

   (요즘은 딩크족, 입양도 많이 늘어가는 추세).

결혼은 이인삼각 경기

미아야. 당신 이름을 이렇게 불러보는 것도 참 오랜만이다. 당신을 처음 본 날, 백합꽃처럼 단아한 당신의 모습에 가슴이 마구 뛰었어. 몇 번의 만남을 이어가며 당신이 연약한 외모와 달리 성취욕이 강하고 의지가 굳센, 내가 기다려왔던 바로 그 사람이라는 걸 확신했어. 당신과 만나는 석 달 동안 나는 하루도 빠짐없이 그 기쁨을 편지로 썼어. 꿈같이 달콤하던 그 시간에 이어 드디어 당신과 결혼을 하게 됐을 때 나는 온 세상을 다 얻은 듯 행복했다.

그런데 결혼 8년차인 올해, 우리 사이에는 믿지 못할 일이 빈번하게 일어났어. 한 날 선 그날, 다툼 끝에 실랑이를 벌이다 현관문을 닫고 나오면서야 내가 당신을 밀쳐 쓰러뜨렸다는 걸 깨달았어. 그 순간 어찌해야 할지 몰라 당신을 일으켜주지도 못하고 집을 뛰쳐나온 내가 한심하기도 하고 화도 났어.

엘리베이터를 타고 내려와 주차장으로 가지 않고 공원 쪽으로 무작정 걷는데 눈발이 날리더군. 올해 들어 처음 내리는 눈을 맞으며 왜 그토록 사랑하던 당신을 아프게 하고, 나 또한 꽁꽁 얼어붙은 마음으로 공원을 걸어야 하는지 알 수 없었다. 펑펑 쏟아지는 눈을 맞으며 걸으려니 자꾸 눈물이 났어. 날이 어두워졌지만 어디에도 내가 갈 곳도, 가고 싶은 곳도 없었어. 당신을 팽개쳐둔 채 집을 나온 나는 세상에서 제일 나쁜 남자이고 내가 원하지 않는 남편의 모습이었어.

한참 후 당신에게서 짐을 싸서 나가라는 문자 메시지가 들어오더군. 너무 미안한 마음에 정말로 그래야 할 것 같아서 집으로 향하던 길에 당신은 아이를 데리고 어디론가 간다는 문자 메시지를 다시 보냈어. 화급히 집에 도착했을 때는 당신은 그 눈을 뚫고 이미 차를 가지고 집을 나선 후였어. 그리고 당신이 다시 연락해 오기까지 1박 2일 동안 나는 거의 제정신이 아니었어.

매장 네 군데를 돌며 아침 회의를 주관하고 구매 전표에 사인을 하면서도 나는 거의 넋이 나간 것 같았어. 당신이 화가 나면 날더러 짐을 싸서 나가라는 말은 했었지만 당신이 아이와 집을 나간 것은 처음이었으니까. 그 밤길을 운전해서 당신이 아이와 함께 어디를 간 건지 너무나 걱정이 되어 입안이 바짝바짝 타들어갔어.

그날 밤, 오지 않는 당신을 기다리며 나는 우리의 지난날을 되돌아봤어. 그간 어머니가 돌아가신 것을 비롯해 많은 일이 있었는데도 우리는 쉼 없이 목표를 향해 달려왔더군.

우리는 돈을 많이 벌어 어려운 사람들과 나누면서 살자고, 우리나라 최고의 한정식 식당도 열자고 함께 꿈꿨어. 그 꿈을 완성하기 위해 하루도 쉬지 않고 일해온 덕분에 결혼 8년 만에 부동산도 여러 채 가지게 됐지. 우리의 사업체 매장도 네 곳이나 열게 된 건 모두 당신 덕택이더군. 한눈에 모든 상황을 판단해서 적재적소에 사람을 투입하고, 센스쟁이 당신 덕분에 인테리어도 깔끔하면서 개성을 잃지 않게 꾸밀 수 있었어. 우리만의 메뉴도 열심히 개발했기에 여기까지 잘 올 수 있었고.

그런데 환상의 하모니를 이룬 우리가 왜 그토록 다투게 된 걸까? 계획대로라면 올해 우리가 꿈꾸는 한정식 식당을 개업하기 위해 부동산을 정리하는 타이밍이었는데 부동산이 급락하면서 발이 묶여버렸어. 수입은 많지만 높아진 이자로 지출이 더 늘어나 열심히 일하는데도 저축은 쌓이지 않았어. 바쁘긴 한데 일에 흥미를 잃어가고 무기력해졌어. 생각해보니 우리가 다투기 시작한 게 그때부터였어. 참 많이도 싸우며 힘들어 하던 당신이 상담을 시작했고, 어느 날 우리 가정에 자주 큰소리가 났던 것이 두 사람 사이의 애정이 사라져서 그런 게 아니라는 이야기를 했을 때는 나도 반가웠어. 당신이 돌아오지 않았던 그날 밤에 나도 그런 생각을 했거든.

그 후 어렵사리 시간을 내어 우리가 여행을 다녀온 후에는 웃는 게 어렵지 않아졌어. 앞으로 큰아이와 우리 사이에 활기를 주고 있는, 몇 달 후에 태어날 막내를 위해서 웃을 일이 많았으면 좋겠다.

　그래서 오늘은 당신이 나를 위해 차리던 밥상을 내가 당신을 위해 아욱국과 꽃게찜으로 차려봤어. 생각해보니 손님을 위한 식탁을 차리는 매장을 네 개나 운영하고 있지만 나를 위해 밥상을 차려줄 사람은 이 세상에 오직 당신 하나뿐이더군. 어머니가 돌아가시고 당신에게 말은 못했지만 나 많이 힘들었는데 당신은 알았을까? 밥상을 차리며 당신과 어머니 생각이 많이 났어. 결혼 전에는 어머니의 밥상을 기다렸는데 결혼 후에는 당신이 차려주는 밥상을 기다리며 살았던 듯도 하다. 당신의 손맛과는 비교할 수 없겠지만 천천히 많이 먹었으면 좋겠어.

　새해에는 나는 당신의 기민한 순발력과 강한 의지를 배우고 당신은 나의 찬찬한 대화 방식을 배우자. 그러면 우리 사이에 싸움이 줄고 더 많이 웃을 수 있는 여유가 생길 것 같다. 우리가 좋아하는 여행도 1년에 네 번쯤은 우리에게 선물하면서 좀 천천히 가보자. 사랑해서 결혼했고, 그 사랑을 잘 지키려고 열심히 살아왔으니 이젠 행복해지고 싶어. 여전히, 여전히 내게는 백합 같은 사랑하는 미아야. 나에게는 당신과 아이가 이 세상 전부야. 내가 하는 매장에 관한 모든 말은, 그러므로 당신을 사랑하다는 매일매일의 고백일 뿐이란 걸 당신이 눈치채줬으면 좋겠다. 미아야.

연약한 외모의 그녀를 우연찮게 처음 면담하게 됐던 장소가 야외였는데도 그녀는 눈물을 참지 못했습니다. 그녀는 상담을 통해 남편과의 불편한 관계를 개선하고 싶어 했습니다. 그러나 첫 상담에서 가계도 작업을 진행하면서, 저는 그녀가 남편뿐만 아니라 시댁과의 관계에서 주로 책임지는 역할을 해왔다는 사실에 주목했습니다. 그녀는 원가족과의 관계에서도 전형적인 장녀 콤플렉스를 보이는 등 심한 역할 스트레스에 시달리고 있었습니다. 역할 스트레스란 여러 역할을 수행하는 과정에서 에너지가 부족할 때 역할 기대에 부합하려는 자신의 기대와 타자의 기대를 모두 충족시키지 못하여 일어나는 갈등입니다. 게다가 그녀는 심리검사 결과 불안과 우울 지수도 높게 나타났습니다.

　주도적이고 독립적인 그녀는 고등학교를 졸업한 뒤 진학 사정이 여의치 않자 금융계에 취업을 했고 자력으로 대학에 진학했습니다. 그녀는 자신이 떠맡은 역할을 나눠줄 누군가, 즉 지친 그녀를 돌봐준 사람을 절실하게 바랐고, 남편에게 그 역할을 기대했습니다. 남편은 성실한 사람이었지만 그녀가 원하는 바에는 못 미쳤습니다. 이제껏 그녀가 해온 '돌봄'의 역할은 상대방의 입장에서보다 그녀 자신의 눈높이에 맞춰져 있었던 것입니다.

　그녀는 말을 잇지도 못할 만큼 우울한 원인이 부부 간의 불화라고 여기고 있었지만, 상담을 거듭하면서 과도한 역할 수행 때문이라는 것을 알게 됐습니다. 매장이 늘어날 때마다 새로운 운영 체계를 갖춰 나가야 하는 경영 과정, 예컨대 직원 관리, 마케팅, 메뉴 선택, 고객 서비스 등 어쩔 수 없이 새롭게 파생되는 안건들 때문에 경영이 안정기에 접어들 때까지 끊임없이 개선하고 열정을 쏟아부어야 했습니다. 게다가 네 살 된 아이의 육아는 물론 시댁과 친정 부모인 원가족에게도 신경을 써야 했지요. 그들 부부는 이미 심신의 에너시가 고갈된 상태에서 여러 불리한 상황에 노출되어 있었습니다.

기민하고 최상주의자인 그녀는 기대에 못 미치는 남편의 일 처리에 불만이 컸습니다. 그녀가 바라는 남편상은 매사 전체를 조망하고 신속하게 움직여주는 사람이었습니다. 남편이 그녀의 역할을 시원하게 덜어주고 이런저런 일들을 스스로 알아서 매끄럽게 처리해주길 바랐습니다. 그러나 남편은 언제나 그녀보다 한 걸음 늦는 듯이 느껴졌습니다.

저와 만났을 당시 같은 꿈을 위해 맹진해온 두 사람은 뒤를 돌아볼 겨를도 없이 심신이 탈진한 상태였습니다. 무엇보다 가장 밀착된 관계인 부부간에 자신들도 의식하지 못한 채 서로에게 원인을 돌리는 악순환을 되풀이하고 있었던 것이지요.

저는 그녀에게 남편이 어떻게 이야기할 때 화가 나는지, 왜 그런 대화의 악순환이 계속되는지를 면밀히 관찰하게 했습니다. 또한 극도로 화가 났을 때는 타임아웃이나 명상 호흡

등을 통해 자신을 건너다볼 수 있는 시간을 확보하게 했습니다. 상담 회기가 거듭될수록 그녀는 자기 자신과 객관적인 거리를 둘 수 있게 됐습니다.

앞만 보고 내달려온 그녀에게 환기의 시간이 절실해 보였습니다. 다른 사람들은 어떻게 살아가는지 관심을 가지는 것도 한 방법이겠기에 때마침 회원 모집 중이던 '100일간 치유와 코칭의 글쓰기' 프로그램을 권했습니다.

'함께성장연구원 & 함께쓰는글터'가 진행하는 '100일간 치유와 코칭의 글쓰기'는 미처 깨닫지 못하고 살아온 내 안의 창조성을 일깨우기 위해 글쓰기로 통찰력과 실행 지수를 높이는 프로그램입니다. 글로 내려놓음으로써 과거의 상처를 치유하고 현재 위치를 알며 미래로 나아가는 성장 프로그램이라 하겠습니다. 100일 동안 하루도 빠짐없이 자유로운 형식으로 주제에 맞게 A4 한 장 분량의 글을 쓰고, 매주 주제와 관련된 지정 도서를 리뷰하며, 10주 동안 주제가 있는 글쓰기를 합니다. 이 과정을 통해 강점을 찾아 자신의 지도를 완성하는 것이 목표입니다. 또한 한 달에 한 번씩 주제가 있는 세미나 수업을 통한 네 차례의 강연도 합니다. 정교한 글쓰기 주제와 피드백을 거치는 동안 자신과 가족, 이웃, 사회를 이해하게 됩니다. 그리고 어떻게 살아갈지 삶의 방향성이 선명해집니다. 이 과정이 그녀에게는 큰 도움이 되리라고 생각했습니다.

그녀는 100일 동안 함께 글을 쓰는 동기들을 만났고 서로의 삶을 배우게 됐습니다. 그녀가 '100일간 치유와 코칭의 글쓰기'를 진행하는 동안 저는 상담을 잠시 미뤘습니다. 글쓰기 과정이 그녀에게 또 다른 치유의 시간이 되리라고 믿었기 때문입니다.

그녀는 동기들과 많은 것을 나누며 프로그램을 마쳤습니다. 무엇보다 이 과정을 통해 자신이 아닌 타인의 삶을 바라보게 되고 이해하게 됐습니다. 또한 자신이 어떻게 살아 현재에 이르게 됐으며 미래에 어떤 꿈을 그리고 있는지를 알았습니다. 지금도 그녀는 여덟 명의 동기들과 끈끈한 결속력을 다지고 있습니다.

상담을 마칠 즈음 그녀는 그들 부부가 처한 상황을 직시할 수 있는 눈과 여유를 가지게 됐습니다. 그녀가 왜 그렇게 지쳤는지 성마름의 원인을 찾을 수 있었습니다. 꿈을 이뤄가는 과정에서 부부의 호흡이 잘 맞지 않았던 것일 뿐 서로를 위하는 사랑은 여전하다는 것을 깨달았지요. 서로의 사랑도 제대로 읽지 못할 만큼 꿈만 바라보며 쉬지 못하고 달려오느라 지쳤던 것입니다.

꿈은 우리를 지탱시키고 앞으로 나아가게 하는 동력임이 분명합니다. 그러나 꿈을 이루기 위해 가족이나 자신을 혹사해야 한다면 주객이 전도되어 꿈의 지배를 받는 삶이 되고 맙니다. 지금 여기, 우리가 두 발을 내딛고 있는 현재가 행복해야 더 큰 미래를 그릴 수 있다는 점을 잊지 말아야 합니다.

우리는 사랑의 결실인 결혼을 꿈의 제물로 바치는 과오를 종종 저지릅니다. 사랑의 맹세를 하며 꾸린 가정에서 예상치 못했던 변화를 겪게 될 때마다 부부는 생소한 경험으로 혼란을 겪으며 관계까지 영향을 받습니다. 그런 시련 속에서도 부부는 서로에게 화풀이 대상이 아니라는 점을 잊지 말아야 합니다. 부부는 인생의 숙제를 함께 풀고 파트너십을 발휘하여 서로를 독려하는 사이가 되어야 합니다. 그 과정에서 지치지 않도록 아낌없는 칭찬과 지지를 보내는 것은 서로를 일으켜 세우는 큰 동력이 됩니다.

결혼 10년을 달려온 부부는 이제 함께 이룬 결과물들을 바라보며 서로를 무한히 칭찬하고 인정해줄 수 있을 것입니다. 또한 부부의 공통 취미인 여행을 통해 휴식을 취하면 타성에 밀려 오랫동안 잊고 지냈던, 처음 서로에게 매료됐던 남성과 여성의 모습도 발견하게 되겠지요. 한순간에 모든 것을 파악했다고 생각하는 그녀와 하나부터 열까지 꼼꼼하게 살피고 대화를 나누며 일을 진행해야 하는 그는 반 보 늦추고 반 보 빨리 쫓아가 그들이 함께 선택한 이인삼각 경기를 잘 마칠 수 있도록 지혜를 모을 것입니다. 경직된 시선으로 서로를 비난하고 평가하는 것이 아니라 서로의 다른 시선을 인정하고 지지하면서 말입니다.

그녀는 쉼의 시간에 기다리던 둘째를 축복처럼 잉태했습니다. 유산의 아픔을 겪으며 둘째를 기다려왔던 그들 부부에게 더없이 기쁜 소식이었습니다. 가족에게 활기를 불러일으켜 줄 새 생명의 탄생은 그들 부부에게 더 큰 성장의 계기가 될 것입니다. 때맞춰 친정 부모님이 곁으로 이사를 오셔서 그녀는 심정적으로 더욱 안정을 찾고 태교에 힘쓸 수 있게 됐습니다. 내담자에서 저의 제자가 된 총명한 그녀가 이 시간을 잘 즐길 수 있길 바라며 곁에서 지켜볼 것입니다.

꿈에도 그리운 엄마에게

 엄마, 기차를 타고 서울로 가는
길이에요. 건너편에는 엄마의 훤칠한 사위가 자기를 꼭 닮은 개구
쟁이 아이와 장난을 치느라 정신이 없고, 저는 이렇게 엄마한테 편
지를 써요. 지난번에 우리 다섯 자매가 엄마의 묘소를 방문했을 때
편지를 쓰고 싶었는데 언니들과 노느라 시간이 나지 않더군요. 세
살 때 저를 떼어놓고 가신 것만 원망했지, 엄마가 잘 계신지는 한
번도 묻지 못했네요. 엄마, 계신 그곳은 어떠세요? 저보다 오래 산
가족들의 기억으로 재구성될 수밖에 없는 나의 엄마는 사진 속의
아름다운 젊은 여인일 뿐입니다.

스무 살 꽃 같은 나이에 결혼해 단칸 셋방에서 줄줄이 다섯 딸을
낳아 기르시다가 서른일곱에 돌아가신 엄마. 겨우 내 집을 장만해
서 살 만하다 싶었다던, 아직도 아버지가 살고 계신 그 집을 기억
하시는지요? 지금 엄마가 계신 그곳에도 엄마가 좋아하는 새가 울

　　　　　　　　두 걸음 다가가기 : 다른 가족의 탄생

고 백합꽃이 만발한지요? 제게 예쁜 이름을 지어주시고 곧 헤어져야 했던 엄마. 엄마도 이 막내딸이 궁금하셨을까요.

엄마가 돌아가시고 1년 만에 새엄마가 오셨어요. 열두 남매 중 장남인 아버지의 대를 이을 아들이 필요해서 그렇게나 빨리 새장가를 드신 거라고 했습니다. 당시 첫 결혼이었던 새엄마는 아빠의 바람대로 아들을 낳으셨고, 저는 시골 할머니 댁으로 보내졌어요. 그곳에서 살갑지는 않으셨지만 저를 애써 챙겨주셨던 할머니와 함께 초등학교 3학년이 될 때까지 살았지요. 언니들이 방학 때마다 내려왔다가 서울로 돌아갈 때면 나도 함께 가겠다고 악을 쓰듯 울었지만 아무도 저를 데려가지 않았어요. 그래도 해가 지면 엄마를 대신해 할머니가 저를 찾아주셨고, 나무와 시냇물, 아이들과 벗하며 사내아이처럼 뛰놀았던 그곳은 고마운 곳이었습니다. 제 인생의 암흑기라고 부르는 그 후 7년 동안 때때로 그곳이 그리웠습니다. 제가 자연을 좋아하는 것은 그때의 시간이 준 선물일 거예요.

엄마, 이럴 생각은 아니었는데 자꾸 눈물이 나네요.

다시 함께 생활하게 된 가족들과의 일상은 제게 지옥이었습니다. 어쩌다 맛난 반찬에 저절로 젓가락이 가면 식탁 밑에서 제 발을 세차게 건드리는 발짓이 사나웠고, 산처럼 쌓여 있는 설거지며 집안일이 저를 기다리기 일쑤였습니다. 다섯 명의 여자아이들이 함께 기거하는 방에서는 불기가 없는 윗목이 저의 잠자리였습니다. 새엄마는 세탁기를 세워놓고, 굳이 손빨래를 시키고 운동화를 빨게 했습니다. 밤에 눈이 내리면 새벽부터 저를 발로 툭툭 쳐서 깨우고는 마당에 쌓인 눈을 치우게 해서 저는 눈 오는 날이 너무 싫었습니다. 손님이라도 집에 오면 그들이 갈 때까지 방 안에서 못 나오게 했고, 별식은 이복동생들 차지였습니다. 저는 아빠와 함께 살기 전에 행복하게만 보이던 언니들의 서울살이가 얼마나 고통스러웠던 것인지 저절로 알게 됐어요. 스트레스로 야뇨증까지 생긴 저는 눈칫밥으로 자라면서 세상에서 가장 불쌍한 콩쥐가 저라고 여겼습니다. 그때 제 소망은 빨리 커서 새엄마의 만행을 고발하는 책을 세상에 내서 복수하겠다는 것이었습니다.

상업고등학교를 졸업한 셋째 언니가 회사에 취직을 하면서 그 지긋지긋했던 저의 암흑기는 끝이 났습니다. 언니가 저를 데리고 독립을 한 것입니다. 그때 제 나이 열여섯 살이었습니다. 언니들은 서울우유를 배달시켜주었고 용돈, 보약, 신발 등 제게 필요한 것을 갖춰주며 엄마처럼 사랑해주려고 애썼습니다. 언니들도 세상살이가 쉽지 않은 나이였는데, 지금 생각해보면 무척이나 고마운 일이 아닐 수 없습니다.

특히 셋째 언니는 저에게 많은 것을 주었습니다. 결혼도 잘한 언니는 경제적 가치를 우선하기보다 나눔의 가치를 실천하면서 삽니다. 현재 부부가 함께 박사 과정 논문 통과를 앞두고 있습니다.

제가 쉽지 않은 아르바이트와 장학금으로 학업을 놓지 않고 심

　　　　　　두 걸음 다가가기 : 다른 가족의 탄생

리학 석사 과정까지 마칠 수 있었던 것은 배움을 향한 언니의 끝없는 열망과 실천 의지를 배울 수 있었기에 가능한 일이었습니다. 배워야 세상에 꼭 필요한 사람이 될 수 있으리라는 믿음 때문에 아무리 어려워도 저는 배우는 것을 그만둘 수 없었습니다. 학기마다 학비를 마련하는 일이 너무 힘들었지만, 배움이야말로 제가 살아 있다는 것을 증명할 수 있는 즐거운 일이었습니다.

축복 같은 제 결혼은 대기업 임원이신 셋째 형부의 소개로 이뤄졌습니다. 그이를 만났을 때 왜 그렇게 남들 앞에서는 이야기하기 어렵던 제 개인사를 처음부터 쉼 없이 털어놓을 수 있었는지 모르겠습니다. 그때 저는 아버지가 새엄마를 얻지 않았으면 얼마나 좋았을까, 새엄마가 나를 괴롭힐 때 아버지는 왜 적극적으로 막아주지 못했을까 하는 아버지에 대한 원망으로 왜곡된 남성상을 가지고 있었습니다. 그런데 첫날부터 경청의 미덕으로 남자에 대한 불신만 가득한 제 마음을 녹아내리게 한 그이는 지금의 제 남편이 됐습니다. 결혼과 더불어 제게도 시부모님과 시동생이 생겼습니다. 언제든 저희를 기다려주시고 무엇이든 베풀어주시는 시부모님. 그분들은 너른 바다의 품 가까운 곳에 살고 계십니다. 아이가 양가 조부모님의 사랑을 듬뿍 받으며 성장하는 모습을 지켜보는 것도 저의 꿈 중 하나였어요.

저희는 지금 시부모님과 보낸 여름휴가를 끝내고 돌아가는 기차 안입니다. 옆에는 시어른들께서 올망졸망 챙겨주신 정성이 깃든

보따리들이 함께 상경하고 있습니다. 돌아보니 그 모든 일이 아득한 옛일처럼 느껴집니다.

엄마, 자랑하고 싶은 것이 있어요. 바로 저의 정원입니다. 응달에 기운 없이 핀 화초였던 제가 해바라기처럼 햇살을 반기게 된 저의 정원. 이제 세 살이 된 어린나무 아이와 한 그루 아름드리나무로 우리의 늠름한 버팀목이 되어주고 있는 남편. 이 글을 쓰다가 문득 남편의 얼굴을 다시 바라봅니다. 큰 키, 오뚝한 콧날, 다정한 입매, 하얀 얼굴, 무엇보다 가족에게 따뜻한 웃음을 보여줄 준비가 언제든 되어 있는 저 얼굴. 세상에 하나밖에 없는 저의 정원을 함께 가꾸는 사람입니다.

엄마, 저 사람은 제게 못다 주신 사랑이 가슴 아파서 당신이 보내주신 사람인 거지요? 저는 그이를 단박에 알아봤습니다. 첫날부터 밥상에서 제 숟가락에 생선살을 발라 올려놓더니 결혼 7년 동안 한결같이 저를 먼저 챙기는 사람, 아이에게 얼마나 잘해주는지 아이가 아빠 곁에서 떨어지지 않으려고 해서 간혹 제가 계모인가 싶을 정도로 서운한 마음이 들게도 하는 사람, 그렇듯 귀한 사람. 그이가 어떻게 제 앞에 닿았을까요.

이제 아버지도 많이 늙으셨어요. 말씀은 안 하시지만, 과거에 조금만 저희에게 관심을 가졌으면 좋았겠다는 후회를 하고 계신 듯도 합니다. 얼마 전 아버지는 생신을 우리 자매들과 함께했습니다. 몇 년 전까지만 해도 새엄마는 딸들이 아버지를 만나는 것을 가로

막더니 이제 생신 모임을 가지려면 아버지를 모셔 가라고 하네요. 언니들은 새엄마가 이젠 아버지를 뒷방 노인네로 취급한다고 속상해 했습니다.

그이와 첫인사차 새엄마가 있는 집을 방문했을 때 그렇게 무서웠던 그 집은 더 이상 공포의 공간이 아니었습니다. 그토록 악다구니를 쓰며 저를 괴롭히던 새엄마는 제 눈을 바로 보지 못하더군요. 이젠 저에게도 든든한 제 편이 생겼다는 것을 그때 또 알게 됐습니다.

하지만 엄마, 결혼 후 4년 만에 어렵사리 아이가 태어나고 또 둘째를 유산하고 나니 새엄마에 대한 생각이 조금 달라집니다. 만약 제가 초혼으로 전처의 자식이 다섯이나 되는 집안의 계모로 살았다면 저는 잘할 수 있었을까도 생각해보게 된 것이지요. 힘이 많이 들었겠지요. 그러나 저라면 균형을 잃지 않으려고 노력은 해봤을 것 같습니다.

기억하고 싶지도 않은 시간입니다. 그러나 그 시간으로 인해 저는 제가 평생을 바쳐 할 일을 찾았습니다. '부부가 행복해야 자녀도 행복하다는 것을 전하는 행복 가정 지킴이'로 세상에 힘이 되고 싶습니다. 제가 사회에서 받았던 사랑, 특히 16년간 믿어온 신앙으로 얻은 힘을 사회에 환원하고 싶습니다. 또 저는 부자가 되어 나누며 살고 싶은 꿈을 이루기 위해 그동안 열심히 저축해서 집도 마련했습니다.

이제 서른 중반이 된 지금, 두 번째 아이를 잃었을 때 저를 떼어

두고 가셔야 했던 엄마가 어떤 마음이셨을지 너무나도 잘 알게 됐습니다. 옆에 계셨다면 시부모님과 언니네 가족들의 지지를 받으며 자기 정원을 정성껏 가꾸는 엄마 딸이 예쁘다고 말씀해주셨을 텐데. 한 번만이라도 잘하고 있다는 엄마의 목소리를 들을 수 있다면 저는 얼마나 기쁠까요.

다음에 엄마에게 편지를 쓸 때는 오늘만큼 울지 않을 수 있을 것 같아요. 오늘 제 편지는 여기까지입니다. 서울역에 도착했습니다. 집에 도착해서 제일 먼저 할 일은 사랑하는 그이를 위해 새 요리책을 펼치는 일입니다. 헤드헌터로 일하는 그이는 업무의 특성 때문인지 입맛을 자주 잃곤 합니다. 그이가 우리의 정원에서 새소리를 들으며 맛난 음식을 먹고 입맛을 되찾게 하는 것, 그이에게 무엇이 필요한지를 늘 마음으로 가늠해보고 그것을 채워주려 노력하는 것, 그이를 위해 매력적인 여인이 되는 것, 제가 그이를 사랑하는 방법입니다.

엄마, 목소리를 들려주시지 않아도 괜찮아요. 제 마음이 자주 엄마에게 머물 때, 그때가 엄마가 제게 다정히 말을 건네주시는, 제 머리를 쓰다듬어주시는 시간이라는 것을 알고 있습니다. 엄마, 나의 엄마. 늘 가까이에서 사랑하고 있다는 것, 알고 계시리라 믿어요. 사랑해요.

당신의 예쁜 막내딸 올림. ↓ ↓

두 걸음 다가가기 : 다른 가족의 탄생

첫인사를 어떻게 해야 할까? 그녀를 처음 만나기로 약속하고서 저는 한참 인사말을 골랐습니다. 당시 그녀의 건강이 별로 좋지 않았기 때문입니다. 그러나 그런 걱정은 기우에 불과했지요. '함께성장연구원'에서 그녀는 누구보다 환한 웃음으로 그 자리를 편하게 해줬습니다. 그 후 그녀의 성장 과정을 알게 된 저는 그녀와의 인터뷰를 시도했습니다.

그녀는 첫아이와 애착 관계를 형성하는 36개월간의 공생기를 지나는 중이었는데, 성취 욕구가 강해 자신의 사회적 성장이 이대로 멈춰버리지 않을까 하는 불안감을 느끼고 있었습니다. 한편 아이에게 좋은 엄마가 되어주지 못할까 봐 염려했습니다. 자신의 성장 과정에서 좋은 양육자의 모델이 없었기 때문에 스스로 좋은 엄마의 모델을 만들어갈 수 없다고 생각한 것입니다.

성장하는 동안 양육자와의 친밀한 애착 관계가 충분히 형성되지 못해서 애정이 부족했던 사람은 성인이 되어서라도 자기 내면의 아이를 보살피는 시간이 반드시 필요합니다. 저는 그녀에게 밥상을 차려주는 사람이 없었던 유년 시절이 기억나면 스스로를 위한 성찬을 차려서 아이와 함께 그 밥상을 즐기라고 말해줬습니다. 또한 어릴 때 엄마가 있었더라면 그녀에게 어떻게 해줬을까를 상상해보라고 권했습니다. 그때 어린 그녀가 사랑받았을 법한 일들을 이제 서른 중반의 어른이 된 그녀가 자신에게 해주면서 내면의 사랑받지 못한 아이를 돌보라고요. 치유되지 않은 미해결의 슬픔은 아이에게 그대로 영향을 미치므로 무엇보다 부모의 슬픔이 먼저 치유돼야 합니다.

세 살 때 엄마를 여읜 그녀도 누군가의 무조건적인 사랑이 필요했습니다. 다행스럽게도 그녀의 곁에는 그녀를 지켜봐주는 든든한 사람들이 존재했습니다. 셋째 언니의 무조건적인 사랑은 지금의 그녀로 서게 하는 데 많은 도움이 됐습니다. 이제는 그녀에게 전폭적인 지지와 무한한 사랑을 보내는 남편도 있습니다. 인터뷰 중에 남편의 모습을 묘사할 때마다 그녀의 눈동자가 샛별처럼 반짝였습니다. 그리고 시부모님도 계시지요. 신혼 기간에는 서로에게 적응하는 과정이 필요했지만 시부모님은 언제나 그녀의 따뜻한 지지자입니다.

저는 시부모님에게 한 걸음 더 나아가는 것이 그녀의 정원에 더 많은 열매를 맺을 수 있는 길이라고 그녀에게 말해줬습니다. 저도 부모님을 일찍 여의고 결혼을 했던 바, 시부모님의 무조건적인 지지가 얼마나 삶을 풍요롭게 해주는지 잘 압니다. 그녀가 시부모님을 대하는 태도를 보면서 그녀의 아이는 저절로 부모를 대하는 태도를 배우게 될 것입니다.

새엄마를 회상하며 많이 울었던 그녀는 이제 울지 않습니다. 과거를 돌아보면서 자꾸 슬퍼지는 것은 과거의 그 자리에서 한 발짝도 나아가지 못했다고 생각하거나 현재가 행복하지 않다고 느끼기 때문입니다.

그녀는 더 이상 유약한 소녀가 아닙니다. 이제 그녀는 많은 것을 지녔습니다. 과거를 돌아보며 그때 자신을 힘들게 했던 대상조차도 새롭게 바라볼 수 있는 시각, 즉 여유를 가지게 된 것이지요. 그 슬픔을 넘어서서 감사할 여유가 생긴 그녀는 자신의 성장 과정을 눈여겨봐준 모두에게, 언니들과 신앙, 특히 남편에게 고마워했습니다.

감사 대상에는 누구보다 자기 자신도 포함해야 합니다. 자신을 바르게 사랑하는 방법을 끊임없이 탐색하고 역경 속에서도 학업을 마쳐 상담심리사가 된 그녀는 현재의 모습에 도달해준 자신을 대견스러워해야 합니다. 수없이 홀로 넘어져 그 자리에 주저앉고 싶었던 순간에도 달콤한 유혹에 이끌려 시간을 허비하지 않고 마침내 자신의 자리에 서게 된 그녀는 삶의 위대한 승리자라고 하지 않을 수 없습니다.

그녀는 '함께성장연구원' 과정을 훌륭히 마쳐 연구원이 됐으며 현재 타자의 성장을 돕는 책을 준비하고 있습니다. '100일간 치유와 코칭의 글쓰기' 과정에서 그녀는 한 번도 글쓰기를 거르지 않고 100일 과정을 완주해 '독한 상'을 수여받았지요. 그녀의 남편도 다음 기수로 참가하여 100일 과정에서 '독한 상'을 함께 받아 부부가 명예의 전당에 함께 오르는 연구원의 새로운 역사를 썼습니다.

성실함만큼 큰 재능을 본 적이 없는 저로서는 그들 부부가 무척이나 귀하게 여겨지고 그들의 가정이 어떻게 발전할지 몹시 기대됩니다. 그녀가 행복 지킴이로 책을 출간하고 강연

하고, 그들 부부가 기다리는 둘째의 탄생과 함께 자신이 중
요하다고 생각하는 삶을 실천하는 모습을 보고 싶습니다. 그
녀가 원하는 대로 타자를 도우며, 자신의 영역을 확장하고 사
회에 기여할 때 그녀의 아픔은 더욱 승화될 것입니다.

6년의 달콤한 연애,
4년의 쌉싸름한 결혼 | 가족 신화 계획서

어제 자기가 꽃다발을 한 아름 안고 들어오는 모습을 보고서야 우리가 결혼한 지 4년이 되는 기념일이라는 걸 알았어. 그리고 좀 놀랐지. 내 마음속의 느낌이란 것이 고작 '오늘이 결혼기념일이었구나' 정도였거든. 까맣게 잊고 있었으니 당연히 자기를 위해 준비한 선물도 없었어. 자기는 실망한 척은 하는 것 같았는데 기실 그다지 실망한 듯 보이지 않았어.

연애를 하는 6년 동안 갖은 핑계를 대고 1년에 열 번은 기념일을 만들어 어떻게든 즐겁게 보내던 우리가 왜 이토록 서로에게 시들해졌을까? 자기와 한집에서 한 달만 살 수 있다면 더 이상 바랄 게 없겠다고 생각한 적도 있었는데. 자기만 보면 행복해지던 내가 이제 자기만 보면 그야말로 가족처럼 무덤덤한 형제애를 느끼니 이게 어떻게 된 거냐고?

지난 주말에 우리가 산책하던 공원에서 유모차에 앉은 쌍둥이를 봤잖아. 동화 속의 아이들처럼 너무나 사랑스러웠어. 그런데 그 아이들을 보고 있으려니 나도 모르게 눈물이 나더라. 순간 자기 모르게 눈물을 감추느라 당황했어. 우리를 닮은 아이의 유모차를 밀고 있는 모습이 우리의 미래라고 당연하게 생각했는데, 이젠 그런 날이 과연 오기나 할지도 아득하게만 여겨져. 양가 어른들을 뵙거나 집안 행사에 참석하는 일이 점점 무서워져. 모두들 나만 보면 좋은 소식 없느냐고 물어대는데 내가 그 질문에 뭐라 대답하겠어.

그런 어른들의 기대에 부응하려고 한동안 자기 몰래 한의원에서 언제 우리 아기를 가지면 좋을지 택일해 온 적도 여러 번 있었어. 그런데 이상하게 그날마다 자기는 술을 마시고 집에 돌아와서 씻지도 않은 채 나를 안으려 하더라. 술자리에서 온갖 냄새와 함께 돌아온 자기를 맞으려면 불쾌해져. 우리가 결혼했다고 해서 자기가 어떤 상태든 언제나 스킨십이 허용돼야 하는 거라고 생각하지 마.

언젠가 술 취한 자기를 슬쩍 밀었더니 침대 밑으로 굴러떨어지더라. 나중에 자기가 멍이 들었다면서 달리 기억나는 것 없느냐고 물었는데 양심에 좀 찔렸지만 시치미를 뗐어. 미안해. 하지만 자기가 왠지 자기 같지 않고 낯설고 불결하게 느껴졌어. 그런 상태로 어떻게 우리의 2세를 품겠냐고? 그러니까 제발 술 미시고 내 곁에 오지 말아줘. 친구들이랑 이야기를 해봐도 술김에 덤벼드는 남편은 모두들 노 땡큐야.

그리고 말이 나온 김에 한마디 더 하자면 요즘 자기 배가 올챙이

배처럼 볼록하더라. 체력 관리를 하느라 일주일에 세 번은 달리기를 하던 자기가 이 집을 구하면서도 운동하기 편리한 공원 옆이라 좋다고 했던 건 다 잊었나 봐. 주말에도 하루 종일 소파에 눌어붙어서 소파 인간이 된 지 까마득하게 오래이니 말이야.

우리 아기를 위해 좋은 아빠가 될 준비는 언제 하는 거야? 나도 하루 종일 회사에서 힘들지만 자기를 생각해서 샤워 후에 자기가 좋아하는 향수도 살짝 뿌리고 자는데, 내가 좋아하는 스킨 냄새로 나를 유혹하던 도발적인 젠틀맨, 자기는 도대체 어디에 가야 다시 만날 수 있지? 자기가 정말 내가 좋아하던 그 사람이 맞기는 한 것인지.

자기가 술을 마시고 나를 안으려 하면 술 냄새가 역겨워지며 내가 무슨 업소에서 일하는 여자라도 된 느낌이야. 술 냄새를 풍기지 않아도 자기가 형제 같기만 하단 말이야. 제발 양치라도 하면서 얼굴이랑 손발을 꼼꼼히 씻고 스킨 정도는 바르는 예의나마 차려주면 안 될까? 그날이 그날 같은 우리의 일상에 좀 지치려고 해. 둘만 함께하는 시간도 보낼 만큼 보낸 것 같아. 이젠 우리도 아기를 맞을 시기가 지났는데 아빠 노릇 좀 잘하자.

신혼은 미래를 설계하며 알콩달콩 지내는 기간이라는데 그 '알콩달콩'은 도대체 어떻게 하는 거야? 아빠처럼 쓸데없이 별 지적을 다 하면서 남성미는 남극으로 보내버린 판다 곰 같은 자기와 무슨 미래를 설계하고 무슨 마음으로 황홀한 밤을 보내고 싶겠어?

외롭다는 말만 하지 말고 나를 좀 존중해줘. 매혹적인 여자로, 신실한 파트너로! 그렇지 않으면 우리 아기를 언제 만날지는 더 생각해봐야겠어. 나는 남자의 향기를 풍기는 자기의 멋진 남성상에 이끌려 결혼했어. 그러니 아빠처럼, 옆집 아저씨처럼, 남동생처럼 굴지 말고 남자의 모습으로 돌아와 나를 유혹해줘.

두 번째 상담을 하는 동안 그녀의 두 눈에는 눈물이 그렁그렁 고였습니다. 남편과 맞벌이를 하고 있는 그녀는 매사가 심드 렁하고 도무지 의미를 찾을 수 없다고 말했습니다. 그토록 원 했던 결혼인데 이젠 왜 결혼을 했는지도 잘 모르겠다고요. 그 녀는 데이트 비용을 아껴서 적금 통장을 만들어 전세금에 보 탤 정도로 연애 기간을 계획적으로 보냈기에 남편과 결혼만 하면 행복한 시간이 펼쳐지리라 생각했습니다. 그런데 두 사 람의 결혼을 의심한 것은 아니지만, 정작 남편이 제때 청혼하 지 않아 오래도록 애태웠던 기억도 지금은 우습기만 하다고 쓸쓸해했습니다. 마치 그녀는 타성에 젖은 결혼 20년차 주부 같았습니다.

6년간의 연애 끝에 결혼한 그들 부부는 결혼하자마자 권 태기에 접어들었던 것입니다. 두 사람 모두 고향이 지방이 었던 관계로 서로의 거처를 오가며 연애를 했던 터라 결혼 으로 달라진 것이라고는 조금 넓은 집으로 옮겨 새로운 가 구를 들여놓았다는 정도였습니다. 그래서인지 누구랄 것도 없이 결혼한 지 4년째가 되도록 2세를 가질 계획을 세우지 않았습니다.

연애를 시작하고 사랑이 무르익어갈 때 두 사람은 부모와 유아기 자녀의 관계처럼 공생기 상태가 됩니다. 상대가 부르 면 한달음에 달려가고, 시도 때도 없이 상대를 보고 싶어 하고, 상대의 어떤 요청도 거절할 수 없을 만큼 서로에게 몰두합니다. 어른들이 흔히 하시는 말씀처럼 눈에 콩깍지가 씌는 것이지요.

서로에게 열중하던 연인이 결혼을 하면서 공생기에서 벗어나는 것은 아주 자연스러운 변화입니다. '사람이 달라졌다'는 말은 이 과정을 제대로 이행하지 못한 몰이해에서 비롯됩니다. 저도 이 시기에 대한 이해가 전무한 상태로 결혼했기 때문에 결혼 생활 내내 속았다는 느낌을 지울 수 없어서 힘든 나날을 보내야 했습니다. 서로에게 완전히 밀착하는 공생기가 결혼 생활 내내 유지되는 것도 아닐뿐더러, 그 시기가 특별한 기간이었다는 것을 한참 후에야 알게 됐지요.

공생기가 끝나고 두 사람이 본래 모습으로 돌아오게 되면 크고 작은 부부 싸움이 시작됩니다. 무엇이든 절대적으로 상대에게 맞춰주려던 뜨거운 열정의 계절이 가고, 무엇이든 자신의 틀에 맞추기를 요구하는 차가운 이성의 계절을 맞는 것이지요. 이 시기를 잘 지나지 못하면 결혼 생활을 지속하는 내내 가정은 모래바람이 날리는 황량한 전쟁터가 되고 맙니다. 무엇이든 매력적으로 보이게 해주던 열정은 식고, 결혼을 약속하며 상대에게 품었던 기대가 충족되지 못하면서, 투덜이처럼 자꾸 혼잣말을 하는 시기도 바로 이때입니다.

의견 일치를 봐야만 평화롭다고 생각하는 사람일수록 자아가 완전히 분화하지 않은 미성숙 단계에 머물러 있는 사람입니다. 매사에 나와 같은 생각을 가진 사람을 원한다면 혼자 우아하게 살아야 합니다. 이 과정에서 차이를 받아들이지 못하여 갈등을 겪다가 급기야 이혼의 위기까지 치닫는 부부의 원인을 살펴보면 경제관념, 청소와 정리 정돈, 여행 습관 등 소소합니다.

세상에 나와 같은 사람은 어디에도 없습니다. 결혼은 서로 다른 시선을 가진 두 사람이 공간과 기억을 함께 공유하게 되는 삶의 '옆 지기'를 만나는 일입니다. 만약 무엇과도 바꿀 수 없는 달콤한 신혼기를 보내고 있다면, 나와 다른 옆 지기를 흥미롭게 지켜보며 나의 성장과 옆 지기의 성장 계획, 그리고 가정이 함께 성장할 공통의 계획을 세워야 합니다. 그 계획에는 재정, 건강, 재교육, 여가 등에 대한 세부적인 계획이 포함돼야겠지요. 이렇듯 신혼은 가정의 초석을 세우는 중요한 시기입니다.

2세를 가지기 전에 각자의 가치관과는 꼭 일치하지 않더라도 가정을 위해 공통으로 지켜야 할 가치관을 우선으로 가족 규칙을 만들어야 합니다. 그래야 새로운 생명으로 찾아올 2세를 행복하게 맞는 것은 물론 그 아이의 인생을 관찰할 수 있는 힘도 지니게 됩니다. 예민하고 청결한 그녀와 성격 좋고 소탈한 그가 결합해서 아름다운 생명체가 태어나기를 기다리는 사실만으로도 그들에게 신혼은 충분히 설레는 시기입니다.

또한 이 시기는 각자 성장하면서 원가족과의 관계에서 미처 채워지지 않았던 결핍을 서로가 충분히 채워주는 기간입니다. 서로의 성(性)을 잊지 않도록 노력해야 하지만, 신혼이 지나 아이가 태어나면 한동안은 아이를 중심으로 일상의 리듬이 재편될 수밖에 없습니다. 그러므로 신혼기는 두 사람이 아기에게 베푸는 것 같은 사랑을 서로에게 받을 수 있는 단 한 번의 기회입니다. 이때 서로의 욕구를 충분히 살펴서 좋은 부모가 될 수 있는 준비를 하세요. 이 과정을 거친 부모는 그렇지 않은 부모와는 비교할 수도 없을 만큼 선순환적인 가정을 꾸려 나가게 됩니다. 아이 역시 준비가 된 좋은 부모를 만나게 되는 것입니다.

서로의 결핍을 채워주려 충분히 노력했다면 이제 새 생명의 탄생을 준비하며 여러분의 왕국을 건설해야 하는 시기입니다. 물론 이 과정은 경직된 의무가 아니라 즐거운 놀이가 돼야겠지요. 행복한 놀이가 되기 위해서는 어떻게 하면 나와 옆 지기가 즐거울 수 있을까를 항상 탐구해야 합니다.

볼록 튀어나온 배를 끌어안은 채 텔레비전 앞에서 하염없이 간식을 먹는 남성이나 투포환 선수같이 우람한 어깨를 적나라하게 드러낸 채 부끄러움 없이 집 안을 활보하는 여성이 편하게만 보내는 일상이 결혼이라고 생각한다면, 한동안 2세를 기대하기는 어려울 것입니다. 결혼을 꿈꾸거나 이제 막 결혼했다면, 이제야 비로소 여러분의 매력을 옆 지기에게 마음껏 보여줄 수 있는 행복한 시간에 접어들었음을 기억하세요.

정상적인 부부 생활을 영위하면서 의도적으로 자녀를 두지 않는 맞벌이 부부, 즉 '딩크족Double Income, No Kids'이 늘고 있습니다. 딩크족이 늘어나는 이유는 육아와 교육에 대한 부담으로 출산을 기피하기 때문이기도 하지만 부부의 권태가 섹스리스로 이어지며 두 사람의 관계가 더욱 소원해졌기 때문일지도 모릅니다. 인간의 발달기에 따른 적절한 이행은 생의 전체 과업을 이뤄줍니다. 특히 2세의 출산과 양육은 삶의 지평을 새롭게 열어주는 것은 물론 일평생 보다 성숙한 마음으로 가슴 뜨겁게 살아갈 수 있도록 해줍니다.

상담 내내 왜 결혼했는지, 부부가 지금 해야 할 일과 앞으로 해야 할 일은 무엇인지에 대해 진지하게 이야기를 나눈 그녀는 이후에 재기 넘치고 발랄한 매력적인 여성으로 돌아갔습니다. 그렇다면 그녀의 남편은 어떻게 됐을까요? 그녀의 긍정적인 변화에 자극받은 그도 멋진 남성성을 되찾았습니다. 그들은 2박 3일간의 달콤한 여행도 다녀왔습니다.

조지프 캠벨은 "결혼은 나의 기대를 채우는 것이 아니라 상대의 기대를 채워주려고 노력하는 것이다"라고 말했습니다. 수많은 세상 사람들 중에 딱 한 사람, 여러분과 만나서 가정을 꾸린 배우자는 특별하고 귀한 존재입니다. 서로를 위해 무엇을 도와줄까를 늘 생각하며 자신의 매력을 더욱 강화하세요. 이것이야말로 평화롭게 성장하는 가정의 첫 지침이니까요.

준비되지 않은 남편의 무한 리필 아내 사랑

자다가 칭얼대는 둘째 아이한테 우유를 먹이려고 깼어. 우유병을 단숨에 비운 녀석은 잘도 자는군. 큰놈에게 이불을 덮어주고 침대로 돌아오다가 문득 곤하게 잠든 당신의 얼굴을 봤어.

무슨 꿈을 꾸는지 입가에 미소가 번져 있네. 그러고 보니 잠든 당신의 얼굴을 예쁘다고 생각한 것도 참 오랜만이다. 상담이 아니었다면 이런 시간을 맞지 못했을지도 모르는데 자기야, 나 참 잘했지? 열 번의 상담 과정을 통해 당신과 내가 우리의 가족 신화를 쓰고 있는 주인공이라는 것을 깨닫고 우리 가족의 성장에 관심을 가지게 됐으니.

상담을 하기 전만 해도 나는 당신이 왜 힘들어하는지 다 이해할 수는 없었어. 첫째를 낳았을 때는 아버지가 쓰러지셔서 투병하시다 돌아가셨고, 둘째 때는 장인어른이 쓰러지셔서 나도 정신이 없

두 걸음 다가가기 : 다른 가족의 탄생

었거든. 나중에야 그 상황에서 당신이 얼마나 힘들었을지 어렴풋이 알게 됐지만. 두 아이 다 공교롭게도 가족들이 곁에 있어줄 수 없었던 그 상황 말이야. 그 뒤로 당신이 싸울 때마다 그 이야기를 꺼내며 '가족이 남보다 못했다'고 말하면 나는 '또 그 타령을 시작했군'이라고 여기고는 어떻게든 그 자리를 피하려 했을 뿐이야.

그러다가 그날도 또 그런 식으로 싸움이 시작됐어. 어머님도 당신도 너무 밉다, 큰아이를 낳고서 아버님이 돌아가시는 바람에 조리도 제대로 못해 아직도 몸이 아프다, 아이를 어렵게 낳느라 얼마나 힘들었는데 지금도 그걸 몰라주는 어머님은 참 냉정하신 분이다, 아이들 고모들은 결혼을 안 해서 육아의 어려움에 대해 하나도 모른다, 당신 집안은 무심한 게 특징이다…….

당신의 끝없는 비난을 계속 듣고 있으려니 나도 화가 마구 치밀었어. 너무 화가 나서 순간적으로 방문을 발로 찼는데 새로 도색한 문에 구멍이 뻥 뚫리더군. 하지만 그때는 화가 난 와중에도 아차 싶었어. 일주일이나 걸려서 당신이 공들여 리모델링한 건데…….나중에 그 부분에는 원래 구멍이 뚫려 있었는데 살짝 때운 상태였다는 것을, 또 다른 방문들도 모두 그렇다는 것을 알게 됐지. 우리 집만 그런 게 아니라 다른 집들도 다 그렇게 사는구나 싶어지면서, 전에 살던 사람들도 싸울 때마다 방문을 걷어찼나 보다 생각하니까 쓴웃음이 나더라. 그 일이 내가 상담을 받아야겠다고 결심한 동기가 됐어. 이렇게는 더 이상 살 수 없다는 생각이 들었거든.

화해를 하기는 해도 이렇게 자주 다투는 데는 뭔가 문제가 있는 것 같아서 답답한 마음으로 회사 동료들과 이야기를 나눠봤지만 "일해서 돈이나 벌어다 주면 되지 집안일에 무슨 신경을 그렇게 쓰느냐"고 말하더군. 그 말을 들으며 나는 묻고 싶었어. 월급만 타다 줘도 가족 간에 화목하게 잘 지내냐고, 그렇다면 비결을 좀 알려달라고. 그런 와중에 상담 공지를 보게 됐지. 답답한 마음에 상담을 시작했지만 사실 큰 기대는 하지 않았어. 이렇게 편안해질 줄은 나도 몰랐다고.

상담을 하면서야 그때 당신이 산후우울증을 앓았다는 것을, 준비되지 않은 남편과 아버지인 나로 인해 힘들었으리라는 것을 짐작하게 됐어. 다행인 점은 상담을 통해 당신의 마음을 어루만져주는 게 지금도 늦지 않았다는 것을 깨달은 거야.

영업 파트의 특성상 늘 긴장 상태인 업무의 연속인데 집에서까지 근무의 연장인 듯 긴장해야 하는 게 너무 피곤했어. 고객과 직원 늘은 최소한의 예의라도 지키시만 당신은 그 최소한의 예의도 없이 걸핏하면 화내고 울고 소리를 지르고……. 소통이 전혀 되지 않는 어머니와 당신의 관계는 더 안 좋아져서 어머니를 만난 후에는 습관처럼 부부 싸움이 이어졌어. '왜 그때 그렇게 말해야 했는데 가만히 있었냐, 두 사람 사이에서 얘기를 잘해줘야 하는데 내 생각은 안 하고 왜 당신 혼자 일방적으로 상의 없이 그런 얘기를 하느냐, 나는 우리 엄마한테 화낼 때는 화내고 할 말도 다 하는데 당신은 어머님한테 왜 그러지 못하냐'고 나를 다그쳤어.

하지만 나는 어머니에게 화를 내거나 당신의 불편함을 호소할수 없었어. 어쩐지 그런 것이 불효라는 생각이 들었거든. 아버지도 안 계신데 나까지 어머니에게 그런 말을 할 수는 없었지. 그래도 내 나름대로 최선을 다해 뭔가를 하려고 했는데, 뭘 잘못했는지도 모른 채 야단만 맞는 큰아이 취급을 받는 기분이 들어서 점점 우울해졌어. 이제야 하는 이야기지만, 그때 나는 회사 업무를 일부러 만들어서라도 늦게까지 퇴근을 하지 않았어. 나를 보면 늘 화만 내는 당신과 맞닥뜨리는 게 싫어서 집에 돌아가고 싶지 않았지. 울기만 하는 아이들, 화내는 당신.

지난 일을 떠올리니 다시 힘들어지네. 아, 바보같이 나는 그때 당신이 왜 그러는지도 모른 채 바깥으로 빙빙 돌면서 가족을 방치했던 거야. 상담 수행을 통해 당신이 왜 화를 내는지 관찰했고, 당신이 원하는 내 모습이 어떤 것인지 알았어. 그리고 당신의 의견을 무조건적으로 수용하는 게 아니라 관찰하고, 들어주고, 의견을 나누고, 나 역시 참을 수 없는 것은 요청해야 한다는 걸 알게 됐지. 그래야 소통이 이루어지면서 갈등을 잘 다루게 된다는 거지. 심리검사를 통해 본 나는 결혼 전의 모습을 그리워하는 방관자였어.

출산 후 몸과 마음을 제대로 추스르지 못해 산후우울증에 이어 양육 스트레스에 시달리던 당신이 그토록 고통스럽게 도와달라고 소리쳤는데도 나는 그 말들을 알아듣지 못했어. 당신은 그렇게 자랑스러워하는 직업까지 접어두고 양육에 매달려 있는데, 나는 그런 일은 당연하게 여자가 하는 것이라고 생각했어.

이제라도 우리가, 특히 내가 어떻게 해야 하는지 알게 되어 다행이야. 덕분에 나는 당신을 많이 이해하게 됐고 나 자신도 이해하게 됐어. 내가 당신을 사랑하지 않아서 안 해준 게 아니라 몰라서 못 해준 거더라고.

당신과 내가 서로 사랑해서 가족을 이루고 우리가 아이들과 함께 우리만의 가족 신화를 써 나가는 매 순간을 같이하고 있다는 걸 인식하고 나니까 가정이 창의적인 놀이터가 된 느낌이야. 육아는 도와주는 것이 아니라 함께해야 하는 중요한 일이라는 것을 인지조차 하지 못했으니. 뭐든 함께하고 싶고 그 반응이 아이들에게 어떤 변화를 불러올지가 궁금해져. 지금 아이들이 어려서 많은 에너지가 필요한 당신에게 나는 무한 사랑을 리필해야 하는 시점이라니까 내가 당신, 무한히 몰라서 못했던 사랑까지 다 해줄게.

그러니 힘든 일은 나에게 다 내려놔. 그리고 언젠가 살다 보면 나도 당신의 무한 리필 사랑이 필요한 때가 오지 않겠어? 잘 저축했다가 그때 나를 위해 꼭 써줘. 당신에게 이런 말을 할 수 있어서 정말 다행이야. 당신이 원하는 남자가 슈퍼맨도 아니고 그저 소소한 것들을 함께해주는 남편이라는 걸 알고 나서, 우리가 행복하게 지낼 수 있는 요소가 작은 것에 달려 있다는 데 놀랐어. 당신을 만나 결혼하고 그 많은 일들을 겪으면서 나는 이제야 진짜 어른이 되어

두 걸음 다가가기 : 다른 가족의 탄생

가는 것 같다. 집안이 행복하니 회사 일에도 의욕이 솟고.

우리는 정말 한 남자의 아내가 되고 한 여자의 남편이 되고 아이들의 부모가 되는 데 너무 아무 준비 없이 결혼한 것 같아. 이제라도 우리 가정을 잘 이루어 우리 가족의 역사를 제대로 써보자. 오늘도 두 개구쟁이들과 힘들었지? 퇴근하는 대로 밥 먹고 놀이터에 같이 가자. 당신을 이해하는 게 나를 이해하는 것이고 서로 사랑하게 되는 것이라는 걸 지금이라도 알게 되어 진짜 다행이야. 내 사랑 무한 리필은 당신, 나의 아내야. ↓ ↓

그는 '함께성장연구원 & 함께쓰는글터'에서 제가 쓰는 '예서의 수요 편지'의 오랜 독자였습니다. 처음 만났을 때 서른 일곱 살이었던 그는 부부 서로 간의 역할이 원만히 이뤄지지 않는 가정생활에 지쳐 있었습니다.

아내가 둘째 아이를 출산한 뒤였지만 결혼 초기에 겪는 부부 관계의 파워 게임으로 결혼 분열 상태가 계속됐고, 그는 가정생활이 어떻게 지속되는지도 모른 채 수동적으로 이끌려가려고 있었습니다. 원가족과의 분리도, 새 가족과의 결합도 제대로 이뤄지지 않은 상태에서 여러 변화를 겪으며 부부는 지쳤습니다. 다행스러웠던 점은 그가 어떻게든 가정을 잘 꾸려 나가고 싶다는 의지로 상담을 신청했다는 것입니다. 저는 상담을 신청한 그의 용기 있는 행동을 격려하고, 상담 목표를 '현재 상황을 제대로 알고 이해하기'로 정했습니다.

그가 가장 힘들어하는 부분은 아내와의 마찰로 인한 잦은 다툼과 두 아이를 위해 아빠가 해야 할 역할이었습니다. 저는 먼저 그와 함께 자신이 속한 가족 관계를 구체적으로 이해하는 데 효과적인 원가족 가계도와 가족화를 그리는 작업에 착수했습니다.

그 결과 그가 돌아가신 아버지와의 관계에서 더 좋은 기억을 만들지 못한 데 특히 아쉬움을 느낀다는 것을 확인했습니다. 아버지가 평소 과묵한 성품이셨던 탓에 그에게 미처 전하지 못한 말씀이 분명 있었을 것이라는 제 말에 그는 크게 동요했습니다. 저는 그가 아버지를 충분히 애도할 수 있도록 도왔습니다. 그는 이 시간을 통해 자신이 아이들에게 어떤 아버지여야 하는지 깨달았습니다. 돌아가신 아버지도 분명히 자신에게 좋은 아버지이고 싶으셨고 당신 나름대로 최선을 다하셨다는 것 역시 마음으로 받아들였지요.

아버지가 돌아가셔서 미처 형성되지 못한 부자간의 애착관계를 위해 그에게 아버지가 생각날 때마다 납골당에 가서 지금 그가 하고 있는 일들을 들려드리도록 권유했습니다. 그는 아버지가 살아 계셨으면 무척이나 사랑하셨을 손자들을 보여드리며 건강한 애도의 기간을 보내기로 했습니다. 이를 통해 아버지 없이 홀로 사시는 어머니와의 관계 역시 달리 조망해볼 에너지도 더불어 생길 것입니다.

그의 가정은 새로운 구성원을 맞아 새로운 체계 구성이 자연스럽게 이행돼야 하는 시점에 놓여 있었습니다. 그런데 첫 아이를 가지기까지 7년이라는 힘든 시간이 있었고, 무엇보다 부부 중심의 신뢰감이 제대로 형성되지 않은 상태에서 새 가족을 맞아야 했습니다.

또한 첫아이와 둘째 아이를 힘들게 출산하는 과정에서 부부는 커다란 변화의 어려움을 겪었습니다. 두 아이의 출산으로 늘어난 양육의 역할 분담에 대해 충분히 논의하지 않았기 때문에 온 가족이 변화에 적응하지 못한 채 비명만 내지르는 상태였던 것이지요. 게다가 시댁과 친정에 육아에 대한 도움을 요청할 수 없는 경우였고, 육아 때문에 전문직을 접어야 했던 아내의 역할 저항까지 발생했습니다.

그는 이 시기에 남성보다 여성이 얼마나 많은 체력을 소모하는지, 얼마나 강한 정신력을 필요로 하는지에 대해 진심으로 이해해야 했습니다. 하나부터 열까지 완전하게 돌봐줘야 하는 영유아 시기의 두 아이를 둔 엄마는 양육자로 이행하는 과정에서 많은 에너지가 소모되므로, 남편은 아내가 목말라 하는 인정의 욕구를 지지하는 절대적 지지자가 되어줘야 합니다. 두 아이와 남편, 그리고 자신의 욕구까지 살피며 네 개의 시계를 관리해야 하는 아내의 시간은 늘 모자라고 힘에 부쳤습니다.

그에게 부여된 첫 번째 수행 과제는 아내의 감정이 폭발할 때 맞대응하지 말고 브레이크 타임을 가지는 것이었습니다. 또한 아내가 어떤 경우에 왜 화를 내는지 잘 관찰하게 했습니다. 남성들은 대부분 화를 참으면 지는 것이라고 생각하며 아내와 힘겨루기를 하는 시행착오를 거치는데, 그 역시 첫 과제를 완수하지 못했습니다. 그는 고의로 그런 게 아닌 듯 말했지만 약간의 저항감이 마음속에 있었을 것입니다. 저는 긴 시간을 할애해서 그 느낌에 대해 경청했고, 그가 왜 상담을 시작하게 됐는지 충분히 이해할 수 있도록 도왔습니다. 이후 그는 성실한 자세로 아내를 세심하게 관찰하며 그 결과를 기록해 왔습니다. 가족이 함께 성장하기 위해 상담을 하는 것이라는 취지를 잘 이해하고 적극적으로 반응한 것입니다. 그는 아내에게 어떤 욕구가 숨어 있는지, 아내가 그에게 바라는 것이 무엇인지 등을 관찰했습니다.

이어 서로에게 상처를 주는 파괴적이고 폐쇄적인 대화법이 아니라 서로에게 평화를 선사하고 성장을 자극해주는, 생산적이고 개방적인 공감 대화법을 저와 함께 시연했습니다. 공감 대화의 가장 중요한 핵심은 상대를 비난하지 않고 그의 말을 있는 그대로 들어주는 것입니다.

자신의 생각이 담긴 단정적인 어투, 예컨대 장모님이 아내와 다퉈 늦은 저녁에 처가로 돌아가셨을 경우 "장모님한테 왜 그렇게 심하게 화를 내? 당신이 너무했잖아!"라고 말하는 대신 "당신, 정말 많이 화났더라. 내가 모르는 무슨 일이 있었어?"라고 말합니다. 전자가 자신의 판단과 의견을 드러냈다면 후자에는 아내의 마음을 염려하는 애정이 실려 있습니다. 그리고 감정이 상한 아내에게 무조건적인 지지를 표현합니다. 가령 "장모님한테 섭섭했던 일이 있었구나. 많이 속상했겠다"라며 아내를 위로하는 것이지요.

그는 처음에는 즉각적이고 객관적인 판단이 빠진 이 대화법을 어려워했지만, 공감 대화법을 실천하면서 두 사람 사이에 차분한 대화가 오가게 됐다며 긍정적인 변화를 인정했습니다.

사랑이라는 낭만적인 감정에 빠졌을 때 연인들이 가지는 첫 번째 생각은 그가 이 세상에서 유일한 내 편이 되어줄 것이라는 확신입니다. 그런데 결혼 생활을 하면서 남편이 객관적인 입장에 서는 모습을 맞닥뜨리면 여성들은 사랑이 변했다고 느끼게 됩니다. 논리적 성향이 강한 남성의 입장에서는 이해하기 어렵겠지만, 여성이 자신의 이야기를 털어놓는 것은 대체로 객관적인 판단을 원해서가 아니라 완전한 공감과 지지를 원해서입니다. 여성은 공감과 지지를 얻었을 때 비로소 상처받았던 마음이 안정되며 계속해서 대화를 나누고 싶은 열린 마음 상태가 됩니다.

그동안 그는 고부간의 관계에서 방관적인 태도를 취해왔습니다. 저는 그에게 어머니와 통화하면서 가능한 한 아내의 이야기를 많이 전하고, 또 어머니가 그에게 요청하는 역할을 일부분 아내에게 넘기도록 권유했습니다. 예컨대 "어머니, 요즘 제가 일이 많아 바쁘네요. 아내와 상의해보시면 좋겠어요"라며 두 사람이 함께할 수 있는 상황을 조성해 서로 자연스럽게 공감하고 협업하도록 만들어주는 것입니다. 삼각 구도에서 이성인 그가 빠지면 동성인 시어머니와 며느리 사이에 친밀감이 형성될 가능성이 높아집니다.

상담이 진행되면서 그들 부부의 관계는 훨씬 부드러워졌습니다. 자신이 기대했던 결혼 생활이 아니라는 데 실망해서 결혼 전의 자유를 그리워하며 육아에 지친 아내를 바라만 봤던 그는 이후 방관자의 입장에서 벗어나 육아에 적극적으로 개입하고 참여했습니다. 무엇보다 제가 회기마다 제안하는 과제를 제대로 수행하려고 노력했으며, 육아에 대한 개념도 정립해 나갔습니다. 퇴근 후 귀가하기를 주저하던 그가 일찍 집으로 돌아가 저녁을 먹은 후 아내와 함께 두 아이를 데리고 놀이터에 가서 일정 시간 놀아주려고 애썼습니다. 또한 동생이 생긴 뒤 분리 불안으로 자주 떼를 썼던 큰아이를 위해 규칙적으로 동화를 읽어줬습니다.

그는 아내가 과거의 상처를 들추어도 잘 들어주고 이해하려는 태도를 보여줬습니다. 드디어 아내의 분노가 필터링을 마친 시점에 그는 아내에게 자신이 바라는 것들을 다정하게 요청하기 시작했습니다. 예컨대 "싸울 때 옛날이야기는 그만하자. 우리의 미래 계획을 함께 세워보자. 당신이 이렇게 해줄 때 나는 기쁘더라" 하고 말하면서 적극적으로 의견을 표현했습니다.

전쟁터 같던 가정에서 그가 아내에게 뭔가를 요청할 수 있는 환경을 만들기까지 두 달이 조금 넘는 시간이 걸렸습니다. 부부 사이에 중요한 것은 두 사람의 욕구나 기대를 면밀하게 살펴서 어떻게 수용해 나갈 것인가를 끊임없이 의논하는 것입니다. 그러므로 상대뿐만 아니라 나 자신의 욕구나 기대도 무시하지 않고 적시에 요청하는 것은 관계를 유지해가는 중요한 키워드 중 하나입니다.

마지막으로 저는 '함께 쓰는 가족 신화 계획서'를 써보는 수행 과제를 그에게 내주었습니다. 신화는 신들만의 이야기가 아닙니다. 사랑하는 사람과 결혼하고 함께 사랑할 수 있는

대상인 아이를 낳아 양육하며 쓰는 일상의 기록이요, 가족만
이 쓸 수 있는 신화입니다.

이 글을 쓰기 위해 다시 주고받은 그의 메일에는 활기가 넘
쳐 있습니다. 집에 들어가고 싶지 않아 사무실에서 퇴근을 미
루던 그의 가정은 이제 그가 재미나게 놀아보고 싶은 놀이터
가 됐습니다. 가정을 지키기 위해 열심히 노력하는 그와 한
번도 보지 못한 그의 아내, 그리고 그들의 아이들을 언젠가
보게 되면 안아주고 싶습니다.

몇십 년을 지속해야 할 가정생활, 오늘은 길을 찾은 것 같
지만 내일은 또 길을 잃을 수도 있습니다. 그러나 가정이 왜
소중한지를 잘 이해한다면 그 미로도 새 길이 되어줄 것입니
다. 우리의 평생의 과업, 무한 리필 사랑을 실천하면서 말입
니다.

당신은 진정 명품이었을까요?

선글라스를 잃어버렸습니다. 당신 손으로 골라준 그 선글라스는 '당신'에 대한 기억과 동의어였습니다. 특별한 것을 좋아하는 당신이 남들 다 가는 해외 신혼여행 대신 남도 여행을 즐겨보자 해서 우리는 소도시 어디쯤에 머물러 있었지요. 당신은 제가 쓰고 있는 낡은 선글라스가 자꾸 걸렸던 모양입니다. 렌즈가 좋아야 자외선을 차단시킨다며 제 손을 이끌고 읍내에 있는 안경점으로 들어갔습니다. 그 안경점에서 당신은 저를 위해 구찌나 에스까다 등 이른바 명품 브랜드를 찾았지만 소도시 안경점에서 명품 브랜드까지 구색을 갖춰놓았을 리 만무였지요. 새 안경을 제게 씌워주며 당신은 말했습니다.

"그래도 지금 쓰고 있는 것보다는 훨씬 나아. 서울에 올라가서 브랜드로 바꿉시다. 당신처럼 명품인 사람에게 이런 조악한 물건은 안 어울려. 시골구석에 제대로 된 것이 있을 리 없지."

하지만 저와 여행을 하며 세월을 함께 묵은 저의 낡은 선글라스도 제게는 귀한 것이었습니다. 특별한 것을 즐기는 당신 눈에는 차지 않았겠지만 아무래도 좋았습니다. 제 눈에는 당신만 한 명품이 없었으니까요. 폴로 티셔츠와 휴고보스 벨트, 아르마니 선글라스를 착용한 당신은 어디서든 반짝였습니다. 당신의 곧게 뻗은 튼튼한 다리와 완고해 보이는 등, 짙은 눈썹, 시원한 눈망울에 오만하게 솟은 코. 우리가 작은 배를 타고 섬을 건너갈 때 혹시 당신은 알고 있었는지요. 당신을 눈부신 듯 바라보던, 그리고 저를 선망하던 여인네들의 눈길. 당신은 어디서든 주목을 받았지요.

그런 당신 곁에 제가 서 있다는 것이 믿을 수 없을 만큼 설레었습니다. 저는 줄곧 당신의 손을 놓지 않았습니다. 그런데 4박 5일 동안의 남도 신혼여행을 끝내고 돌아오는 길에, 다른 무엇과도 바꿀 수 없는 당신에게 저는 과연 명품일까 하는 의구심이 눈덩이처럼 커져 있었습니다.

첫날을 제외한 사흘 동안 당신은 자주 혼자민의 상념 속에 잠겨 있었고 마지막 날에는 부쩍 말수가 줄고 침울한 빛이 역력했습니다. 당신의 환한 웃음을 보고자 했지만, 그때마다 당신은 더 홀로인 듯 남인 듯 저를 바라봤습니다. 그러딘 딩신이 슈트게이스를 끌며 집을 나간 것은 결혼식을 올린 후 보름 만이었습니다.

무엇보다 어른들 뵙기가 죄송했던 저는 막연히 당신을 기다렸습니다. 우리 사이에 아무것도 결정되지 않은 그것이 무엇보다 저를

두 걸음 다가가기 : 다른 가족의 탄생

기다리게 할 수 있었습니다. 이미 다려놓은 와이셔츠를 다리고 또 다리며 당신을 기다렸습니다. 당신에 대한 희망의 증거로 회사에 나가 열심히 일하고, 집에 돌아와서는 어머님과 함께 집안일을 도우며 애써 환히 웃었습니다. 그런 제가 딱했는지 당신의 친구가 찾아와 당신이 어디에 있는지 알려줬지만 저는 찾아가지 않았습니다. 제가 당신을 찾아가면 당신을 돌이킬 수 없으리라는 예감 때문이었습니다. 당신이 당신의 어머니에게 저를 집에서 내보내라는 전화를 건다는 것을 알고 있었거든요.

그 시절, 때때로 어머님과 저는 아주 대단한 일인 양 휴일에 김밥을 싸서 공원으로 소풍을 다녀오곤 했습니다. "그짝에서 일하는 사람들이 바람 같다고 한다고 제 입으로 줄창 하던 이야기다. 아직 결혼 생활이 적응이 안 되어 그런 거지 곧 돌아올 게다"라는 말씀을 습관처럼 들려주시며 어머님은 저를 다독이셨습니다. 그 후로도 오랫동안 저는 그 공원 옆을 지나가기가 힘들었습니다. 당신을 기다렸던 이유 중에는 제가 당신이 원하는 사람이었다는 본래의 믿음을 회복해서 함께 가고자 하는 소망이 있었습니다. 회사로 출근하는 길에 바라본, 오늘같이 잔뜩 흐린 하늘, 그 하늘을 이고 저는 다시 집으로 돌아가 짐을 챙겼습니다. 당신을 기다리는 1년은 참으로 길었지만 짧기도 했습니다. 달랑 가방 하나가 제가 그토록 꿈꿨던 결혼 생활 중 남은 것의 전부였습니다.

그때 저는 지칠 대로 지쳐 있었습니다. 당신 집도 친정도 아닌,

제게는 그런 곳이 필요했습니다. 당신 집을 나와 시내의 호텔, 우리가 두 번째로 만나 근사하게 만찬을 즐기며 당신이 청혼했던 호텔에 투숙했습니다. 되돌아보면 그때 의심했어야 했습니다. 그토록 신속하게 당신이 내 것이 될 수 있다는 사실을요.

수분이 부족해 점차 시들어가던 저는 조금씩 약을 사서 모으기 시작했습니다. 죽으려던 것이냐고요? 아뇨, 그저 오래 잠들고 싶었을 뿐입니다. 오래 잠들었다가 일어나면 혹시 당신처럼 명품이 되어 있지 않을까 싶었던 바람도 있었지요. 그저 좀 쉬고 싶었습니다. 그러나 유감스럽게도 사흘 후에 깨어나 빛을 다시 견뎌야 했고, 무생물처럼 흐느적거리며 5년이라는 시간을 더 보내야 했습니다.

당신이 사준 선글라스. 그걸 쓰고 있을 때는 당신만이 명품인 줄 알았는데 이제 안경을 벗으니 모든 것이 제대로 보입니다. 저 눈부신 가을빛과 물결이 모래를 헤적이는 바닷가 풍경이 어찌 짝퉁일 수 있겠는지요. 당신이 내 곁을 떠나간 상어 가시 같던 이유 "명품 신상인 줄 알았는데 구 시즌의 재고였더라"라던 저에 대한 당신의 소회도 가뿐히 뽑아버립니다.

선글라스를 잃어버렸습니다. 당신과의 아픔뿐인 추억과 함께 그 배 안에 버려두고 왔습니다. 이제야 비로소 저는 당신이라는 명품으로부터 자유로워졌습니다.

핸드폰이 울립니다. 그이입니다. 결혼한 지 3년째인 남편. 평생 어떤 모습이더라도 저를 명품으로 알고 사랑해줄 남자의 전화입니다. 자주 감동하게 되는 그의 전화에 저는 즉각 시원한 대답을 합니다.

"배에서 내렸어요. 이제 역에서 기차를 타고 집으로 돌아갈 거예요. 사랑해요, 당신."

아! 참, 그동안 제게는 스무 살이 넘은 아들아이도 생겼습니다. 탐색전을 끝내고 이제 막 친구가 되어가는 그 아이에게, 여자 친구를 고를 때 제가 말하는 첫 번째 주의 사항은 '짝퉁을 조심하라'입니다. 당신을 사랑하는 마음이야말로 명품이라는 것을 아직도 깨닫지 못하고, 당신을 귀히 여기는 사람을 홀대하는 무례를 범하며, 10여 년이 지난 지금 아직도 던힐과 아르마니의 신상을 즐기고 있을 그대. 당신은 진정 '명품'이었을까요? ↓ ↓

내 것이라고 믿었던 걸 잃게 되는 순간, 우리는 그것을 '상실'이라고 부릅니다. 그녀가 돌아오지 않는 그를 1년이나 다리미질을 하며 기다린 것은 자신이 선택한 그를 포기할 수 없었기 때문입니다. 한껏 기대했던 결혼이 파경에 이르자 그녀는 박탈감을 감당하기가 극도로 힘들었던 것이지요.

그녀는 현실을 인식하고 자기 것이라고 믿었던 것을 포기했습니다. 하지만 우리 어머니 세대는 이런 경우 대개 포기하지 못하고 배우자의 사디즘까지 견디며 전통적인 결혼 생활을 지속했습니다. 우리가 잘 판단해야 하는 것은 희망이 없는 결혼 생활을 언제 '포기'해야 하느냐입니다.

물론 이혼은 두 사람이 할 수 있는 최후의 선택이어야 합니다. 그러니 결정을 내리기 전에 두 사람은 부부 회복 프로그램을 비롯해 부부 상담 등 할 수 있는 모든 노력을 다해봐야 합니다. 두 사람이 반목으로 소모한 에너지를, 관계 회복을 위해 노력하는 데 쓴다면 이혼을 유보하고 결혼 생활의 가능성을 좀더 타진해보는 시간을 가질 수 있을 것입니다. 그 모든 노력을 다한 후에도 이혼은 최후의 보루여야 합니다. 탄생, 학업, 취업, 결혼, 이혼 등 평생의 이력을 쓰는 일에 일말의 후회도 남기지 않으려면 모든 것을 걸고 노력해봐야 합니다.

그가 그녀에게 이혼을 제기한 이유는 그녀가 유순해 보이던 첫 이미지와 달랐다는 것입니다. 남성에게 순종적이고 헌신적일 것 같은 그녀의 모습은 그에게 매력적으로 비쳤습니다. 여성이 많은 직장에서 '드센 여자들'에 질려 있었던 그는 상대를 차분히 따뜻하게 배려하는 태도가 몸에 배어 있는 그녀가 좋았습니다. 그는 어른들의 소개로 그녀를 만나자마자 속전속결로 결혼까지 결정했지요. 그러나 그녀는 무조건적인 희생을 하는 품성이 아니었습니다. 오히려 오랜 직장 생활을 통해 자기 권리를 어떻게 찾아야 하는지를 알고 있는 건강한 사람이었습니다. 더욱이 맞벌이를 했기 때문에 가족에게 도움을 요청하지 못하는 결혼 생활은 생각할 수도 없었습니다. 결혼 후 그는 속았다는 듯이 그녀를 홀대하며 결혼 생활을 회피했고, 급기야 이혼을 요구한 뒤 가출까지 했습니다.

그에게 결혼 상대는 그야말로 남들이 다 부러워하는 '명품'의 조건을 갖춘 여자이거나 자신이 군림할 수 있을 만큼 희생적인 성품의 여자 둘 중 하나였습니다. 그는 '여성으로 인한 수많은 콤플렉스의 예화'를 가지고 있었을 것입니다. 그는 그것을 직면하지 못하고 모든 원인을 그녀의 탓으로 돌린 채 떠났습니다. 그 후 그가 어떤 선택을 했는지는 알지 못합니다. 수많은 시행착오 끝에 비로소 결혼의 진정한 의미를 알게 됐는지, 지금도 앞으로도 평생 모르고 살아갈지 말입니다.

이제쯤 그는 결혼이 원하는 사람을 찾아 자신의 틀에 끼워 맞추는 프레임 같은 것이 아니라는 걸 알게 됐을까요? 또 결혼이 두 사람이 함께 만들어갈 미래라는 이해 없이 성급하게 결혼하고 경솔하게 이혼을 결심했다는 것, 두 사람의 과거와 현재가 오늘의 그들을 이뤄놓았다는 것을 알았을까요? 그는 그녀라는 미지의 세계를 탐험할 기회를 놓쳤을 뿐 아니라 그녀가 소유한 모든 강점을 함께 나눌 시간도 잃은 셈입니다.

이혼으로 인한 상실의 치유 역시 애도 시간이 필요합니다. 두 사람 사이에 자녀가 없었고 혼인신고도 하지 않은 경우였지만, 그녀는 이혼을 한 후 사회적 제도에서 소외된 듯한 느낌에 시달리고 우리가 중시하는 보편적 가치를 잃은 듯한 공황 상태를 겪어야 했습니다. 그녀는 직장 생활을 하는 틈틈이 산을 오르며 힘든 시간들을 견뎌냈습니다.

7년이 지난 후에야 지금의 남편을 만나 재혼했습니다. 남편도 이혼을 경험했고, 대학생인 아들아이도 있었습니다. 결혼 후에 그녀는 아들과 어떻게 친밀감을 높일지, 일상에서 소소하게 일어나는 갈등을 어떻게 해결할지를 한동안 고민했습니다. 저는 그녀에게 재혼 가정에 참고가 될 만한 몇 가지 정보를 나눴습니다.

첫째, 재구성 가족의 과도한 관심이 오히려 갈등 상황을 부추길 수 있습니다. 원가족이었다면 청년기로 접어든 아들에게 자연스레 독립성과 자율성을 부여하고 자기 일에 대한 결정권이 부모로부터 이행됐을 시기에, 친모처럼 잘 키우고 싶다는 과잉 의욕으로 관심과 애정을 쏟아붓는 우를 범하기 쉽습니다. 자연스럽지 않은 애정은 부담이 될 수 있습니다. 또한 부모의 슬하를 떠나 개별성을 확립해 나가야 하는 시기에는 역기능이 발생할 수도 있지요.

둘째, 자녀가 원하는 것이 무엇인지를 살펴서 자녀가 '요청할 때'까지 기다렸다가 들어주는 것이 좋습니다. 부모가 아무리 많이 해줘도 자녀는 자신이 원하는 것이 아니면 받았다고 생각하지 않습니다. 자녀가 무엇을 원하는지를 아는 것, 그게 관계에서 관찰이 중요한 이유입니다.

셋째, 자녀가 원하는 것을 해주되, 해줄 수 있는 것과 해줄 수 없는 것에 대한 가족 규칙을 정하고 모든 경우에 일관되게 적용해야 합니다. 도덕성이나 귀가 규칙, 알림 규칙 같은 소소한 것들도 여기에 포함됩니다.

넷째, 위의 모든 사항을 남편과 꼭 합의하여 한목소리를 내야 합니다.

다섯째, 자녀에게 소소한 간섭은 하지 말되, 말없이 관심을 가지는 관찰은 꼭 필요합니다. 또한 오랫동안 한부모 가족으로 지내온 자녀가 느꼈을 모성의 결핍감을 채워주도록 노력하고, 그녀 역시 엄마로서 자녀에게 받고 싶은 것을 조금씩 요청하며 상호 보완적인 가족의 소속감을 즐겨보는 것도 좋습니다.

재구성 가족은 완벽한 밀착을 위해 성급하게 노력하는 바람에 오히려 오해와 갈등을 유발할 수 있습니다. 친부, 친모와의 관계에서도 갈등은 일상입니다. 세대가 다르고 이행해야 하는 발달단계가 다른데도 연습 없이 그 과정을 맞게 되는 만큼 우리에게 갈등은 특별한 것이 아닙니다. 갈등이 생겼다고 해서 '재혼 가족이기 때문에'라고 단정하지 않는 것이 중요합니다. 오히려 타성에 젖어 서로의 성장을 돕지 못하는 원가족에 비해 서로에게 적극적인 재구성 가족이 환기를 일으키며 시너지 효과를 발휘할 수도 있습니다.

그녀는 지혜롭게도 부부 두 사람의 투명한 관계를 위해 노력했고, 아이와 시어머니에게도 진심을 다해 친밀도를 높여 현재 행복한 결혼 생활을 누리고 있습니다. 그리고 1년에 한 번은 혼자만의 시간을 갖고자 여행을 합니다. 여행으로 충전한 에너지는 고스란히 가족의 즐거움으로 환원됩니다. 부부 사이에 신뢰가 형성될 만큼 수많은 대화가 있었기에 가능한 결과겠지요.

우리는 기억해야 합니다. 실패했다고 주저앉는 그 순간에 생이 끝난 것이 아니라 단지 잠깐 멈춤 신호에 걸렸을 뿐입니다. 그 순간조차도 생이 나아가고 있는 중이라는 것을 기억하고 일어선다면 다시 앞으로 나아갈 수 있고, 그때의 절망스러웠던 경험이 오늘을 지탱해주는 원동력이 됐다는 것을 깨닫게 될 것입니다.

그녀는 저에게 가끔 "단지 짝퉁 선글라스를 잃어버렸을 뿐이었는데 그때는 세상을 다 잃은 듯 너무 힘들었다"고 말합니다. 지금 그녀가 속해 있는 세상의 하늘은 창창히 푸르고 맑습니다. 언제 그런 일이 있었는지 내성이 생긴 것입니다. 씩씩하고 현명한 그녀를 알게 되어 저도 반갑기 그지없습니다.

당신이 사랑을 고백하는 사진 속 그 남자

창밖이 훤해서 베란다로 나가봤더니 달이 휘영청 밝더군. 아까 낮에 장모님이 찰밥과 나물을 가져다주셨는데도 정월대보름인 것을 깜박 잊고 있었어. 함께 달구경을 하고 싶어 안방에 들어왔더니 당신은 벌써 쓰러져서 잠들었네. 얼마나 곤했으면 옷도 제대로 못 벗고 잠이 들었을까 싶어서 당신을 제대로 눕혀주고 싶어도 단잠을 깨울까 봐 이렇게 바라만 보고 있어. 당신은 또 그 지갑 속의 사진을 보다가 잠들었더군. 오랫동안 가득 채워주겠다고 약속하며 10만 원권 수표 한 장을 넣어 선물했던 지갑, 그걸로 호기롭게 결혼을 신청한 지도 벌써 10년이나 지나 지갑은 다 낡아버렸네.

당신을 처음 만났을 때가 생각난다. 당신이 머리에 두건을 두른 모습으로 외제차를 끌고서 동문회에 나타났을 때 그저 개성이 참 독특한 사람이구나 생각했어. 그런데 자꾸 당신과 마주치게 되면서 차가운 첫인상과 달리 당신의 따뜻한 마음을 발견했지. 그런 당신에게 이끌려 쫓아다니게 됐고, 결국 투병 중이시던 군인 출신의 장인어른까지 뵈었어.

손자를 보고 싶어 하시는 장인어른을 위해 우리는 결혼식도 못 올린 채 부랴부랴 혼인신고만 하고, 이어 아이가 태어났어. 당신이 그토록 사랑하던 장인어른은 소망대로 손자를 안아보고 돌아가셨지. 그때만 해도 당신이 이렇게 고생하게 되리라고는 생각지 못했는데…….

며칠 전, 늦게 일을 마치고 집에 들어온 당신을 위해 밥상을 차려 놓고서 당신을 부르러 가다가 당신이 침대에 걸터앉아 있는 모습을 봤어. 당신이 지갑을 들여다보며 "아직도 너를 사랑해"라고 말하더군.

처음에는 그 말을 듣고 내 귀를 의심했어. 도대체 지갑 속에 누구의 사진이 있길래 아직도 너를 사랑한다고 말하다니. 놀란 가슴을 진정시키며 당신이 샤워하러 가기를 기다려 지갑 속의 사진을 확인했을 때 그만 뜨거운 것이 울컥 솟구쳤어.

사진 속의 남자는 다름 아닌 나였거든. 당신과 연애하던 시절의 풋풋한 20대의 나. 당신이 생일 선물로 사준 빨간 체크무늬 남방셔츠를 입고 세상을 다 얻은 것처럼 당신 앞에서 득의만만하게 웃고 있는 내 모습. 핸섬 보이처럼 인화됐다고 좋아하던 그 사진을 당신은 왜 다시 찾아내어 지갑에 넣어두고 마법의 주문을 외우듯 사랑

두 걸음 다가가기 : 다른 가족의 탄생

한다고 말하게 된 걸까. 우리가 사랑했던 기억을 잊지 않으려고? 그렇다면 내가 이 세상을 떠난 것도 아닌데 왜 나에게 직접 말하지 않는 걸까.

당신은 내게 어떤 인연이었을까? 어떤 인연이기에 그 곱디고운 손으로 열두 시간 이상 노동을 해서 우리 네 식구는 물론 내 부모님까지 부양하게 된 걸까? 내가 실직한 지 1년이 다 되어가고 본가에서 여러 모순적인 상황이 있었는데도 당신은 어떻게 그 일들을 화통한 웃음으로 넘길 수 있었던 걸까? 당신의 낙천적인 기질 덕분에? 나를 사랑해서?

나는 그런 당신이 한없이 고마우면서도 가끔 이해되지 않을 때가 있었어. 작은 체구의 당신 역할이 날로 커지는 것을 보면서 상대적으로 작아지는 내가 견딜 수 없이 무기력하게 느껴지기도 했고. 그런데 당신이 지갑 속의 10년 전 나에게 하는 말을 들으면서 그 의문이 풀렸어.

친구 하나 없이 가족밖에 모르셨던 당신의 아버지에게 배운 대로 관계 중심적인 당신은 그 관계 안에서 죽을힘을 다해 자기 의무를 다하고 있었던 거야. 당신은 그런 사람이었던 거지. 분방한 자유주의자이지만, 관계 속에 놓이면 자신의 자리에서 최선을 다해 그 책무를 해내야 자기답다고 생각하는 사람. 그런 당신이 힘들어도 힘들다고 말 한마디 못 하면서 하루 종일 그 비좁은 피부마사지실에서 노동한 덕분으로 우리 식구가 잘 지낼 수 있었던 거야.

당신은 나더러 자상하고 착한 사람이라지만 이런 내 모습이 정말 착한 걸까? 금이야, 옥이야 당신을 금쪽같이 여기시던 장인어른이 고명딸을 이렇게 고생시키는 것을 아신다면 아마 저세상에서도 불호령을 내리셨을 거야.

달구경보다 당신에게 전하고 싶은 소식이 있었어. 나, 다음 주 월요일부터 출근해. 요즘 형편이 좋지 않은 철강회사의 영업직이라 망설이고 있었는데 그런 나를 결심하게 한 것은 사랑을 지키려는 당신의 그 눈물겨운 말 때문이었어. 처음 나와 함께 가족의 유대관계를 맺었던 10년 전의 그 마음을 잊지 않으려고 밤마다 사진 속 남자에게 당신이 되뇌던 "사랑한다"던 말. 바로 곁에 있는 나에게 당신이 그 말을 들려줄 때까지 힘을 내어 다시 가보려고. 이전 직장보다 훨씬 나쁜 조건이지만, 당신이 힘들어하는 모습이 이제 내 눈에도 보이게 됐으니 무엇이라도 시작해봐야지.

지금 나의 바람은 당신이 열두 시간 동안 일하던 것을 두 시간이라도 줄여서 친구들과 수다도 떨고, 당신이 좋아하는 노래방에도 가고, 당신에게 잘 어울리는 새 두건도 사서 머리에 쓰는 모습을 보는 거야. 그리고 무엇보다 새로 빨간 지갑을 사서 한 달 동안 열심히 일한 월급을 채워 당신에게 주고 싶어.

보름달을 보면서 당신에게 꼭 하고 싶은 말이 있었어. 그동안 못난 모습을 보여서 미안했다고, 앞으로도 오랫동안 당신 곁을 지켜주겠다고, 내가 이렇게 힘을 내게 된 것은 당신의 그 성실하고 열

두 걸음 다가가기 : 다른 가족의 탄생

심인 마음 때문이었다고, 당신이 나를 참아준 덕분이라고.

내일은 일찍 일어나지 말고 하루쯤 푹 쉬었으면 좋겠다. 내 사랑, 당신.

관계지향적인 사람은 관계 안에 놓이면 타자의 목적을 이해하고 수행하는 데 기꺼이 이기적 욕구를 초월하여 성실한 이타주의를 수행합니다. 그러므로 관계지향적인 사람과 협업을 하면 많은 부분이 수월해집니다. 처음에는 그에게 감사하지만, 시간이 지나면서 그의 이타적인 행동은 점차 당연시 여겨지게 됩니다. 또한 관계지향적인 사람은 타인과 관계를 맺기까지 시간이 오래 걸릴뿐만 아니라, 그로 인해 좁은 인적 네트워크를 형성하게 됩니다. 그에게 관계란 곧 타자를 돌봐주는 의미가 내포되어 있어 관계를 맺는 만큼 에너지가 많이 소진되는 까닭입니다.

그녀의 첫인상은 전형적인 커리어우먼 이미지였습니다. 작은 체구에 강단이 있어 보였지요. 그런데 인터뷰를 끝내고 나서는 그녀가 관계지향의 전형적인 삶을 살고 있다는 것을 알았습니다. 사적인 영역에서조차 자신의 솔직한 감정에 충실하기보다 관계 안의 역할을 우선시했고, 그게 지나쳐 헌신으로 점철된 시간을 보냈습니다. 그녀는 무겁게 짊어진 짐들을 던져버리고 싶을 법한데도 고스란히 떠안은 채 묵묵히 끌고 가려 했습니다.

저는 그 짐들을 나누어 남편과 함께 지는 방법을 모색해보라고 그녀에게 권유했습니다. 관계의 틀 안에서 희구하는 안정을 위해 그녀가 감당할 수 없을 만큼 큰 희생을 치르고 있었기 때문입니다. 그녀는 자신의 희생을 스스로에게 납득시키기 위해 남편에게 미혹됐던 연애 시절의 사진을 지갑에 넣어 가지고 다니며 관계의 의무를 잊지 않으려고 애쓰고 있었습니다.

이런 특징은 주로 여성에게서 많이 나타나지만 가족의 부양 의무를 위해 자신의 욕구를 억누르며 살아가는 남성에게서도 찾아볼 수 있습니다. 결혼 생활에서 헌신은 배우자가 갖춰야 하는 가장 훌륭한 덕목이지만, 그 덕목을 지키느라 너무 많은 것을 참는다면 그것은 누구도 행복해지는 일이 아닙니다. 무조건적인 희생을 감내하던 내부에서 뜨거운 화산이 폭발해 흔적도 없이 사라지게 할 수 있기 때문입니다.

그녀는 원가족과의 관계에서 학습된 '가족을 위한 헌신'의 이미지를 지키느라 스스로 얼마나 지쳐 있는지 몰랐습니다. 자신을 돌봐야 타인과의 관계에서도 요청할 수 있는 힘이 생깁니다.

관계지향적인 사람은 자신의 요청으로 관계가 단절될까봐 두려워합니다. 하지만 아무것도 요청하지 못하는 결혼 생활에 순응하느라 억눌린 욕구들이 수동적인 공격을 하게 될 수 있습니다. 자신의 불편한 감정을 적극적으로 드러내는 대신 무의식중에 일 미루기, 깜박 잊기 등 비능률적인 형태로 표출하는 것입니다. 직장에서도 평소 업무 태도가 좋은 사람이 이런 행동을 보이면서 업무 효율성이 떨어진다면 그 사람이 무엇을 참고 있는지 관찰해볼 일입니다.

어려운 환경에서도 사랑을 지키고자 하는 그녀의 노력이 대견해서 그녀를 응원하고 싶었던 저는 그녀가 남편에게 들으면 힘이 될, 그녀가 듣고 싶은 말을 편지로 써서 선물했습니다.

한동안 만나지 못하다가 우연히 그녀와 다시 만났을 때 저는 그녀의 남편 이야기를 전해 들을 수 있었습니다. 그녀의 남편은 그동안 자신이 하고 싶었던 일을 하기 위해 다른 기술을 배우고 있었습니다. 그녀가 힘든 일상 속에서도 서로를 사랑했던 시절의 기억을 되살리며 첫 마음을 잊지 않으려고, 그 사랑에 대한 책임을 지려고 부단히 노력한다는 것을 알게 됐기 때문입니다.

오랜만에 만난 그녀는 다시 예쁜 두건을 쓰고 있었습니다. 오토바이를 사기 위해 저축도 시작했다고 했습니다. 행복해지고 싶다던 그녀는 이제 남편과 얼굴을 마주 보고 어떻게 하면 행복해질지를 서로 이야기하겠지요. 정지된 사진 속의 남편이 아니라, 현실에 존재하며 함께 일상을 공유하는 남편에게 그녀가 사랑한다고 말할 수 있는 날도 머지않았을 것입니다.

타자에게 불편을 주는 것을 싫어해서 힘든 일이 생겨도 도움을 요청하기보다 혼자 감내하는 관계지향, 그런 만큼 실패하거나 넘어졌을 때의 충격도 더 클 수밖에 없습니다. 관계지향적인 누군가가 여러분이 모르는 희생을 묵묵히 감수하고 있다면 모쪼록 그 짐을 함께 나눠주세요. 내 곁의 옆 지

기가 어떤 상태인지를 알아차리는 것은 가정의 더 큰 위기
를 방지하는 예방입니다.

가족의 초상 · 중년1기

"모든 행복한 가족들은 서로 서로 닮은 데가 많다. 그러나 모든
불행한 가족은 그 자신의 독특한 방법으로 불행하다." | 톨스토이

중년1기의 이행 과제 | 어린 자녀가 있는 가족 단계

- 신혼기의 '남편과 아내' 체계에서 자녀를 포함한 '부모와 자녀' 체계로 재구성한다.
- 무엇보다 새로운 역할에 대한 예습이 꼭 필요하다.
- 부모가 자녀와 36개월간의 공생기를 겪는 시기로, 가족들이 양육자를 이해하고 무한 리필 사랑을 줘야 한다.
- 원가족 부모는 조부모의 역할을 통해 더욱 긴밀한 유대감을 형성한다.
- 에너지가 제일 많이 필요한 시기로 행복하기 위해 꾸린 가정이라는 것, 이 또한 지나가는 과정이라는 것을 잊지 말아야 한다.

마흔의 가장, 개성화

한 시간 반 거리에 있는 회사에 출근하려면 여섯 시에는 집을 나서야 하기에 알람 소리를 듣고 깨어나 거실로 나왔어. 당신도 아이들도 아직 꿈나라에 있는 시간. 혼자서 넥타이를 고르고 와이셔츠를 입고 냉수 한 잔을 마시고 집을 나서다가 나도 모르게 현관문을 부서져라 닫아버렸어. 그러고는 엘리베이터에 오르는 순간 혹시 자고 있던 당신이 그 소리에 깨지 않았을까 벌써 걱정이 되더군. 나도 내가 왜 이러는지 모르겠어.

주차장에서 차를 꺼내 밖으로 나오니 금방이라도 비가 쏟아질 듯한 날씨더군. 내 심정은 하루 종일 흐렸다가 개었다가를 반복하는 요즘 날씨와 흡사해. 곤히 잠든 딩신의 모습이 미운 것만은 아닌데도 아침밥을 안 차려주는 당신에게 화가 나. 부쩍 귀가 시간이 늦어진 당신이 나를 소홀히 하는 게 정말 싫어.

퇴근해서 집에 돌아오면 드레스룸에는 당신의 손길을 기다리는

세 걸음 다가가기 : 가족의 초상

와이셔츠가 잔뜩 쌓여 있고 밥통을 열어봐도 밥이 없는 경우까지 있어. 아이들의 사교육비에 보태야 한다면서 당신이 다시 일을 시작한 것까지는 나쁘지 않았어. 능력 있는 아내…… 나쁘지 않았고 일하는 여성들이 은근히 멋있어 보이기도 했어. 하지만 밥은 차려주고 와이셔츠도 다려주면서 다른 일을 해야 하는 게 아닌가. 게다가 아이들 교육을 위해 나의 유일한 낙인 텔레비전 소리를 줄이라고 하고는, 내가 보기에는 공부에 아무 관심도 없는 아이들에게만 신경을 쓰는 당신이 못마땅해. 하루 종일 고단하게 일하고 집에 돌아와 겨우 저녁 한 끼 얻어먹고 텔레비전 좀 보겠다는데, 그것마저 교육 환경도 모르는 아빠로 몰아가면 나는 어쩌라는 거야?

내가 아이들의 교육에 너무 무심하다면서 당신은 가끔 푸념을 늘어놓지. 도대체 내가 뭘 잘못한 건지 몰라 화나는데, 당신이 나와는 아무 대화도 안 된다며 눈물까지 보이면 더욱 화가 치밀어 올라서 고성을 지르게 되니……. 모든 것이 아이들 중심으로만 돌아가는 우리 집. 중학교 3학년생인 건이나 고등학생인 진이는 어쩌다 내가 좀 안아주려 하면 질색을 하고 도망가고, 저희가 필요한 것이 있을 때만 내 곁에 와서 알은체를 할 뿐이지. 내가 퇴근해서 집에 돌아가도 잘 들어왔느냐는 인사 한마디가 없으니 애꿎은 담배만 늘 수밖에.

아버지가 사업하신다고 전국을 돌아다니다가 어쩌다 한번 집에 오셔서 과자 한 봉지만 사주셔도 나는 아버지에게 순종하는 착한 아들이었어. 그런 아버지를 한 번도 불평하지 않고 평생 우리 형제와 아버지에게 밥을 차려주다가 돌아가신 어머니 생각도 자꾸만 나.

나를 별로 좋아하지 않는 가족을 위해 밖에서 갖은 비위를 다 맞추며 애써 번 돈을 통장째 가져다 바친다는 것……. 모든 것이 다 허망하고 또 허망해. 나에게 월급 통장이 없다면 당장 당신과 아이들이 아예 나를 모른 척할지도 모른다는 생각마저 들어. 도대체 나는 무엇을 위해 살아온 것인지 모르겠어.

조금 전, 보험회사 직원에게 걸려온 전화를 받았어. 고지혈증과 당뇨가 있어서 보험 재계약이 거절됐대. 너무 많이 먹어 체중이 마구 불어나는 나에게 당신은 진공청소기라는 별명을 붙여줬지. 그 별명이 어이없기도 하지만 사실인 것을 인정할 수밖에. 하지만 스스로 식욕을 억제할 힘이 내게는 없어. 화가 날 때는 냉장고를 뒤져 뭐라도 먹지 않으면 화가 좀처럼 사그라지지 않아. 뭐라도 마구 던지고 싶어져. 자다가 깨서도 냉장고 문을 열고 서 있는 새벽의 나를 발견하고 혼자 쓴웃음을 웃었던 적도 있었어.

회사에서는 연말에 연중행사처럼 구조 조정이나 부서 이동을 발표하는데 나처럼 건강에 이상 소견이 있는 직원은 인사고과에서도 불이익을 받아. 그걸 알면서도 도무지 내 식욕은 줄어들지 않고 노력해봤자 작심삼일도 못 가. 뭘 해도 무기력하고 피곤해.

혹시 당신이 내가 문 닫는 소리에 깨어나 앉아 있는 것은 아닌지

세 걸음 다가가기 : 가족의 초상

걱정이 되네. 당신에 대한 내 감정도 영락없이 변덕 심한 날씨 같아. 이렇게 살다가 요즘 들어 점점 멋을 내면서 나를 싫어하게 된 당신이 어느 날 훌쩍 떠나버리지나 않을까 하는 걱정이 들기 시작하면, 나는 자다가도 일어나 또 냉장고를 뒤지게 돼.

담배와 식사량을 조절하고 같이 운동도 하면서 아이들의 교육에 함께 힘쓰자는, 지겨운 후렴처럼 습관이 되어버린 당신의 말. 당신 말이 다 맞지만 나를 움직이게 하는 데는 역부족이야. 도대체 당신이 말하는 대화가 통하는 가정은 뭔지 나도 알고 싶다. 도대체 어떻게 해야 아이들과 교감하면서 가족이 함께 사는 행복을 느낄 수 있는지 나도 느껴보고 싶다. 행복이 도대체 뭐기에 행복하게 사는 것이 이렇게도 어려운지, 당신은 어떻게 살아야 행복한지 알고 있는지 궁금해. ↓ ↓

마흔네 살의 중년인 그는 곧 회사에서 실시하는 구조 조정에 자기 이름이 오를까 봐 걱정되어 명예퇴직을 신청할까 고민하고 있었습니다. 그 때문에 자신의 책상에서 짐을 싸는 꿈을 꿀 정도로 강박에 시달려왔습니다. 그 같은 불안을 마음 편히 털어놓을 수 없는 가정에서 자신의 정체성에 대한 의구심도 가지고 있었습니다. 직장과 가정 어디에도 편히 쉴 곳이 없는 그에게 어느 날부터인가 자투리 시간에 뭐라도 먹고 있지 않으면 불안해지는 폭식증이 나타나기 시작했습니다. 젊은 시절부터 식욕이 왕성한 체질이긴 했지만 근래 체중이 5킬로그램이나 늘었습니다.

최선을 다해 살아왔다고 생각한 삶이 무용한 것이 아니었던가 하는, 채울 수 없는 결핍감 때문에 시작된 폭식 증세는 자칫 충동 조절 장애로 굳어버릴 수 있습니다. 사회적 시스템의 부작용으로 나타나는 40대의 공황기를 맞은 그에게 필요한 것은 아이들과 마찬가지로 가족의 관심과 사랑이었습니다.

그는 처음에는 상담에 호의적이지도 자발적이지도 않았습니다. 한 번도 자기 과거의 성장 환경이 되어준, 부모와 형제가 속한 원가족을 돌아본 적이 없고 가족에게 최소한의 의사 표현만 하면서 살아왔기 때문입니다. 그러나 그의 가족이 현재 머물러 있는 상황, 즉 소통이 안 되어 갈등이 증폭되고 있는 그의 가정이 행복해지면 좋겠다는 제 권고를 받아들여 상담을 하게 되었습니다.

저는 상담을 의뢰한 아내보다 그와 우선적으로 라포^{내담자} 와 상담자 사이의 신뢰를 형성하기 위해 세 차례의 개인 상담을 먼저 실시했습니다. 첫 상담은 그의 가계도 작업과 정서 검사로 이뤄졌습니다. 그 결과 그가 열일곱 살 때 돌아가신 아버지와의 기억이 좋지 않다는 것을 알았습니다. 그는 성장하면서 아버지에게 제대로 칭찬을 들은 기억이 없었습니다. 그의 행동에 대해 늘 평가를 받았던 기억이 학습되어 그도 아내와 아이들에게 매사를 '잘했네, 잘못했네'로 평가했습니다.

이어 심리검사를 해보니, 그는 일찍 여읜 아버지를 대신해 일곱 남매를 뒷바라지하느라 헌신하다 돌아가신 어머니의 영향력과 그리움을 크게 느끼고 있었습니다. 아버지가 부재한 경우 자녀들이 아버지의 자리를 대신하는 대리 배우자의 역할을 담당하게 되는 경우가 종종 있습니다. 어머니 역시 남편을 대신해 그런 성향을 보이는 자녀를 자연스럽게 의존합니다. 이런 경우는 아버지가 생존해 있어도 알코올중독이나 외도, 부부 사이에 좀처럼 이루어지지 않는 소통 등의 이유로 아버지의 역할이 충분히 이행되지 못하는 가정에서 흔히 찾아볼 수 있습니다. 대부분 장남이 그 역할을 하게 되지만, 특별한 경우 차남에게도 나타날 수 있습니다.

그도 결혼을 하기 전까지 원가정에서 대리 배우자의 역할을 해왔습니다. 그 때문에 어머니가 돌아가신 지 한참이 지났는데도 여전히 원가족의 정서를 유지한 채 분리되지 못하고 있었습니다. 저는 이른바 중년의 첫 번째 위기에 접어든 그를 개별화시키는 데 주력했습니다. 만약 어머니가 생존해 있었다면 그가 어떤 삶을 살기를 원했을지에 대해 그에게 물어봤습니다. 어머니가 느꼈던 남편의 부재를, 대를 이어 손자가 다시 며느리의 대리 배우자가 되는 악순환을 어머니는 결코 원하지 않았을 것입니다. 상담 중에 형제들 가운데 그를 유독 의지해온 어머니가 어느 순간부터 자신도 모르게 그에게 부담으로 자리했다는 것을 알게 됐습니다. 또한 그는 헌신적인 어머니와 아내를 비교하면서 불만이 산처럼 쌓여갔고, 아버지의 모습을 자신에게 투사했습니다. 그는 늦었지만 원가족에서 벗어나 자신의 세상을 직면해야만 했습니다.

저는 그가 그토록 그리워하는 어머니와 마주 앉은 듯 그동안 못다 한 이야기를 나누게 했습니다. 한참을 침묵 속에 앉아 있던 그가 울음 섞인 목소리로 처음 한 말은 "죄송하다"는 이야기였습니다. 평생 좋은 옷 한번 못 입으시고 맛난 음식 한번 못 드시며 자신을 키워주신 어머니에 대한 부채감으로 그의 마음은 온통 죄송함뿐이었습니다. 그렇게 그는 어머니와 생전에 나누고 싶었던 말을 마음껏 나눴습니다.

상담 과정에서 그는 자신이 애써 일해 번 급여의 저축이 적은 것에 대해 불편하게 여기는 마음이 무의식중에 잠재해 있었다는 것을 깨달았습니다. 또한 아버지를 보면서 배워온 전형적인 가부장의 태도가 '아버지'와 '남편'의 삶 전부라고 생각해왔습니다. 자신에게 투사되는 아버지의 모습으로 그 자리에 정체되어 그는 가족을 위해 자신이 무슨 노력을 더 해야 하느냐는 저항감을 느끼고 있었습니다. 그런 불만으로 아내와의 대화도 한두 마디 이상 이어 나가기 어려웠고, 가족과의 갈등도 악화된 것입니다.

그는 자기 내면에 감춰두고서 한 번도 열어보지 못하고 쌓아두기만 했던 상자 속의 분노를 꺼내 종이 위에 쓰기 시작했습니다. 처음에는 아버지와 어머니에게 불효했다고 생각하는 형들부터 어머니와 비교할수록 못마땅했던 아내에게 이르기까지 차례차례 그 대상을 옮겨 가며 편지를 썼습니다. 그런데 놀랍게도 그는 어머니에게까지 분노의 편지를 썼습니다. 어머니의 희생과 헌신을 안쓰럽게 여겼지만, 어머니를 돌보느라 청년기에 제대로 독립할 수 없었던 자신의 성장 환경에 대한 아쉬움을 달리 표현한 것입니다.

저는 그 편지들을 소리 내어 읽어주고 '부정'의 문장들을 '감사, 헌신, 이해, 기쁨, 즐거움, 수용, 경험, 고마움, 낙천적, 아쉬움'의 열 가지 문장으로 바꾸어 다시 쓰게 했습니다. 그가 고쳐 쓴 편지를 제가 다시 읽고 나서 그에게 느낌을 물었습니다. 그는 처음에는 그렇게 바꿔 다시 쓰는 것이 억지로 꿰맞추는 것 같았는데 자꾸 문장들을 바꾸다 보니 생각보다 거부감이 들지 않는다고 말했습니다.

저는 그동안 미해결 과제로 그에게 남아 있던 불편한 감정들을 풀어내게 했습니다. 불편한 감정이 생겼을 때 남성은 대부분 그 감정의 원인을 파악하는 대신 대상을 달리해 화를 내거나 대충 무마해버립니다. 그런 태도가 남자다운 것이라고 오랫동안 교육받아왔기 때문입니다. 그는 자신 안에 억눌려 있던 유년, 소년, 청년의 모습을 거쳐 이윽고 현재 중년의 상(像)을 재창조했습니다. 그 억눌린 감정들을 풀어내면서 그 감정들을 쌓아두었던 것이 과연 누구를 위한 것이었는지도 돌아보게 됐습니다. 그것을 계기로 그는 자신 안에 가둬놓았던 과거의 불편한 기억들에 대해 이야기하기 시작했습니다. 아내를 처음 만났을 때를 회상하고 두 사람이 함께 지나온 날들을 돌아보면서 현재 그들 부부의 상도 재정립했습니다.

서로 비슷한 시점에 상담을 마친 부부는 처음으로 마주 서서 손을 맞잡았습니다. 서로의 눈동자에 비친 자기 모습을 확인하면서 서로를 온전히 믿고 결혼을 결정했던 지난날의 빛나는 눈빛을 다시 봤습니다.

그는 자신이 어머니와 다른 여성을 아내로 선택했다는 것을 인정했습니다. 그리고 과거의 아버지를 닮아가는 자신이 아니라, 다른 누구도 아닌 현재의 유일무이한 모습으로 자신이 존재하는 것을 발견했습니다. 어머니가 아쉬운 과거라면 그의 현재는 아내와 아이들이라는 것을 알게 되었습니다. 과거의 기억 때문에 현재를 즐기지 못하면 현재가 과거가 되면서 다시 고통스런 기억을 가지게 되는 악순환이 되풀이된다는 것을 깨달았습니다.

그는 무엇보다 가족과의 원만한 의사소통을 바랐습니다. 그러나 그의 가족은 서로가 무엇에 관심이 있는지도, 무엇을 하고 싶은지도 모르는 채 개연성 없이 유리되어 있었습니다. 그는 서로 소통하는 가정과 서로 소통하지 못하는 가정이 어떻게 다른지 살펴봤습니다. 소통이 활발한 가정은 '예' 또는 '아니오'로 대답할 수 있는 폐쇄적인 질문이 아니라 상대의 이야기를 이끌어내는 개방적인 질문, 추상적인 질문이 아니라 구체적인 질문, 한꺼번에 여러 가지를 묻는 이중 질문이 아니라 한 번에 하나만 묻는 단일 질문을 사용해서 선순환 대화를 이어갑니다.

상대를 세심하게 관찰하면 무엇이 불편한지 발견하게 됩니다. 또한 그 이해를 바탕으로 상대가 알아듣기 쉬운 언어로 요청까지 할 수 있을 때라야 비로소 '대화'라고 부를 수 있습니다.

그는 서로가 무엇을 원하는지 귀 기울여 듣는 것이 가족의 행복을 위해 얼마나 소중한 일인지 알았습니다. 더불어 누군가를 사랑하고 그에게 사랑받는 일은 생애 내내 지속돼야 하며, 그것은 많이 노력해야 하는 일이라는 것도 알았습니다. 부부가 텔레비전을 보면서 각자 혼자 웃고 있다면 그 가정의 공감 지수는 몇 점이나 되는지 체크해봐야 합니다. 이 부부는 상담을 통해 공감과 경청의 훈련을 받았으며 그 결과 만족할 만큼 긍정 지수가 높아졌습니다.

그는 자연스럽게 아이들의 교육에도 참여하게 됐습니다. 사회가 복잡다단해졌기에 부부는 여러 역할들을 함께 수용해야 하는데 특히 아버지의 역할이 어려울 수 있습니다. 하지만 부부 중심의 가치 체계가 바로잡힌 가정에서 아버지가 교육에 적극 참여하는 환경 속에 자란 아이들은 자발적으로, 주도적으로 공부할 가능성이 높아집니다. 그만큼 아버지의 관심은 아이들의 성장에 지대한 시너지 효과를 일으킬 수 있습니다. 저는 이미 늦었다고 생각하는 그를 독려하여 아이들에게 관심을 가져주기를 응원했습니다.

인간은 개별화된 존재로 태어납니다. 그러나 가족의 가치관에 영향을 받고 사회의 풍토와 질서에 영향을 받으면서 개성은 점점 사회화됩니다. 다만 개별화의 욕구는 잠들어 있는 것이지 사라지는 것이 아니기에 다른 모습으로 표출될 수 있습니다.

그는 개별화 과정을 통해 자신이 만들어낸 이상적인 가족의 이미지에서 벗어나 홀로 또 같이 서게 됐습니다. 텅 빈 동공 같았던 그의 외로움은 돌아가신 어머니를 아프게 추억하며 죄책감에 시달리는 것으로는 채워지지 않습니다. 평생 열심히 지켜온 자신의 가족과 행복하게 나누는 웃음으로만 채워질 수 있습니다.

분노가 찾아들자 그는 자신 안에 내재되어 있던 근사한 자기 모습을 발견하게 됐고 허망함도 사그라졌습니다. 그는 자신을 바라보는 눈이 타자가 나를 바라보는 눈이라는 것을 새롭게 알았습니다. 원가족과의 지혜로운 분리를 통해 나를 제대로 알고 홀로 서는 것, 우리는 그것을 개별화, 나를 사랑하는 방법이라고 부릅니다. 이제 자신을 진정 사랑할 줄 알게 된 그는 늘어난 수명만큼 길어진 중년2기를 현명하게 맞이할 것입니다.

우리는 자신이 얼마나 괜찮은 사람인가를 발견하고 자기 효능감을 느껴 스스로 행복해지면 그제야 가족을 돌아볼 수 있는 에너지가 생깁니다. 이때 가정이 얼마나 성스러운 성소인지 비로소 깨닫게 되지요. 나름대로 최선을 다했는데도 물을 언제 줘야 하는지, 거름은 얼마나 뿌려야 하는지 몰라서 방치되다시피 한 '가정'이라는 정원을 깊이 관찰하게 되는 시기도 이때입니다. 황폐한 정원을 열심히 가꾸는 동안 조금씩 햇빛이 들고 때때로 웃음꽃이 피기 시작할 것입니다.

상담을 마친 뒤 '우리 가족이 이런 사람들이었다는 것을 이렇게 늦게 발견한 것이 너무나도 아쉽다'는 메일을 저에게 보내오는 사람들이 있습니다. 저는 그들에게 '우선순위를 대하는 태도의 일관성을 잊지 마라'는 답장을 건넵니다. 나쁜 습관 한 가지를 개선하는 데도 만만치 않은 시간이 걸린다는 것을 저도 경험으로 잘 알고 있습니다. 노력하는 현재와 다른 태도를 가진 과거의 얼굴이 찾아오더라도 체념하지 말고 그

다음을 기약하세요. 언젠가는 노력하는 그 얼굴이 여러분의 자연스러운 얼굴이 될 것이라는 믿음을 잃지 말고요.

상담을 마치며 당부하고 싶은 점은 과거의 얼굴이 불현듯 찾아오더라도 지금의 행복한 마음을 잊지 말라는 것입니다. 그 마음이 우리가 변화할 때 반드시 수반돼야 하는 일관성을 유지하는 동력이 되는 것이니 말입니다. 그리하여 여러분의 정원에 사계절 웃음꽃이 만발해지면 여러분은 비로소 훌륭한 정원사가 되는 것이지요.

'우선순위를 대하는 태도의 일관성'은 비단 가족을 대하는 태도뿐 아니라 우리가 간절하게 원하는 변화의 키워드이기도 합니다. 그날이 그날인 삶을 살게 되는 것과 자신이 원하는 대로 가슴 뛰는 삶을 살게 되는 것의 차이가 바로 이것이 아닐까요?

아낌없이 사랑한 당신

나의 사랑, 당신. 드디어 한 번의 망설임도 없이 아파트 주차장에 안전하게 자동차를 주차했습니다. 당신이 보고 있었다면 가녀린 손으로 내 머리카락을 쓰다듬으며 잘했다고 말해주었겠지요.

지난 2월, 당신은 그 아픈 몸을 이끌고 일주일간이나 손수 운전을 가르쳐주었습니다. 내가 실수를 연발했는데도 당신은 "조금만 더 연습하면 잘할 거야"라는 말만 할 뿐이었습니다.

당신 말대로 소형자동차를 구입하면서 눈에 잘 띄는 빨간색으로 골랐어요. 그 차를 운전할 때면 당신을 더 크게 느낍니다. 당신의 부드러운 손길, 자상한 말씨, 다정한 눈길이 나와 함께하는 듯해 아직도 서툰 출퇴근길이 불안하지만은 않습니다.

어제는 폭우가 내리더니 오늘 퇴근길에 본 하늘은 어찌나 드맑은지요. 자동차 열쇠와 가방을 챙겨 차에서 내리려다가 잠시만 이 공간에 더 머물기로 합니다. 해거름 녘 여름날, 붉게 물든 노을을 바라보며 오늘 하루도 일터에서 안전하게 집으로 돌아왔다고, 당신에게 오늘 있었던 일을 전하는 이 시간은 제가 하루 중 가장 기다리는 시간입니다.

차창 밖으로 보이는 저 앞의 목조 의자는 우리가 이 집을 장만해 이곳에서 10여 년 동안 살면서 당신과 저녁 시간에 즐겨 앉았던 곳이지요. 그곳에 앉아 이곳으로 처음 이사 왔을 때 봤던 어린나무가 큰 나무가 되는 것을, 우리의 두 아이들이 자라는 것을 함께 지켜봤습니다.

오늘 회사에서 동료 직원과 다투다가 나에게 오신 분이 있었어요. 이상하게도 자꾸 그런 분들이 내게로 오시게 되고, 나는 또 그런 분들과 순조롭게 일을 진행합니다. 간혹 동료들이 눈총을 주기도 하지만 내게는 무척이나 소중한 일이기에 고객들과 풀 수 없는 문제란 별로 없습니다.

그 회사에서 직원 채용 공고가 난 것을 알고 딩신은 나에게 그 일자리가 아주 잘 맞을 거라며 지원하기를 수차례 권했지요. 나는 반신반의하며 지원서를 냈고, 놀랍게도 합격을 했습니다. 마흔이 훨씬 넘은 나이에 적시만 아껴 쓰면 우리 식구가 최소한의 생활을 할 수 있을 만큼의 급여를 받으며 일을 할 수 있게 됐을 때, 당신은 얼마나 기뻐했던가요. 당신이 좋아하던 그 모습을 어떻게 잊을 수 있겠어요. 그 일이 당신에게 내가 주었던 제일 큰 선물이었다고 당신

세 걸음 다가가기 : 가족의 초상

은 몇 번이나 말했습니다.

생각해보면 당신은 나에게 뭔가를 주려고 이 세상에 온 사람 같았어요. 어린 시절 당신을 만나서 사랑하고, 결혼하고, 두 아이를 낳을 때까지 당신에게 받은 그 많은 것들. 집안 대소사부터 은행 일이며 아이들 일까지 직장에 다니면서도 모든 것을 챙겨주었던 당신. 발병 후 4년 가까이 투병 생활을 하면서도 스스로 모든 것을 해결하려 하고 짜증 한 번을 안 냈던 당신.

내가 힘들까 봐 요양원에 갔다가 주말에 잠깐 우리를 보러 왔던 당신이 2월부터는 요양원에 가기가 그렇게 싫었다는 말을 나중에야 듣고서 너무나 마음이 아팠습니다. 당신, 그러면 안 되었습니다. 한 번이라도 내 생각 하지 말고 당신이 아플 때 소리도 지르고 울어도 보고 그랬다면 이렇게 마음이 아프지 않았을 텐데. 그러나 한편 그게 사무치게 고마워 또 눈물이 납니다.

오늘 퇴근을 하려는데 당신도 잘 아는 부장님에게 업무에 관한 칭찬을 듣다가 회사가 어떻게 저를 뽑게 됐느냐고 물었어요. 젊은 여성들도 많은데 어떻게 내 차례까지 왔는지 너무나 궁금했거든요. 한참 말씀이 없던 부장님에게서 나는 놀라운 이야기를 들었습니다. 당신이 다섯 번이나 메일을 보내고 부장님을 직접 찾아가서, 자기가 떠나고 난 후에 남겨질 나에게는 오직 그 회사에 근무하는 것만이 희망이 될 거라면서 내가 아주 잘할 거라고 간곡히 부탁했다는 이야기.

그러니까 당신은 오래전부터 내가 일할 수 있는 곳을 찾아보고 있었던 거지요. 전업주부로 살며 아무것도 할 줄 모르는 내가 일할 만한 적당한 곳을 찾아 수소문하고 직접 가보고……. 당신은 그렇게 당신 없는 세상을 내가 살아갈 수 있도록 준비하고 있었던 거지요. 그래서였을까요. 일터에 들어서면 피곤함도 잊고 새로운 기운이 납니다. 당신 말대로 내 희망인 일터니까요.

사람들은 종종 하늘나라로 가던 순간 당신이 지었던 미소에 대해 이야기해요. 정말로 천사같이 편안한 미소였다고. 영면하는 모습을 여러 차례 봤지만 그런 광경은 처음이었다고. 모든 사람들이 그렇게 말해도 나는 놀랍지 않습니다. 평소 당신이 우리에게 종종 보여주던 미소였기에 말입니다.

당신이 계신 그곳은 평안한지요? 내가 또 바보 같은 질문을 했네요. 평화를 사랑하고 배려가 우선인 당신이 있는 곳인데 어딘들 평안하지 않겠어요. 그래도 내가 어제도 오늘도 내일도 똑같은 질문을 하게 될 거라는 것, 당신은 알고 있지요?

그곳에서도 우리를 위해 기도하고 있을 당신 덕분에 나와 아이들은 잘 지내고 있어요. 늘 부족한 나를 사랑한다고 말해주었고 그말을 믿게 해주었던 당신을 볼 수 없다는 것만 빼고, 당신이 준비하고 기도한 대로 우리 가족은 살아내고 있어요.

10년 후 정년퇴직을 하게 되면 회사에서 성지순례를 시켜준다고 해요. 그때는 우리 아이들도 대학을 졸업하고 어엿한 직장인이 되

세 걸음 다가가기 : 가족의 초상

어 있겠지요. 당신이 그렇게도 가고 싶어 하던 성지순례. 당신이 거기에 오신다면 기꺼이 아이들과 함께 당신을 만나러 가겠습니다.

꽃 같던 스물두 살, 당신을 만났던 그때부터 당신을 보내고 당신을 다시 만나는 그날까지 나의 사랑은 하나입니다. 나에게 과분했던 당신, 나의 모든 것이었던 당신, 나의 사랑 당신.

오랜만에 만난 후배의 친구에게 후배의 안부를 묻다가 그예 나쁜 소식을 듣고 말았습니다. 후배의 남편이 결혼 10년 만에 암으로 투병 중이었으나 발병한 지 5년이 다 되어 완치의 희망을 품던 차에 덜컥 세상을 떠났다는 것입니다. 배우자를 잃은 사람의 상실감은 외형의 부상이 아닐 뿐 자신이 큰 사고를 당해서 중환자실에 입원해 있는 것과 같은 심리적·육체적 공황 상태를 가져옵니다.

아직 애도 기간 중에 있는 그녀는 이제 남편을 떠나보낸 지 3개월밖에 되지 않았습니다. 하지만 남편 없이는 아무것도 못하던 그녀가 손수 운전을 하고 자신에게 남겨진 두 아이와 일터와 생활환경에 감사하며 꿋꿋이 일상을 살아내고 있습니다. 조건적인 사랑보다 훨씬 큰 사랑을 받아본 사람은 그 사랑의 경험을 저축 삼아 자신에게 남겨진 길을 잘 나아갈 수 있습니다. 남편에게 무한히 사랑받은 기억은 그녀가 남편 없이 남은 생을 잘 견뎌내기에 충분할 만큼 큰 힘이 되어줄 것입니다.

무엇보다 삶을 수용하는 남편의 긍정적인 태도가 그녀에게 억만금의 돈보다 더 커다란 유산이 되어주고 있습니다. 그녀를 위해 자신이 할 수 있는 것을 다하고 떠난 남편에게 예의를 지키기 위해서라도 그녀는 하루하루를 기쁘게 살아낼 것입니다. 어쩌면 그런 그녀의 태도는 상실을 겪은 후에 나타나는 여러 가지 후유증들 중 하나인, 망인의 떠남을 받아들이지 못하는 '상실 부정'일 수도 있습니다.

혹시 여러분에게 상실 부정으로 힘들어하는 가족이나 지인이 있으면 곁에서 주의 깊게 살펴보다가 그 사람이 도움을 청할 때 기꺼이 도와주셔야 합니다. 지금 그들의 심정은 재난을 당한 것과 같습니다. 주변의 따뜻한 보살핌에 힘입어 극복할 수 있도록 응원이 필요한 시기인 것입니다. 그녀의 주변 분들도 상처에 내성이 생길 때까지 주의 깊게 살피고, 그녀가 손 내밀면 언제든 달려가주었으면 좋겠습니다.

그녀의 남편이 가족과 이별하던 순간에 대한 이야기를 들으면서 저는 그의 평온한 얼굴을 그려볼 수 있었습니다. 오늘을 어떻게 살아야 이 세상과 이별할 때 그런 기억을 자기 자신과 가족들에게 선물할 수 있을까요? 그는 아낌없이 자신을 내어주는 사랑을 실천하고 떠났습니다. 두 아이와 홀로 남은 그녀에게 당신은 혼자가 아니라는 응원을 보냅니다.

내가 다한 최선이 상대를 위한 최선이 아니라 나를 위한 최선은 아니었는지 돌아봐야 합니다. 나중에 아쉬움이 남지 않도록 아낌없이 사랑해야만 합니다.

자녀는 부모의 뒷모습, 거울 효과

 엄마, 큰일 났어요. 어제 짝꿍이 저한테 "손가락이 그렇게 맛있냐?"면서 손가락을 입에 대고 제 흉내를 냈어요. 별명이 스피커인 그 아이가 제가 손가락을 물어뜯는다고 떠들고 다닐까 봐 걱정이에요. 엄마, 아이들이 다 알게 되면 창피해서 어떡해요. 이렇게 창피한 일인 줄 몰랐는데 저는 어쩌다 손가락을 물어뜯게 된 거죠? 이 문제로 엄마와도 상담 선생님과도 많은 이야기를 했는데 저는 여전하니 답답해요.

상담 선생님이 매일 아침 출근 시간에 저를 기억해서 기도하신다며 손가락 네 개에 하트를 그려주셨어요. 제가 손가락을 물어뜯을 때마다 선생님의 심장이 아플 거래요. 그런데 오늘도 참지 못했어요. 그래도 손가락을 입에 대는 횟수가 많이 줄어서 발갛던 손가락이 살색으로 돌아왔어요. 거울 보고 웃는 연습도 많이 해서 그런지 아이들이 저한테 예뻐졌대요. 엄마와 이야기를 나누는 공감대

세 걸음 다가가기 : 가족의 초상

화법도 좀 알게 돼서 더 연습하면 좋아질 것 같아요.

　그동안 저는 집에 들어오면 가끔씩 기분이 나빴어요. 엄마와 어떻게 지내야 할지 걱정이 되어 머리가 아팠거든요. 학원까지 다녀오면 거의 하루 종일 공부하는 셈인데 아빠, 엄마는 제가 잠깐 동안만 텔레비전이나 컴퓨터 앞에 앉아 있어도 당장 뭐라고 하시니까요. 집에서 엄마와 마주치는 게 싫었어요. 엄마는 저만 보면 뭘하라고 잔소리하시니까 자꾸 피하게 됐던 거예요. 아무도 제가 좋아하는 걸 하지 못하게 하시니까요. 그래서 부모님이 말씀하셔도 대답을 하고 싶지 않고, 고작 한다는 말이 "됐거든"이 되었나 봐요. 그러면 또 버르장머리 없다고 혼나고.

　부모님과, 특히 자주 보는 엄마와 잘 지내본 적이 언제인지 모르겠어요. 아빠, 엄마를 기쁘게 해드리려면 학원 갔다가 밥 먹고 그때부터 책상 앞에 바로 앉아 있어야 하는데 그건 너무 힘들어요. 엄마는 드라마 볼 시간에 일찍 자라고 하시지만 침대에 눕는다고 바로 잠이 오나요? 엄마 때문에 불을 끄고도 한참 뒤척이다가 열두 시가 넘어버려요. 드라마를 보거나 안 보거나 자는 시간은 똑같은데 왜 드라마를 못 보게 하시는지 모르겠어요. 엄마, 아빠도 즐거운 일을 하시잖아요. 저는 기분이 좋아지는 일을 좀 하면 안 되나요?

　상담 선생님이 잠들지 못하는 그 시간에는 무슨 생각을 하게 되냐고 물으셔서 곰곰 생각해봤어요. 우선 드라마를 못 보게 하는 부모님이 미웠고, 또 성적이 떨어지면 어쩌나 하는 걱정이 제일 많았어요. 길거리나 집에서 나쁜 사람에게 무서운 공격을 당하면 어떡하지 하는 생각도 많이 해요. 학원에서 집으로 돌아올 때 이상한 아저씨가 보이면 잔뜩 긴장한 채로 빨리 걸었다 늦게 걸었다 하면서 걸음을 재촉해요. 그래서 그런지 상담 선생님이 무슨 검사를 하시더니 저의 불안 척도가 높게 나왔대요. 그런 불안 때문에 자꾸 손가락을 물어뜯는 거고요.

상담 선생님은 성적 때문에 걱정하지 말고 시험을 보라는데 어떻게 걱정을 안 해요. 성적이 떨어지면 당장 아빠와 엄마가 슬퍼하면서 절 혼내실 테고 한참 동안 저한테 말도 안 걸어주시잖아요. 그리고 아이들이 제 성적을 가지고 뭐라 하는 것도 싫어요.

지난번 중간고사 때 국어에서 한 문제 틀렸는데 아이들이 "쟤도 그 문제 틀렸다"며 웃는 소리를 들었어요. 조금만 잘했으면 전 과목 만점인데 한 문제를 틀려서 놀림거리가 된 거예요. 바보같이 문제를 틀린 저도, 문제를 그렇게 꼬아 낸 국어 선생님도 너무 미웠어요. 어찌나 화가 나던지 비어 있던 과학 실습실에 가서 엉엉 울었어요.

그러고 나서 집에 가기 싫은데도 억지로 집에 갔는데 저를 보자마자 엄마가 점수를 확인하고는 문제를 한 번만 더 읽었어도 안 틀렸을 거라고 하시는 거예요. 그 말을 듣고 나니 제가 더 바보 같았어요. 한 문제만 맞았으면 올 100점이라 엄마가 기뻐하셨을 텐데.

세 걸음 다가가기 : 가족의 초상

엄마를 실망시켜서 죄송해요. 다음에는 열심히 해서 엄마, 아빠가 기뻐하시는 모습을 꼭 보고 싶어요. 그런데 엄마, 아직 기말시험이 35일이나 남았으니까 드라마 한 편만 보게 해주시면 안 될까요? 혹시 드라마를 열심히 보다가 나중에 드라마 작가가 될 수도 있잖아요. 하긴 엄마, 아빠는 제가 법관이 되길 원하시니까 이런 말을 하는 게 잘못인 건 알지만.

그러면 그냥 제가 좋아하는 드라마를 좀 보게 해주세요. 왜 드라마가 좋으냐고요? 드라마 보는 시간에는 성적도 잊을 수 있고 손가락도 안 물어뜯어서 좋아요. 또 드라마 주인공들은 거의 어른이니까 부러워요. 어른이 되면 어른들이 제게 주로 하는 말 '학원 가라. 방 치워라. 책 읽어라. 씻어라. 일찍 일어나라. 학교 가라. 이거 해라. 저거 해라. 곧장 들어와라' 같은 말들을 다 안 들어도 되잖아요. 저를 잘 가르치려고 하시는 말씀이니까 잘 들어야 하지만, 그래도 지켜야 할 게 너무 많은 아이보다 어른이 빨리 되고 싶어요. 저는 어른이 되면 아이들에게 "무얼 하고 싶니?"라고 물어보지 '이거 해라, 저거 해라' 절대로 안 할 거예요.

엄마, 아빠! 이번 기말시험은 한 문제도 안 틀리고 1등을 할 거예요. 그래서 꼭 좋은 대학에 가서 훌륭한 법관이 될 거예요. 그러면 엄마, 아빠가 세상에서 제일 똑똑한 우리 딸이라며 기뻐하시겠지요. 저는 엄마, 아빠가 기뻐하실 때가 제일 좋아요. 그리고 이번에 시험을 잘 보면 백화점에 가서 옷을 사주는 대신 하루만이라도

드라마나 실컷 보게 해주세요. 하루에 한 편만, 그것도 안 되면 일
주일에 세 편만 보여주세요. 그럼 공부를 더 잘할 수 있을 것 같아
요. 진짜로 더 열심히 공부할게요.

세 걸음 다가가기 : 가족의 초상

초등 4학년생인 아이가 처음 저를 찾아왔을 때 유난히 눈에 띈 것은 손가락이었습니다. 양쪽 검지와 엄지, 네 손가락의 살점이 떨어져 나가서 차마 쳐다볼 수 없을 만큼 빨갛게 상해 있었습니다. 아이는 상담 중에도 손가락을 반복적으로 물어뜯고 있지요. 아이의 어머니는 손가락을 물어뜯는 증세와 더불어 아이가 요즘 들어 부쩍 사소한 일에도 화를 내는 일이 많아져 상담을 의뢰하게 됐다고 했습니다.

어머니의 손에 이끌려 온 아이는 시종 무표정한 얼굴이었습니다. 저는 아이와 신뢰를 형성하느라 카드게임을 해봤는데 무엇을 해도 아이는 의욕을 보이지 않았습니다. 아이와 친밀감을 쌓아가는 과정에서 관찰한 결과, 아이는 상위권 성적을 유지해야 한다는 강박 증세가 엿보였습니다. 왜 그렇게 성적을 중요하게 생각하느냐고 묻자, 아이는 성적이 올라야 부모님이 기뻐하신다고 대답했습니다.

아이는 초등 1학년 때부터 상위권을 유지해왔습니다. 하지만 아이가 공부를 열심히 하는 것은 자신의 성취감 때문이 아니라 부모를 기쁘게 하기 위해서였을 뿐이었습니다. 아이는 부모를 위해 사는 듯한 대리일상증후군을 겪고 있었습니다.

아이는 아침에 집에서 학교로 가는 것도, 방과 후에 학교에서 집으로 돌아오는 것도 싫어서 목적 없이 거리를 배회하며 시간을 보내기도 했습니다. 아이의 유일한 취미는 드라마를 보는 것이었습니다. 드라마를 보는 동안은 상위권 성적을 유지해야 한다는 강박을 잠시나마 잊을 수 있었던 것입니다.

저는 아이의 어머니에게 상담을 요청했습니다. 심리검사를 통해 어머니 역시 강박 증세가 있다는 것을 알게 됐습니다. 어머니는 물건을 반드시 제자리에 놓아두는 정리의 달인이었는데, 아직 습관이 채 형성되지 않은 아이에게도 정리 정돈을 엄격하게 요구해왔습니다. 또한 아이의 상위권 성적을 유지시켜야 한다는 강박증도 엿보였습니다. 여기에는 아이를 최고로 키우고 싶어 하는 남편의 욕구가 영향을 끼치고 있었습니다.

아이에게는 학교도 집도 편하게 지낼 만한 공간이 아니었습니다. 아이는 그날그날 부모의 기분에 크게 휘둘렸으며, 부모의 기분을 상하게 하고 싶지 않아 순종적인 태도가 몸에 배어 있었습니다. 그런데 순종적이던 아이가 갑자기 제대로 된 의견을 내는 것이 아니라 사사건건 "됐다구!" "됐거든!"이라는 표현을 쓰자 부모는 그것을 반발이라고 걱정하게 되었습니다.

아이가 손가락을 자꾸만 물어뜯는 것은 일상의 자질구레한 일까지 끊임없이 지시하는 부모의 양육 태도 때문이었습니다. 성적에 대한 강박으로 억압된 분노가 무의식적으로 표출된 사례였습니다. 심신의 성장과 더불어 독립적인 공간과 시간을 확보하려는 아이들의 욕구는 자연스러운 이행입니다. 부모가 아이의 행동을 이해하지 못하고 유아기 때처럼 일일이 강제하면 아이는 오히려 퇴행할 수 있습니다.

　게임을 하면서 관찰한 결과 아이는 의외로 승부 근성이 낮았습니다. 전교 1등을 유지할 수 있었던 것은 본래부터 승부 근성이 강해서가 아니라 부모의 기대를 채워주려는 노력에 의한 결과였습니다. 이런 경우 대부분 상급 학교에 진학하면서 성적이 떨어질 가능성이 큽니다. 아이 스스로 왜 공부를 하는지에 대한 목표 의식이 없기 때문에 늘상 공부를 강조하는 부모와 관계가 불편해집니다. 또한 육체적·심리적 변화가 큰 사춘기로 접어들면서 부모와의 갈등이 더욱 증폭되면 성적은 급격히 하락할 수밖에 없지요.

　저는 아이에게 결과보다 과정의 기쁨을 깨닫는 것이 얼마나 중요한지를 일깨우려 했습니다. 먼저 그동안 학생으로서 자신의 역할에 충실해온 아이의 성실한 태도를 인정해주었습니다. 또 아이가 좋아해서 닮고 싶어 하는 사람을 역할 모델로 삼으면서 부모가 아닌 자신을 위한 꿈을 꾸도록 공부의 목적을 다시 세웠습니다.

　아이의 문제는 부모가 함께 노력할 때 해결할 수 있습니다. 저는 아이가 성적을 잘 받아 왔을 때 어머니가 어떻게 이야기하는지를 살펴본 다음 그 과정에 개입했습니다. 예컨대 예전에는 "이번에도 네 성적이 잘 나와서 엄마는 기분이 너무 좋다. 다음에도 이렇게 할 수 있지?"라고 말하며 아이의 성적을 어머니의 기쁨으로 인식하게 했다면, 이젠 "성적표를 보니네 기분은 어떠니? 책상 앞에 오래 앉아 있는 모습이 보기에 좋다고 말하는 것이지요. 결과보다는, 아이가 어떻게 해서 그런 성적이 나올 수 있었는지를 짚어주면서 노력하는 과정이 얼마나 중요한지를 인지하게 도와준다면 집중력은 자연스럽게 향상될 수 있습니다.

아이가 능동적으로 공부를 하게 하려면 스스로 계획을 짜도록 해야 합니다. 이 과정에서 몇 번의 시행착오를 거치더라도 스스로 작은 성과를 거두어 일찍이 자기 효능감을 경험한 아이는 목표를 향해 끝까지 나아가는 힘을 기를 수 있습니다. 우리가 기억해야 할 것은 아이가 쉬면서 즐길 수 있는 여가 시간을 마련해주어야 한다는 점입니다. 쉼의 기쁨을 누려봐야 성취동기도 커집니다.

창의성은 재미와 자발성에서 출발합니다. 아이는 부모의 꿈을 대신 이뤄주는 존재가 아닙니다. 우리는 아이에게 많이 질문하고 대답하면서 충분한 대화를 통해 스스로 생각하고 상상하는 힘을 길러줘야 합니다. 거침없이 탐색하고 시도할 수 있는 환경을 만들어 아이의 가능성을 일깨우는 과정의 조력자, 그것이 부모의 역할입니다.

'거울 효과'는 부모를 거울에 비추듯 자신에게 비추어 그 모습을 닮아가는 것입니다. 우리가 아이에게 보여주는 일거수일투족이 거울이라는 것을 잊지 말아야 하는 이유입니다. 하루만이라도 자녀에게 하는 말들을 기록해보세요. 그리고 그 결과를 살펴보면 깜짝 놀랄 것입니다.

부모가 된다는 것은 끊임없는 공부가 필요한 일이지만 동시에 가슴 설레는 일이 아닐 수 없습니다. 아이가 자라서 이 나라를 통치하는 대통령이 될지, 심금을 울리는 시인이 될지 알 수 없으니까요. 이것이 부모가 올바른 거울을 아이에게 비춰줘야 하는 이유입니다.

너무 일찍 철이 들어버린 소년

 아빠, 어제 패밀리레스토랑에서 외식을 할 때부터 기분이 안 좋아 보이셨는데 저녁에 집으로 돌아와서도 엄마하고 말도 안 하시고 안방으로 들어가시는 걸 봤어요. 오늘 아침에 출근하실 때 제가 인사를 했는데도 말없이 집을 나서셨고요. 그러다가 저녁에 엄마와 또 싸우실까 봐 오늘 학교에서도 공부가 잘되지 않았어요.

그런데다 사회 시간에 뒤에 앉은 규식이가 자꾸 툭툭 치며 말을 걸어 대꾸해주다가 담임선생님께 걸렸어요. 제가 혼난 건 괜찮은데 지난번에도 걸려서 담임선생님이 엄마에게 전화를 거셨잖아요. 이번에도 선생님이 엄마에게 전화를 걸면 어쩌지요? 그때 아빠가 잔뜩 화나셔서 저를 많이 야단치셨잖아요. 아빠가 또 그렇게 화가 나면 안 되니까. 에휴, 오늘은 걱정이 한두 가지가 아니네요.

그러고 보니 오늘은 상담을 하러 가는 날이네요. 상담 선생님과 우노 게임을 하면서 처음보다 많이 친해졌어요. 제 수다가 얼마나 늘었는지 어떤 때는 이야기를 멈추지 못하겠어요. 지난번에는 선생님이 외국에 사셨던 이야기를 듣다가 제가 영국으로 유학을 갔을 때 조니라는 아이를 흠씬 패주었던 이야기를 했어요. 벌써 2년 전의 이야기인데도 어제 일처럼 생생하고 또 화가 났어요. 조니가 자꾸 한국 아이들을 놀려대서 안 그래도 미웠는데 그날은 내 뒤에서 머리를 잡아당긴 거예요. 얼마나 화가 났는지 그때 영국 선생님이 말리지 않았다면 조니를 더 때려줬을 거예요. 캐럴 선생님에게 주의를 받고 밖으로 나오니까 아이들이 속이 다 시원하다면서 아주 잘했다고 했어요. 조니가 아이들을 많이 괴롭혔는데 캐럴 선생님만 모르고 계셨던 거죠.

그런데 그 일이 그렇게 커질 줄 몰랐어요. 제가 상담 대상자가 됐다면서 당장 일주일에 두 번씩 상담을 받고 그 상담이 끝날 때까지 학교에도 못 나가게 됐어요. 그 상담은 완전 최악이었어요. 저는 마치 큰 잘못을 저지른 죄인처럼 문제아 취급을 받았어요. 어머니와 아버지는 어떤 사람이냐는 등 여러 가지 질문도 받았어요. 그런데 저한테 엄청 큰 문제가 있는 듯 사과를 몇 번씩이나 시키면서도 조니가 아이들을 괴롭혔다는 제 이야기는 들은 척도 안 하더라고요.

그때부터 저는 영국 학교에 도무지 흥미를 못 느꼈는데 그 일로 결국 집으로 돌아오고 말았어요. 그때 집에 돌아오게 되어 얼마나 다행스러워했는지, 얼마나 좋아했는지 엄마, 아빠는 아세요?

영국에서 친하게 지내던 가디언 아줌마, 아저씨의 집은 우리 집보다 훨씬 좋았는데도 왠지 모르게 불편했어요. 매일 밤마다 우리 동네가 생각나고 엄마, 아빠의 잔소리가 그리웠어요. 형과 함께였는데도 자꾸 엄마, 아빠가 보고 싶었어요. 그리고 그 일이 있은 뒤로 가디언 아줌마, 아저씨가 저를 대하시던 태도는 정말 꿈속에서도 다시 보고 싶지 않을 만큼 싫었어요. 지금은 담임선생님한테 야단을 맞아도 선생님이 무섭거나 싫지 않아요. 같은 나라 사람이니까 제 말을 다 알아들으시잖아요.

나중에야 제가 클래스메이트인 여자 친구에게 성추행을 했다는 혐의가 있었다는 말을 들었어요. 그냥 그 아이의 치마가 말려 올라가 속옷이 다 보이기에 치마를 내려준 것뿐이라고 아무리 설명해도 제 말을 믿어주지 않고 무섭게 쏘아보던 가디언 아줌마의 눈을 잊을 수가 없어요. 가디언 아줌마가 아동 폭행 혐의로 벌금형을 받을 만큼 세가 혼이 나고도 그곳에 디 있을 수도 있었지만, 엄마가 저를 데리러 와서 다행스러워했던 한편 엄마, 아빠에게 혼날 일이 더 걱정이었어요.

지난번 밤중에 아빠, 엄마가 싸우면서 제 이야기를 하는 걸 들었어요. 그건 사실이 아니에요. 우리가 한국 아이들이어서 하나부터 열까지 과민 반응을 보였던 거라고요. 그러니 저를 좀 믿어주세요.

그래도 이렇게 엄마, 아빠 옆에서 살 수 있어서 다행이에요. 아직도 아빠, 엄마가 회사일로 저녁 늦게 귀가하시고 형이 늦을 때는 혼자 있는 시간이 무서워요. 그런데 아빠, 엄마가 회사에서 야근을 하고 오실 때 혼자 걸어서 돌아오시는 길이 무섭잖아요. 아빠가 마중을 좀 나가주시면 안 될까요?

며칠 전에도 열두 시가 넘었는데 엄마가 돌아오지 않으셨어요. 아빠는 텔레비전을 보다가 소파에서 주무시더군요. 엄마가 걱정이 되어 저는 혼자 신작로까지 걸어 나갔다가 엄마를 만났는데 엄마가 너무 지쳐 보이셨어요. 그러면서 걱정하시더군요. 엄마는 일이 파트타임이라 야근을 할 수밖에 없는데 아빠는 엄마가 늦게 들어오기만 하면 화를 내신다고요. 다른 집은 엄마가 늦게 들어오면 아빠가 마중을 나가기도 하고 그런다는데, 아빠는 화만 내시니 안 그러셨으면 좋겠어요.

아빠, 저는 가족이 다 같이 사는 게 얼마나 좋은지 잘 알아요. 그러니 아빠, 엄마도 싸우지 않고 정답게 사시길 바라요. 제가 더 열심히 공부하고 학교에서 장난도 치지 않을게요. 상담을 시작하면서 게임도 많이 줄이고 그 시간에 공부를 하고 있으니까 아빠가 바라시는 대로 성적도 오를 것 같아요.

엄마, 아빠! 저, 공부 열심히 할게요. 그래서 꼭 좋은 학교에 갈게요. 그러니까 엄마, 아빠도 서로 다정하게 대해주시고 형이랑 저에게도 좋은 말만 해주시면 좋겠어요. ⋎ ⋎

초등 5학년생인 민이는 상담 2회기를 진행하는 동안 시종 유쾌한 모습을 보여줬지만 자신은 개방하지 않았습니다. 조기 유학을 갔다가 돌아온 민이는 검사 결과 타자에 대한 경계심이 크게 나타났지만 그 같은 속내를 미소로 감추는 조숙한 사회성을 보였습니다. 아빠, 엄마의 크고 작은 불화로 인해 가족 전체에 스민 불안정한 정서에 적응하느라 일찍 철이 들어버리고 만 것입니다.

민이는 얼핏 부드러워 보였지만, 그런 태도에 가려 자칫 지나칠 수 있는 우울함이 감춰져 있었습니다. 민이에게는 상담자인 저를 탐색해서 라포를 형성할 시간이 필요했습니다. 50분의 상담 시간 중 20분을 할애해서 아이와 게임을 하며 친밀도를 높였습니다. 제가 적당히 져주어 게임은 언제나 민이가 이겼고, 민이는 게임을 하는 도중에 자신을 개방하면서 먼저 묻지 않아도 한 주간의 일을 미주알고주알 이야기하기 시작했습니다.

민이는 영국 학교에서 겪은 일 외에도 자신을 보호해주던 가디언 부부와의 사이에서 빚어진 일로 마음의 상처가 컸습니다. 학교에서 일어난 일을 빌미로 가디언 부부에게 학대를 받았던 것입니다. 교실에서 벌어졌던 영국 친구와의 다툼은 상담을 통해 충분히 좋아질 수 있다는 전문가의 소견을 받았는데도 가디언 부부는 편협한 시각으로 민이를 몰아붙이며 민이의 부모가 그곳에 도착할 때까지 민이를 격리시키고 모진 말로 상처를 줬습니다.

가디언 부부는 민이의 부모에게 민이에 대한 왜곡된 시각을 그대로 전달했습니다. 민이의 부모가 사실을 제대로 안 것은 영국 학교의 상담 선생님과 면접한 뒤였습니다. 이 일을 알게 된 민이 어머니가 가디언 부부를 경찰에 신고할 정도로 민이가 당한 폭력은 상상을 초월한 것이었습니다.

그 과정에서 민이는 평생 상담이 필요하다는 의견서를 받았습니다. 당시 상황에 대한 재진술이 필요했지만, 민이는 영국에서의 일을 모두 '좋았다'고 말할 뿐 더 이상 개방하려 들지 않았습니다. 그러나 정서 검사를 통해 본 민이는 아직도 유아기에 나타나는 '부모님과 다시 떨어져 살게 될까 봐 두려운' 분리 불안 증세를 보였습니다.

저는 다그치지 않고 카드 놀이와 놀이를 통해 친밀감을 쌓으면서 민이가 그 사건에 대해 스스로 말해주기를 기다렸습니다. 4회기차 상담에 이르러서야 민이가 드디어 마음을 열었습니다. 민이는 자신을 놀리던 영국 아이를 참고 또 참다가 도저히 참을 수 없어져서 팼다는 표현을 썼지요. 저는 그때 기분이 어땠냐고 물어봤습니다. 민이는 자기 기분보다 다른 한국 친구들이 속 시원하게 아주 잘했다고 말했다는 다수의 의견을 전해주었습니다.

민이에게 그 사건은 어린 나이에 혼자 감당하기에는 너무 큰 사건이었습니다. 자신의 판단을 외면한 채 집단을 대표한

정의로운 자로서의 얼굴을 슬쩍 불러와야 했던 것입니다. 그러나 아이는 눈물을 흘렸습니다. 타국에서 겪었던 나쁜 기억들이 어제의 일처럼 생생하게 남아 있었고, 그때까지 아픈 마음을 감추고 있었던 것입니다.

당시의 기억을 되살리고 싶지 않은 민이의 편의에 의해 그 사건이 재구성됐을지도 모르지만, 그 같은 일은 우리나라 학교에서도 아이들 사이에 흔히 일어나는 경미한 다툼일 뿐 그렇게까지 사건으로 확대되지 않을 수 있는 일이었습니다.

선진국은 개인의 프라이버시를 존중하는 만큼 집단의 예의를 중시합니다. 민이가 어린 나이에 타국의 문화를 수용하고 이해하기에는 무리가 있었을 것입니다. 그 상황에서 영국의 어른들이 고려한 것은 방문객인 타국 아이의 혼란이 아니라 자국 아이의 안정이었습니다. 충분히 있을 수 있는 아이들 간의 싸움을 확대 해석하고 과장한 측면이 있었던 것입니다.

특히 민이에게 고통스러웠던 기억은 같은 한국인 보호자였던 가디언 부부의 돌변한 태도였습니다. 아이가 어떤 사건에 노출됐을 때 어른들은 사건이 일어나기까지의 정황을 충분히 살펴서 아직 미성숙 단계에 있는 아이에게 단정적인 진단과 처방을 내리는 것에 신중하고 또 신중해야 합니다.

저는 민이의 기억 속에서 사건의 틀을 새롭게 재구성하는 작업을 했습니다. 민이가 한국으로 돌아온 것이 당시의 사건 때문이 아니라는 것을, 또 가디언 부부같이 판단이나 행동을 잘못하는 어른들도 얼마든지 있을 수 있다는 것을 인지시켰습니다. 그리고 오해를 살 수도 있는 행동의 사례를 들어서 민이의 기억 속 사건을 '나쁜 짓'이 아니라 각 나라의 문화적 차이에서 빚어진 '오해'로 재구성하는 데 힘을 쏟았습니다. 왜 성(性)을 존중해야 하는지, 왜 성이 아름다운 것인지, 왜 성으로 인해 오해받으면 안 되는지에 대해서도 충분히 인지시켰습니다.

민이의 부모는 민이의 성장을 바라서 조기 유학을 선택하셨습니다. 그러나 단지 어학연수를 위해 그동안 살아온 정서를 접어두고 새로운 정서를 다시 익혀야 한다면 과연 어느 쪽의 실익이 더 클까요? 민이는 '다 좋았는데 왠지 불편했다'고 말합니다. 그리고 '억지로 웃으려 노력하지 않아도 되는 지금의 가족과 함께 사는 게 가장 큰 행복이라는 것'을 깨달았다고 합니다.

민이는 부모의 불화로 인해 회피성 유학을 다녀왔습니다. 민이는 부모가 상처받는 동안 더 큰 상처를 받고 있었지요. 집으로 돌아온 지금도 부모의 관계를 염려하고 있습니다. 일찍 성장해버린 민이는 가족을 배려하느라 자신이 무엇을 원하는지도 모른 채 살아갈 수 있습니다.

대학 진학을 위해 입학사정관제도에 유리한 조건을 갖추려고 일부에서는 일반인도 응시하기 어려운 회계사 자격증을 아이에게 따도록 시킨다는 뉴스 보도가 있었습니다. 각 발달단계에 따른 적절한 학습은 아이에게 건강한 사고를 형성하게 해주고 매사 긍정적으로 행동할 수 있는 여유를 줍니다. 조기 유학 열풍이 불고 있는 교육 트렌드를 좇아가고 싶거나 자녀의 회피성 유학을 생각하고 있다면, 내 아이의 성향을 면밀히 분석한 다음 결정해야 하겠습니다.

저는 민이 어머니에게 상담을 요청해서 아이의 상처를 어떻게 치유해야 할지를 함께 나누었습니다. 민이의 어머니는 부모가 최우선으로 생각해야 할 것은 성적이 아니라 아이의 행복 지수라는 데 공감했습니다. 아이의 성적을 올리는 것보다 어떻게 하면 아이의 행복 지수를 높여줄 수 있을지를 찾아보는 게 무엇보다 중요하다는 것을요.

민이는 차츰 명랑함을 되찾아갔습니다. 오래도록 관찰하며 무한한 사랑을 줘야 어린 날 받았던 아픈 기억의 상처가 아물고 내성이 생겨 더 단단하고 밝게 자랄 것입니다. 특히 부부가 함께 상담을 받는다면 자녀와 함께 성장하는 가족 신화를 쓸 수 있을 것입니다. 민이네 가족은 어머니가 무척 노력하고 있습니다. 언젠가는 민이의 아버지도 상담을 통해 가족상을 다시 그릴 수 있기를 바랍니다.

스스로 성장하는 내 딸, "천만 번 사랑해"

 어릴 때 하도 밥을 안 먹어서 밥 많이 먹고 건강하게 자라라고 엄마가 지어준 별명, 튼순이. 중학교를 졸업한 지금, 어쩌다 그렇게 부를라치면 펄쩍 뛰며 싫은 내색을 하는 네가 잠들었을 때 엄마가 그렇게 부르면 잠결에 아가였을 때처럼 대답을 한다는 거 알고 있니?

엄마 곁 불편한 침상에서 곤하게 잠이 든 천사 같은 네 모습을 바라보며 이 글을 쓴다. 아장아장 걷던 모습이 엊그제 같은데 우리 튼튼이 훌쩍 자랐구나.

막내로 자란 네가 사춘기가 시작되면서 투정과 어리광만 늘어가 엄마는 네가 자주 미워졌다. 엄마의 말을 받아치는 너의 거친 말 한마디에 눈물의 기도로 하루를 시작하는 때도 많아지면서 엄마는 하루하루 너에게 지쳐갔어. 머리로는 이해를 하면서도 심정이 이입되지 않아 엄마는 많은 시간을 할애해 너를 공부해야만 했다.

엄마가 너의 어떤 것을 건드려주지 못하고 있는 건지, 너를 추동하려면 어떻게 해야 하는지 몰라 너의 지지자를 만들어주느라 너 몰래 과외 선생님도 만나보며 네 뒤에서 널 도와주려 노력했어. 그러나 너는 외부의 자극에도 그때만 반응할 뿐 다시 시니컬해지곤 했다. 어떻게 너를 일으켜 세워주어야 할지, 어떻게 해야 너의 잠재력을 일깨워주어 후회 없는 청소년 시절을 보낼 수 있도록 도와줄 수 있는지 너를 공부하면 할수록 무지해지는 것만 같았다.

전공하고자 준비해왔던 공부를 접고 평생 공부를 하지 않으면 안 되는 심리학을 선택하겠다고 했을 때도 반갑지 않았어. 엄마는 네가 주도적인 일에는 신명을 바치지만, 조력자가 되어주어야 할 일에 조화를 이루지 못한다고 생각했고, 이타적이고 누군가를 돕겠다는 소명 없이는 할 수 없는 그 일을 하기에 네 적성이 맞지 않는다고 생각했다. 그런데 너는 이렇게 우매한 엄마를 뜨겁게 가르치는구나.

아가야, 지난 5일간 네가 보여준 모습은 열여섯 살의 아이라고 하기에는 놀라운 모습이었다. 수술을 마치고 마취에서 깨어난 그 순간부터 한 번도 엄마 곁을 떠나지 않고 곁을 지키며 손과 발이 되어주던 모습. 한없이 다정한, 따뜻한 손길로 자다가도 엄마의 기척이 느껴지면 곧바로 깨어나 선잠에 눈을 비비며 필요한 게 뭐냐고 묻던 너. 열 번이면 열 번을 능동적이었던 너의 태도는 사람을 이해하고 움직이려 노력하는 바로 그 모습이었다.

세 걸음 다가가기 : 가족의 초상

엄마는 이제 걱정하지 않으련다. 시기가 다를 뿐 네가 네 길을 잘 찾아갈 수 있을 만큼 충분히 성숙했다는 것을 이번 기회에 알게 됐으니까. 다만 엄마가 필요하면 도움을 요청하렴. 언제든 엄마는 네 손이 닿을 거리에서 네 곁을 지키고 있을 거야. 사랑한다. 튼순이, 나의 사랑. 나의 아가야. 잘 자라주어 고맙구나.

무한한 사랑의 입맞춤을 보내며 9월의 어느 날, 엄마가. ↓ ↓

저는 유난히 병원에 가기 싫어해서 병원에 한번 가려면 도살
장에 끌려가는 소 같은 심정이 됩니다. 그 배경에는 유년 시
절에 어머니가 퇴원을 하루 앞두고 병원에서 돌아가신 트라
우마가 저의 오랜 지병으로 작용하고 있습니다. 그런 제가 병
원에 입원하고 다섯 번째 전신마취를 했습니다. 누구에게나
발병할 만한 병명을 알고도 무려 3개월을 미루다가 수술하게
된 것입니다.

저는 병원에 가야 할 때는 언제나 그렇게 했듯이 이번에도
주변을 정리하고, 혹시 집으로 다시 돌아오지 못할지도 모른
다는 생각 때문에 유서를 썼습니다. 그러고는 또 매번 그랬던
것처럼 저는 수술실에 들어가서 의사 선생님과 간호사들의
걱정 속에 울었습니다. 수술대 위에 누워서 창백한 형광등을
올려다보는 것도 싫었고, 전신마취에서 깨어날 때 아득히 먼
곳에서 돌아오는 듯 생경한 느낌도 싫었습니다. 도무지 그쳐
지지 않는 눈물은 저의 깊숙한 안쪽에 도사린 두려움 때문이
었겠지요.

나중에 회진을 돌던 의사는 저에게 고통을 견디는 것이 수
술을 하는 것보다 얼마나 미련한 일인지 다시금 깨닫게 해줬
습니다. 3일이면 퇴원할 수 있는 병인데 7일이나 입원해야
한다는 처방이 떨어진 것입니다. 병명을 알고도 3개월간 제
몸을 방치한 벌이었지요. 병원에서 하루를 보내는 것이 1년

을 보내는 것과 같은 저는 의사의 처방대로 잘 따르겠다는 약속을 하고 생떼를 쓰다시피 5일 만에 집으로 돌아왔습니다.

제가 집에 돌아와서 제일 먼저 한 일은 책상 앞에 앉아 다섯 번의 전신마취를 하러 갈 때마다 썼던 유서 다섯 통을 꺼내 읽는 것이었습니다. 그러고는 하반기에 꼭 해야 할 일에 밑줄을 한 번 더 긋고, 아직 부자유한 몸을 움직여 천천히 저녁밥을 지었습니다. 갈치를 꺼내 해동하고 단호박과 무를 켜켜이 얹은 다음 조림장을 끼얹어 갈치조림을 만들었습니다. 내일이면 못 먹게 될 민들레를 씻어 샐러드도 만들고 묵은 김장 김치를 꺼냈습니다.

저녁을 지으면서 먼 나라에서 선배의 건강이 걱정되어 여러 번 국제전화를 했던 후배의 말이 떠올랐습니다. "일생 살면서 어떤 사람은 한 번도 수술을 하지 않는데 선배가 크고 작은 수술을 벌써 다섯 번째 받는 것에는 뭔가 다른 뜻이 있을 거야."

그 뜻이 무엇인지 알 수 없지만, 유서를 다섯 번이나 쓰지 않았다면 심리학을 공부하는 일도, 함께성장연구원을 운영하는 일도, 인생 계획서를 설계하는 일도, 이렇게 글을 쓰는 일도 없었을 것입니다. 무엇보다 병원비를 걱정하면서 병원 식판을 둘이 나누던 옆 병상의 노부부가 주고받은 깊은 대화, "김치 한쪽 얹어줄까? 한 숟가락만 더 묵어보랑께"라는 말을 이해할 수 없었을지 모릅니다. 제가 퇴원하자마자 불편한 몸을 감수하고 된장찌개를 끓여 식탁을 차리는 이유, 유서의 첫

머리에도 끝머리에도 가족이 그 자리를 차지하는 이유를 몰랐겠지요.

아장아장 걷던 딸아이가 노란 유치원 가방을 메고 유치원에 가고, 가슴에 손수건을 달고 초등학교 입학식을 치르고, 흰 깃을 단정하게 세운 어엿한 여학생이 되도록 성장하는 모습은 저에게 많은 기쁨을 주었습니다. 그러나 몸은 하루가 다르게 성장하는데도 정신은 그만큼 성숙하지 못하다는 생각으로 늘 전전긍긍하던 저에게 아이는 이번 수술을 계기로 뜨거운 가르침을 주었습니다. 어느 순간 아이는 부모의 말과 마음을 다 받아먹으며 성숙해가고 있었는데 제가 혼자 앞서 가며 조바심쳤던 것임을 알게 됐습니다.

어른들은 살아온 세월의 경험만큼 앞날을 전망합니다. 그 때문에 아이가 실수, 특히 인성에 관한 실수를 했을 경우, 아이는 단지 그날 단 한 번 실수했을 뿐인데도 입체적인 사고를 하는 부모는 그 실수로 인해 먼 미래에 일어날 일들까지 염려하며 온갖 부정적인 사례를 들어 걱정합니다. 때문에 한마디만 하려던 것이 열 마디가 되고 그예 100마디가 되고 맙니다.

부모가 기진맥진할 정도로 온 마음을 다해 마음속의 걱정을 다 털어놓지만 고작 사춘기를 지나고 있는 아이에게 그 말이 소화될 리 만무합니다. 아무리 매번 그렇게 마음속의 걱정을 쏟아붓는다고 해도 아이는 결국 열여섯 나이만큼 이해하고 받아들일 뿐입니다. 하지만 아이는 자신이 아직 경험하지 못한 일을 미리 걱정하고 싶어도 걱정할 수 없습니다.

〈여는 글〉에서도 이야기했지만 저는 가족에 대한 환상을 가지고 있었습니다. 그래서 아이가 제 생각과 다른 태도를 보이면 잘 가르쳐야 한다고 생각했지요. 아이를 있는 그대로 존중하면서 나와 다른 점들을 흥미롭게 지켜보지 못하고, 단지 나와 다르다는 이유로 이 아이는 어떻게 세상을 헤쳐 나갈까 걱정하다가 혼자 스트레스를 받는 지경에 이르렀습니다.

그러나 가족을 통해 제가 배운 것은 아무리 내 가족이라 해도 행복을 느끼는 순간도, 화가 나는 순간도 각자 다르다는 것입니다. 가족조차 모든 면에서 나와 같지 않은 사람들이라는 것을 깨닫고 받아들이는 데는 참으로 오랜 시간이 걸렸습니다. 나와 다른 점들을 흥미롭게 지켜보며 세심하게 관찰하고 그 다른 점들을 도닥이며 자극하여 더욱 성장할 수 있도록 도와주는 것, 그것이 바로 엄마의 역할임을 알게 되니 그때부터 여유가 생기고 행복해졌습니다. 그래서 박완서 선생님은 "부모의 사랑은 아이들이 더우면 걷어차고 필요할 때는 언제고 끌어당겨 덮을 수 있는 이불 같아야 한다"고 말씀하셨나 봅니다.

그러나 제가 지적을 일삼았던 환경 때문인지 동기 유발이 늦어져 아이는 이제야 공부에 관심을 가지게 됐습니다. 하지만 대부분 선행학습을 한 친구들을 쫓아가기는 쉽지 않습니다. 게다가 저도 공부보다 인성에 중점을 두었기에 아이가 그 나이가 되도록 성적 때문에 야단친 적이 한 번도 없었습니다.

대신 저는 아이가 공부를 할 수 있는 환경을 만들어주려고 무던히 노력했습니다.

어쩌다 제가 학교에 나타나도 자존감이 낮았던 아이는 멀찍이 얼굴만 보일 뿐 저를 아는 척도 하지 않아 저는 번번이 속상한 마음으로 돌아와야 했습니다. 그런데 이젠 제가 학교에 가는 날이면 아이가 먼저 언제 학교에 오냐고 물어보고, 학교에서 마주치면 반갑게 인사하며 손도 흔들어줍니다. 참으로 놀라운 변화지요. 어린 날 저에게 끝없이 상처를 받으며 손상됐던 자존감으로 엄마와 외출하면 저만치 뚝 떨어져 걷던 아이, 늘 싸운 사람처럼 뚱한 얼굴로 함께 다니던 아이가 참새처럼 재잘거립니다. 가끔은 베개를 들고 제 침대를 찾아와서 둘이 함께 누워 긴 이야기도 나눕니다.

그런 아이의 변화에는 제가 태도를 바꿔 아이를 무조건적으로 수용해준 것과 더불어 학부모회에 참여한 일이 아이의 사기를 진작시켰습니다. 큰아이에 이어 공교육의 구조상 성적이 좋지 않았던 아이의 자존감을 어떻게 높여줘야 할지 고민하던 차에 저는 아이의 학교에서 학부모회의 대표가 됐습니다. 아이의 자존감도 높여주고 학교 봉사를 통해 얼마 남지 않은 우리 아이의 청소년기를 힘껏 돕고 싶었습니다.

날마다 '100일간 치유와 코칭의 글쓰기' 프로그램을 운영하고, 상담과 강연 그리고 글쓰기도 충실해야 하지만 저는 무엇보다 아이와의 일정이 우선입니다. 아이가 저를 필요로 하는 시간도 많이 남지 않았으며, 공부를 잘하든 못하든 나의 소중한 딸아이가 청소년기를 행복하게 간직하길 바라는 이유입니다.

천만 번 이름을 불러준 후에 아이는 비로소 저에게 새 생명으로 처음 왔을 때처럼 본연의 밝음을 되찾아 행복해졌습니다. 이제 아이는 좀처럼 입 밖에 내지 않던 공부를 자연스럽게 화제에 올리면서 어떡하면 잘할까를 스스로 연구하는 중입니다.

아무것도 원하는 것이 없었던 아이는 지망하는 대학도 학과도 생겼고, 그사이에 YMCA 활동도 열심히 하여 팀을 이끄는 회장이 됐습니다. 모두 아이 스스로 결정한 일이며, 저는 단지 관찰하고 지지해줬을 뿐입니다.

아이가 행복해지니 교우 관계뿐만 아니라 큰아이와의 관계도 좋아져서 제가 개입하지 않아도 큰아이와 함께 진로를 의논하고 공부하며 시간을 보냅니다. 심성이 곱고 깊은 큰아이가 작은아이를 돕겠다고 나선 것입니다. 아빠도 아이들과 함께 어떻게 놀아줄까를 궁리하다가 어느 날 큰아이에게 자전거를 사줬습니다. 말은 안 했지만 얼마나 가지고 싶었던 것인지 큰아이는 신주 단지를 모시듯 제 방에 들여놓고 자전거를 닦고 조입니다. 그리고 가끔 두 아이가 자전거를 타러 갑니다. 나이가 들수록 어울리기 어려운데 두 아이는 갈수록 나누는 것이 많아집니다. 가족이 함께 자전거를 타는 광경을 보면 그토록 부러웠는데 이제 저희 가족이 자전거를 함께 탈 날도 멀지 않은 듯싶습니다. 의젓하게 자란 아이들의 모습에서 기쁨을 느끼는 한편 아이들의 독립으로 이별할 날도 얼마 남지 않았다는 것을 자각합니다. 열심히 사랑하되 아이들의 독립에 방해되지 않도록 어느 시인의 말처럼 '아득한 거리에서 사랑하고' 싶습니다.

갈등으로 인한 상담 중에 핵심 가치를 바꿔주는 가장 큰 일은, 내 가족이지만 나와 같지 않은 것이 당연하다는 것을 깨우쳐주는 일입니다. 나의 한계와 가족의 한계를 인정하고 존중해야 합니다. 부모가 가르치지 않고, 지적하지 않고 아이와 대화를 이어 나갈 수 있는 그 시점부터 아이는 경직되지 않고 자연스럽게 나누고자 하는 마음을 열 것입니다. 그 과정에서 일관되게 지켜야 할 것들을 일러주고 관찰하며 오래 기다려줘야 하지만, 부모가 가르칠 것과 시행착오를 거치더라도 아이 스스로 깨달을 것을 구분해야 합니다.

때로 역할의 한계를 느끼고 내려놓고 싶었던 엄마의 자리이지만, 성숙한 엄마는 어떤 역할을 해야 하는지 끊임없이 공부하게 해준 딸과 아들이 고맙기 그지없습니다.

그럼에도 불구하고, 시쓰는 경찰관

영희야, 오빠야. 이번 휴가는 참 뜻깊구나. 중학교 1학년인 아들아이와 단둘이서 3박 4일간의 여행을 마치고 돌아가는 길이다. 여행을 더 편하게 할 수도 있었지만 웬만한 것은 모두 차에서 해결했다. 아이에게 아빠와의 특별한 기억을 만들어주고 싶었거든. 차에서 자고 물이 있는 곳에서 물놀이를 하며 밥을 지어 먹었지. 늘 바쁜 아빠와 서먹하기도 했던 아이가 스스럼없이 장난치는 것을 보니 여행을 나서길 잘했다는 생각이 든다.

나보다 한 살 아래였지만 총명했던 너는 혹시 기억하고 있을까? 아주 가끔씩 먹을거리를 사 들고 집에 오시던 아버지. 나는 이상하게 어머니는 기억이 나는데 아버지의 얼굴은 아슴아슴하다. 네가 여섯 살, 내가 일곱 살 때 그렇게 헤어진 후로 36년이라는 너무 오랜 세월이 지났으니 기억하는 것이 이상할 수도 있지. 이번 여행길에서도 네 또래의 여성을 만나면 혹시 나와 닮지는 않았는지, 이름이 영희는 아닌지 물어봤다.

우리가 살던 곳에서 멀지 않은 시설에 맡겨져 자란 나는 우리가 살던 집에 더 일찍 가볼 수도 있었어. 그런데 어쩐지 그렇게 되지 않았어. 열두 살 때부터 꿈꾸었던 경찰공무원이 되고자 낮에는 공장에서 일을 하고 밤에는 독서실에서 코피를 쏟으며 시험을 준비하던 어느 날, 나는 그 동네를 지나던 버스에서 내렸다. 그리고 무엇엔가 이끌린 듯 그 언덕의 꼭대기, 까만 나무 판잣집을 밀고 들어섰다.

너와 내가 어머니와 살았던 그 집, 달랑 방 한 칸에 쪽마루와 부엌이 있었던 그 집은 어떻게 다섯 식구가 살았을까 놀라울 만큼 작았다. 마당을 서성이고 있자니 집주인 아저씨가 나오셔서 내 이름을 불러주셨다. 생각해보니 아저씨는 내가 그 고장의 시설에 들어가 살고 있을 때 나를 보러 그곳에 오셔서 먹을거리를 사주고 가신 적도 있었다. 나는 어머니도, 아버지도 아닌 집주인이었을 뿐인 아저씨도 나를 보러 오셨는데 왜 부모님은 한 번도 나를 보러 오시지 않았을까 아직도 의문스럽다.

아저씨의 이야기를 통해 너 말고 내가 기억하지 못하는 당시 한 살 된 여동생이 더 있었다는 것을 알게 됐다. 너와 그 동생은 바다가 있는 도시의 시설로 보내졌다고 했다.

그런데 왜 어른들은 나를 그 집에 방치해두고 떠난 걸까? 일곱

세 걸음 다가가기 : 가족의 초상

살 사내아이는 클 만큼 컸다고 생각한 걸까? 그날 아저씨는 시장에서 생선 좌판을 놓고 장사하시던 어머니를 아신다는 지인들에게 나를 데려가셨다. 그곳에서 어머니를 더 큰 도시에서 만났다는 분을 뵈었다. 그분이 이른 대로 찾아가면 어머니를 만날 수 있을 것 같기도 했다.

그때 나는 스물한 살이었다. 이미 분명한 삶의 지표가 서 있었다. 부모와 같이 살아도 부모로부터 독립을 꿈꾸는 나이인데 나는 스스로를 돌보면서 누구보다 일찍 철이 들어 있었다. 어머니를 찾고 싶다는 그리움보다는 어머니 없이도 잘살 수 있다는 오기가 더 컸다. 하루아침에 온 식구들을 뿔뿔이 흩어지게 한 부모님이 원망스러웠다.

그러나 한참 후에 네 생각을 하기 시작하면서 그것이 실수였을지도 모른다는 생각이 들었다. 그때 수소문을 해서 어머니를 만났다면 적어도 너희들 소식은 알 수 있지 않았을까 싶어진 것이다. 너는, 또 막내 동생 영미는 어디서 자랐을까? 이름은 그대로인지도 몹시 궁금하다.

나는 내 이름을 기억하고 있었으니 그대로이고 성도 같은 김 씨인데 다만 '춘천(春川)' 김 씨다. 취직을 하려고 주민등록등본을 떼러 갔더니 호적에 아무도 없고 달랑 나 하나더구나. 시설에서 만들어준 호적이었지. 세월이 흘러 첫 아이가 태어나 출생신고를 하려 하니 동사무소 창구 직원이 고개를 갸우뚱하며 그런 본적도 있느냐고 물었다. 나는 당당하게 호적에 있지 않느냐고 대꾸했지만, 춘천 김 씨는 우리 가족뿐이니 그런 반응은 당연한 것이었다. 어느 집안의 자손인지도 모르고 살아왔지만 이제부터는 춘천 김씨인 것이다.

내 생일은 8월 15일 광복절이다. 잊지 말고 생일상을 챙겨 먹으라는 어느 분의 배려로 그렇게 호적에 올려졌고, 그분의 바람대로 올해 생일에도 아내가 끓여준 미역국을 먹으면서 아이들의 선물도 받았다. 영희야, 우리는 왜 출생신고도 되어 있지 않았을까? 참 궁금한 것도 많았고 원망도 많았다. 나는 아직도 그 이유에 대해 알지 못한다.

영희야, 나는 너를 찾는 것이 오빠의 도리라고 생각했다. 그래서 생각다 못해 2008년 4월 KBS 프로그램 「그 사람이 보고 싶다」에 출연하기로 결정했다. 우리가 살던 집도 방송국 직원들과 함께 다시 찾아가봤다. 이젠 재개발 지역으로 묶여 아무도 살지 않지만 그 집은 아직 거기에 있더구나.

여러 과정을 거쳐 방송이 나간 지 1년이 지났지만 혹여 기대하고 많이 기다렸는데 지금까지 아무 소식이 없다. 우리가 헤어진 지 벌써 36년이나 됐지만 나는 그때의 일을 기억하고 이름도 또렷이 기억나는데, 너는 네 이름을 잊고 어머니와도 연락이 닿지 않은 채 살아온 걸까?

어릴 때 오빠는 다음에 너를 만나면 너를 지켜줄 수 있는 힘을 가

세 걸음 다가가기 : 가족의 초상

지고 싶었다. 우리가 어린아이여서, 힘이 없어서 그렇게 헤어지게 된 것이 두고두고 한이 됐기 때문이다. 이제 오빠는 넉넉하진 않지만 대한민국의 경찰이고, 여기까지 오는 동안 한 가지 생각밖에 없었다.

내가 발 딛은 곳에서 뿌리를 내리며 사람들과 함께 어울려 사는 삶. 그래서 오늘도 사람들과 나눌 수 있는 일을 하려고 애쓴다. 그 첫걸음이 그냥 이름뿐인 경찰관이 아니라 훌륭한 경찰관이 되는 것이라고 생각한다. 마음이 해이해질 때는 경찰 1호봉의 꿈을 키우면서 공장에 다니며 주경야독했던 시절을 떠올린다.

영희야, 너에게는 오빠가 사랑하는 한결같은 새언니도 있고 너를 고모라고 불러줄 조카도 둘이나 있다. 만약 우리가 만날 수 있다면, 또 부모님을 만날 수 있다면 함께 어울려 살지는 못해도 적어도 우리의 뿌리를 알 수는 있겠지. 그때까지 영희야, 부디 건강히 살아 있기를 기도한다.

요즘 가족에 대한 그리움을 시로 쓴다. 혹시나 내가 쓰는 이 시가 우리 가족에게 바람결에라도 닿을 수 있기를 바라는 마음을 담아서. 우리의 생이 끝나기 전에 한 번만이라도 서로를 볼 수 있어야 하고, 꼭 그렇게 되리라 믿는다. 영희, 영미, 너희를 위해 늘 기도하는 오빠가 있다는 것을 너희가 알 수 있었으면 좋겠다. 비록 너를 보지 못하지만 오빠는 항상 너를 응원하고 사랑한다. ❦ ❦

자고 일어나니 부모와 따뜻한 집이 사라져버린 상황에서 일
곱 살의 어린아이가 무엇을 할 수 있었을까요? 아이는 울면
서 엄마가 장사하던 시장까지 걸어 나와 겨울밤 내내 엄마를
찾다가 시장 골목에서 잠이 들었습니다.

 그 아이가 성장해 중년이 된 지금, 그의 입에서 나오는 말
은 온통 '감사'입니다. 아무것도 가진 것 없는 자신에게 선뜻
딸을 소개해준 장모님이 고맙고, 자신과 기꺼이 결혼해준 아
내가 고맙고, 자신에게 선물로 다가와준 아이들이 고맙습니
다. 사랑하는 아내가 아들을 낳았을 때 그는 울음을 터뜨리고
말았습니다. 그를 꼭 닮은 아이를 보고 세상에 나를 닮은 사
람이 있다는 것이 신기해서 울었습니다.

 또한 그는 자신을 키워준 사회가 고마워서 훌륭한 경찰관
으로 나눔과 도움의 삶을 실천하고 싶었습니다. 그는 해마다
복날이면 동네 어르신들에게 삼계탕 200 뚝배기를 선물하
기 위해 용돈을 쪼개어 저축을 합니다. 경로당에서 어르신들
과 함께 놀면서 노래도 부르고 어린이의 등하굣길에 신호등
이 되어줍니다. 끊임없이 사람들 속으로 걸어 들어가 함께 나
누고 서로 돕는 삶, 바로 그 삶을 위해 그는 경찰관이 된 것입
니다.

 그는 졸지에 부모를 잃어버린 자신을 아동보호시설에 데
려다 준 경찰관의 이미지가 기억 속에 고맙게 남아 경찰관

이 됐다고 합니다. 시설에서 자란 그에게 선배들은 그가 절대로 공무원이 될 수 없을 것이라며 걱정했습니다. 그러나 그는 필기시험에 1등으로 합격하면 자신에게도 기회가 올 것이라는 신념으로 스물한 살부터 경찰공무원 시험을 준비해서 스물다섯 살에 합격했습니다. 그로부터 지금까지 20년째 근속하며 모범경찰관상도 여러 번 받았습니다. 그가 자라면서는 공채 시험에 합격한 사람이 단 한 명도 없었던 시설에서 그는 희망의 전도사가 되었고, 후배들도 연이어 공무원이 됐습니다.

삶의 가장 큰 덕목 중 하나인 책임, 그는 그 뜻을 누구보다 잘 알고 행동으로 실천하는 사람입니다. 많은 사람들에게 따뜻한 기운을 전해주는 그의 삶은 곳곳에서 반짝입니다. 그가 빛나는 이유는 자기 자신의 삶을 통해 '무'에서도 '유'를 창출할 수 있음을 입증해낸 까닭입니다. 그런 그를 생각하면 성공하지 못한 이유를 외부적인 환경 탓으로 쉽게 돌리려 하는 우리 자신이 부끄러워집니다. 체코 건축가 카렐프라게르는 "한 가지 뜻을 가지고 그 길로 가라. 실패도 있으리라. 잘못도 있으리라. 그러나 다시 일어나 그 길을 가라"고 말했습니다. 이 말은 그가 평생 지표로 삼아온 경구입니다.

심리학에서는 부모를 자녀의 환경으로 바라봅니다. 그러나 부모를 선택할 수는 없습니다. 부모들은 대부분 자녀에게 좋은 환경을 만들어주려고 노력합니다. 안타깝게도 누구나 그런 부모와 환경을 만나는 것은 아니지만요. 그럼에도 불구하고 우리는 가혹한 환경을 딛고 일어서서 별처럼 반짝이는 사람들을 만납니다. 누구도 걸어갈 엄두를 쉽게 내지 못하는 길을 한 걸음 한 걸음 나아가는 그를 볼 때마다 마음에 노란 등불이 켜집니다.

그는 시 쓰는 경찰관입니다. 매주 목요일마다 함께성장연구원에서 배달되는 그의 진솔한 시가 멀리까지 가닿아 세상 사람들과 공명했으면 좋겠습니다. 또한 이 글이 그가 그토록 만나고 싶어 하는 동생 영희 씨와 부모님에게도 전해지기를 소망합니다.

그가 함께성장연구원의 함께쓰는글터 1기였을 때 워크숍을 가면서 저는 18인분의 식사를 준비했습니다. 물론 다른 제자들에게도 같은 마음이었지만 그렇게 해야겠다는 동기를 불러일으킨 제자가 바로 시 쓰는 경찰관이었습니다. 홀로 살아오며 늘 외로운 밥상 앞에 앉았을 텐데도 훌륭하게 성장해준 그에게 정성을 다한 밥상을 꼭 한 번 차려주고 싶었습니다. 제가 차린 밥상을 받고서 기운을 얻어 더욱 유쾌한 경찰관이 되라고 응원하고 싶었습니다. 그 후 워크숍의 밥상은 전통이 됐습니다.

네 걸음 다가가기

즐거운 우리 집 · 중년2기

"가족이 서로 맺어져 하나 되어 있다는 것이
정말 이 세상에서 유일한 행복이다." | 퀴리 부인

중년2기의 이행 과제 | 청소년기 자녀가 있는 가족 단계

- 자녀들의 이행에 따른 발달기를 미리 이해하고 이끌어주는 것이 주요 과제다.
- 자녀의 발달단계에 따른 경제적 예산을 준비한다.
- 남편의 경제 활동이 중지되는 은퇴 시기를 계획한다.
- 3모작 시대를 준비하면서 재취업이나 새로운 일을 찾도록 모색한다.
- 남성의 상승정지군이나 여성의 빈둥지 증후군이 만성적으로 자리 잡지 않도록 서로를 돌봐야 한다.
- 부부가 서로에게 꼭 한 사람의 매력적인 성(性)으로 어필하며 부부 중심의 일상을 지켜야 한다.

'착한 아빠 콤플렉스'는 이제 그만
| 캥거루 가족과 상승정지군

아들아, 아빠는 오늘 오후에 회사에서 퇴임식을 가졌다. 퇴임식이라고 해봤자 그동안 함께 일했던 부서 직원들이 도열식을 해준 것이지만, 어쨌거나 이제 30여 년을 일해온 곳에서 마지막 인사를 한 것이구나. 기필코 간부가 되어보겠다고 해외 지사 근무도 마다하지 않고 열과 성을 다 바쳤는데 승진 명단에서 누락되고 결국 조기 퇴직을 하게 된 것에 대한 원망도 많았지만 이젠 다 받아들였다고 생각했다. 그런데 마지막으로 회사에서 직원들 사이를 걸어 나올 때 나도 모르게 복잡한 감정이 북받치며 눈시울이 젖더구나. 그러고는 오늘 아침에 네가 나를 가볍게 안으며 오늘 내 기분이 어떠냐고 물었던 기억이 났다.

아빠가 강산이 세 번 변하도록 직장을 다니는 동안 너는 어느새 아빠보다 훨씬 큰 키, 우람한 어깨로 자랐더구나. 생각해보니 그동안 항상 바쁘다는 핑계로 너와 공통의 취미도 만들지 못했다. 틈

네 걸음 다가가기 : 즐거운 우리 집

틈이 함께 있어주기만 하면 좋은 아빠인 줄 알고, 불안한 회사 일정 짬짬이 시간이 날 때마다 가방을 챙겨 너희를 끌고 화급하게 여행이나 떠났구나. 너희는 계획을 세울 새도 없이 당일에 짐을 싸서 여행을 간다고 불평하곤 했지만, 아빠는 그렇게라도 너희와 함께 시간을 보낼 수 있어서 좋았다. 너희가 크면서 그나마도 함께할 기회가 적어졌지만.

누차 말했지만, 아빠는 어릴 때부터 총기 넘치고 반듯하며 의리도 있어 보이는 네가 소명을 가진 판검사가 되기를 바랐다. 그러나 도통 공부에 흥미를 보이지 않던 네가 겨우 지방 대학의 장학생이 되더구나. 그래도 실망을 감추고 아빠는 내심 네가 열심히 공부해서 서울로 편입해 오리라고 믿었다. 그곳에서 2년 동안 얻은 네 학점으로는 이미 받아놓은 장학금도 다 날려버려, 남은 2년 동안 너는 생활비며 학비며 3천만 원도 넘게 탕진해버렸다.

별로 넉넉지 않은 환경에서도 성적 우수상과 12년 개근상을 받았던 아빠는 교양학과를 결강해서 F학점을 맞는 너를 받아들이기가 쉽지 않았다. 군입대마저 차일피일 미루던 네가 군대까지 안 간다고 버틸까 봐 내심 신경을 쓰던 차에 2년을 잘 복무하고 돌아와주어 그나마 다행이라고 생각했다. 어느덧 네가 무사히 대학을 졸업해서 이젠 취업을 하게 됐구나 싶어 한시름 놓았었다. 그런데 안도의 한숨이 저절로 나오려는 참에 너는 느닷없이 대학원에 진학하겠다고 선언을 해버렸다.

아들아, 네가 공부를 더 하려는 이유가 취직이 안 되어서인지, 아니면 네 말대로 그것이 너의 장래에 스펙이 되어주기 때문인지는 알 수 없다. 아빠는 단지 온 나라가 계속 교육 열풍으로 박사 적체 현상을 양산해내고, 그들이 제대로 적을 둘 데가 없어 보따리 장사로 연연하는데 없는 돈까지 보태가며 그 대열에 너를 합류시킬 생각은 없다. 취직이 안 되어 그래야 한다면 차라리 전공 관련 자격증을 따거나 인턴 채용을 알아보는 편이 훨씬 효율적이라는 것이 아빠 생각이다.

아빠가 고등학교를 졸업하고 취직을 해서 네 조부모님에게 첫 월급을 가져다드렸을 때를 지금도 어제의 일처럼 생생하게 기억한다. 할머니는 그 월급봉투를 받아 들고 눈물을 흘리시며 세상을 다 얻은 듯 기뻐하셨다. 자꾸 내 등을 쓸어주시며 장하다는 말씀을 연신 하셨다. 아빠는 박봉의 월급을 쪼개어 농사를 지으시던 할아버지와 함께 동생들을 돌보면서도 야간대학을 마쳤고 오늘까지 회사에 다니며 가족들을 보살폈다. 그러니 나의 임무는 이제 끝난 것이라고 생각한다. 네 밑의 두 동생은 그간 저축해놓은 돈으로 대학까지는 가르칠 수 있을 것이고, 그 나머지는 너희가 알아서 결정하고 사립했으면 좋겠구나.

그동안 누차 말해왔던 것처럼 나는 회사를 그만두었으니 이제 정말 시골로 가서 농사를 지으며 살고 싶다. 도시에서 일할 만큼 일했으니 네 할아버지와 할머니의 고향에 가서 그저 한가롭게 지

네 걸음 다가가기 : 즐거운 우리 집

내고 싶은 것이다. 아들아, 남자 나이 스물여섯 살이면 독립해야 할 연령이다. 대학원 과정도 남들이 하니까 나도 한다는 마음은 가지지 마라. 청년 실업은 실상 고학력자가 대기업만 선호하고 직장을 골라서 생기는 일이다. 남들 쫓아가지 말고, 어딘가에 소속되어 일을 배우며 그다음 일을 또 계획하거라. 아빠도 이제 아빠의 인생을 살 때가 되지 않았느냐.

어떤 때는 네 엄마의 말처럼 줄줄이 대학에 가야 할 네 동생들 때문에 평소 무엇이든 잘하는 것 한 가지를 취미로 만들어놓아 정년퇴임 후 그것을 밥벌이로 삼았어야 했다는 생각도 든다. 그러나 아빠는 할 줄 아는 것도, 하고 싶은 것도 없다. 이 나이에 어디 가서 새파랗게 젊은 이들에게 뭘 새로 배워야 한다는 사실조차 받아들이기 쉽지 않구나. 네 동생들과 너는 이제부터 목돈이 필요하다는데 아빠는 이제 무엇을 해서 그 뒷바라지를 할 수 있을까.

크지도 작지도 않은 중기업인 회사는 늘 일손이 부족했고 업무를 싸 가지고 집으로 돌아와도 일에 쫓기는, 열정을 잊은 고단한 나날이었다. 그래도 내 업무가 좋았고, 너희 때문에 지금껏 버틸 수 있었다. 그러나 아들아, 퇴임을 하고 나니 안 아픈 데가 없고 무기력하고 두통이 심하구나. 이런 아빠를 보면서도 대학원에 진학한다는 아들아, 대학까지 가르치는 것도 아빠는 너무 힘에 겨웠다. 어디든 취직을 하고 대학원은 자력으로 가면 좋겠구나. 그래야 아빠가 힘을 낼 듯하다. 지금 아빠 곁에는 지원군이 필요하구나.

너희는 아빠가 원하는 학과를 선택한 것도 아니고 제각기 원하는 학과를 선택해서 제 마음대로 하면서 캥거루 가족처럼 아빠에게 의지한다. 아빠는 좀 지쳤구나. 하다못해 아르바이트라도 해서 네 핸드폰 이용료나마 내주면 좋겠다. 나는 매식비와 커피 한 잔 값을 아끼려고 가능한 한 구내식당에서 끼니를 해결했는데, 스물여섯 살이나 된 네 핸드폰 이용료가 왜 내 통장에서 빠져나가야 하는지 이해할 수가 없다. 어떤 때는 너희 모두를 모아놓고 대학생이 됐으니 독립하라고 말하고 싶다. 부모님을 보살펴드리는 것도 늘 부족해서 죄송했는데 내 나이 예순이 되도록 너희까지 돌봐야 한다면 아빠는 무엇으로 의미를 삼아 이 세상을 살아갈 수 있겠니? ↓ ↓

네 걸음 다가가기 : 즐거운 우리 집

초로의 나이에 접어든 그는 모든 것이 허망합니다. 30여 년이 다 되도록 열심히 일해서 가족을 보살펴온 그에게는, 정년에 다다른 그의 완주를 축하해줄 가족이 아니라 정년 후에 어떻게 의식주를 해결할까를 걱정하는 식솔만 있는 것처럼 느껴집니다. 직장 생활 30여 년에 달랑 남은 것은 적지 않은 대출금을 안고서 마련한 40평 아파트가 전부입니다. 퇴직금과 연금이 나오겠지만 대학원 진학을 앞둔 첫째, 유학을 가겠다는 둘째, 이제 막 대학에 들어간 셋째에게는 지금부터 목돈이 필요한 시점입니다. 평생 가족을 부양해왔다고 생각하는 그는 퇴직을 맞아 한숨 돌리고 쉬면서 자신이 원하는 일을 할 수 있다고 자위해보지만, 앞으로 부양의 의무는 더 가중될 처지인지라 한숨만 나옵니다.

처음 상담소를 방문했을 때 그는 극심한 무력감에 시달렸습니다. 임원 승진에서 누락되고 직장에서 더 이상의 미래를 기약하기가 어려워 희망퇴직을 신청해야 했던 그는 '상승정지군'을 앓고 있었습니다. 상승정지군은 중년2기에 접어든 남성의 증후군으로, 더 이상 상승할 일 없이 이젠 하강할 일밖에 남지 않았다고 여겨질 때 나타나며, 그로 인해 정체성의 위기를 겪습니다. 이때 역할의 변화에 적응하지 못하면 그동안 목표 지점에 도달하려는 노력으로 지탱해왔던 일상의 리듬이 깨지며 부쩍 체력의 한계를 호소합니다. 다행스럽게도 중년2기를 위한 준비 과정에 진입해 있다면 이행이 잘 이뤄지겠지만 늘 시간에 쫓기는 직장인들로서는 쉽지 않은 일입니다.

이 시기의 다른 남성들처럼 그는 아내나 아이들과 다툴 때마다 퇴직하면 시골로 내려가겠노라고 입버릇처럼 말했습니다. 아내는 그의 말에 반신반의했지만 퇴직 시기가 가까워오자 시골로 가서 무엇을 하며 살 것이냐고 구체적으로 물었습니다. 임원 승진을 염두에 두고 회사를 우선으로 생각하며 달려온 그에게 제2의 필살기가 마련되어 있을 리 없었습니다. 그저 평소 마음속에 그려왔던 것처럼 풍경 좋은 곳에 작은 집이라도 짓고 무한정 쉬어봤으면 좋겠다고 막연히 생각했을 뿐입니다.

자신은 시골에, 자신이 퇴직해도 귀농을 반기지 않는 아내는 도시에, 아이들은 유학이나 독립을 명분 삼아 모두가 뿔뿔이 흩어질 것 같은 가족을 위해 평생 헌신했다는 생각이 들면 그는 허무하기 그지없었습니다. 최선의 가치라고 믿으며 달려왔던 자신의 삶 전체를 재편성해야 하는 것이 그를 내내 불안하게 만들고 성마르게 했지요.

오랫동안 몸담아왔던 공간의 문이 뒤편에서 닫힐 때 우리는 아득한 고립감을 느낍니다. 그러나 그 문이 닫히는 동시에 우리는 또 하나의 새로운 문 앞에 서 있다는 사실을 기쁘게 받아들여야 합니다. 새롭게 열려 있는 문으로 들어가 무엇이든 다시 시작할 수 있습니다. 조직에서 밀려난다고 내 세상이 끝나는 것이 아닙니다. 자신의 기질과 적성을 잘 파악해서 하고 싶은 다음 직업에 어떻게 연착륙을 할 것인지 준비하면 됩니다. 아무런 준비가 되지 않았더라도 몸과 마음이 건강한 자신을 믿는다면 그것만으로도 다시 시작할 수 있습니다. 지금 중요한 것은 열심히 살아온 스스로를 긍정하는 것입니다. 자신을 제대로 사랑할 줄만 알아도 연착륙은 순조로워집니다.

'중년의 심리학자'라고 부를 만큼 중년에 대해 많은 연구를 한 카를 구스타프 융은 이 시기에 무엇보다 종교가 필요하고, 핵심 가치를 '나'에서 '우리'로 바꿔 그동안의 지혜로운 경험을 나누는 사회적 기여를 실현해야 한다고 말합니다. 우리나라가 이미 돌입한 '100세' 시대에 4, 50대의 중년은 제2의 중년일 뿐 상승 정지기라고 단정 지을 수 없습니다. 그러므로 중년2기를 현명하게 보내고 어떻게 하면 중년3기를 잘 맞을지 준비해야 합니다.

중년 1기나 2기를 잘 맞기 위해 꼭 해야 할 일 가운데 중요한 것은 '하고 싶은 일'의 징검다리를 여러 개 만들어 가뿐히 건너보는 것입니다. 작은 성공을 경험하는 자신을 독려하면서 즐겁게 사는 일상을 위해서는 그다지 거창한 뭔가가 필요하지도, 그 과정이 생각보다 지난하지도 않습니다. 단지 2모작, 3모작의 삶을 시작하는 데 꼭 필요한 요소는 낯선 것을 수용하고 흥미로워하는 일뿐입니다.

그는 가장으로, 사회인으로 살아오면서 자신이 이룩해놓은 과업들을 스스로 충분히 인정할 수 있도록 지난 삶을 돌아보는 시간을 가졌습니다. 적성검사와 함께 제2의 일을 시작하는 데 필요한 진로검사도 받았지요. 20여 년 전에 한 번 받은 적이 있다는 이 진로검사는 상담과 함께 그가 자기 자신을 이해하는 중요한 키워드가 되어줬습니다. 또한 가족들에게 입버릇처럼 말하던 퇴직 후의 귀농이 도피성 대안에 불과했다는 것도 깨달았습니다. 그리하여 이제 막 도달한 시점에서 이행만 제대로 된다면 연륜의 지혜를 나누며 얼마든지 즐겁게 살 수 있다는 자신감을 얻었습니다.

상담이 진행되는 동안 그는 아이들이 더 좋은 직장을 얻기 위해 교육 인플레의 부작용을 일으키고 있는 사회 전체의 분위기를 이해하게 됐습니다. 그 같은 사회적 분위기를 고려하여 아내와 논의한 끝에, 부모가 왜 그런 결정을 했는지에 대해서는 자녀들이 가족 가치관을 충분히 이해하고 공감할 수 있도록 하는 시간을 마련했습니다. 그 과정에서 자녀들은 자신이 당연한 듯 누려왔던 편의성을 위해 부모가 얼마나 많은 희생을 치렀는지를 깨달았습니다.

청년 실업이 늘어나는 배경에는 꼭 남들이 선망하는 그럴 듯한 직장에 취업해야 한다는 욕구가 자리하고 있습니다. 그 때문에 자신이 원하는 대학에 진학하고 나서도 남들과 차별화된 경쟁력을 갖추기 위해 어학연수와 인턴십을 위한 휴학은 필수 이력이 되고 말았습니다. 그런 와중에 부모님과 자식들에 대한 책임이 좀처럼 줄지 않는데도 50대 가장은 조기 퇴직자의 대열에 합류할 수밖에 없는 것이 우리의 현실입니다.

선진국처럼 우리나라에도 자녀의 자립심을 키워주어 성인이 되면 부모로부터 독립을 해야 하는 사회 풍토가 자리 잡아야 합니다. 그러려면 우리가 생각하는 '최고'의 가치 기준부터 바꾸어 사회 전반에 걸쳐 그 반향을 불러일으키는 일이 시급합니다. 사회 전체의 구조적인 악순환이 개인의 문제로 떠넘겨진 지금, 우리는 교육 인플레에 떠밀린 '착한 아빠 콤플렉스'에 사로잡혀 불우한 노년을 맞을 위기에 놓여 있습니다. 그러니 무분별한 지원에 앞서 진정으로 자녀의 독립을 돕는 일인지 숙고해야 합니다.

무엇보다 부부가 일치된 가치관으로 자녀를 양육해야 합니다. 부모의 일관성은 자녀의 독립심을 키우는 데 반드시 필요한 요소입니다. 소통이 되지 않는 부부가 저지르는 실수는 부부의 공통 의견이 아니라 각기 다른 목소리로 자녀에게 선심성 부모 역할을 하는 것입니다. 이런 경우 자녀는 부부의 다른 양육 태도 사이에서 혼란을 겪다가, 결국은 일관성이 부족한 부모의 기분만 눈치로 살펴서 자신이 원하는 것을 얻어내는 데 익숙해집니다. 부모가 일관되게 자녀를 교육하지 못하면, 현재 사회현상으로 부각되고 있는 것처럼 자녀가 서른 살이 넘어도 원가족과 분리되지 못하는 소아적인 캥거루 가족을 양산할 수 있습니다.

그는 부부 중심으로 가족 체계를 새롭게 구성하고, 일관성 있는 가족 규칙을 만들면서 안정을 되찾았습니다. 그는 안정감을 다시 느끼면서 건강하게 장성한 아이들, 그의 벗이 되어주는 아내, 아직도 튼튼한 자신의 신체 등 이제까지 짐이라고 여겼던 모든 것이 사실은 그동안 자신이 힘써 이끌어온 과업이라는 것을 인지했습니다. 그 과정을 통해 그는 자신이 얼마나 많은 것을 가진 사람인지를 알게 됐으며, 스스로 많이 가졌음을 깨닫는 감사의 과정에까지 이르렀습니다.

가족의 지지를 받으며 새로운 일을 시작할 그가 중년2기를 맞은 것을 축하하며 상담을 종료했습니다. 그가 맞은 중년2기는 하강 곡선을 그리며 추락하는 상승 정지기가 아니라 그동안 쉼 없이 달려온 자신의 생을 돌아보고 다시 채워나가는 '계속 성장기'입니다.

오랜 세월 동안 가족을 위해 수고한 그가 삶을 살기 위해 지금 필요한 것은 소년처럼 낯선 것에 대한 호기심으로 반짝이는 눈빛입니다. 그런 눈빛이라면 그는 중년2기를 상승 정지기가 아닌 계속 성장기로 바꿔갈 수 있을 것입니다.

여러분의 가족 중에서 이 시기를 지나는 사람이 있다면 온 가족이 그를 위한 서프라이즈 자리를 만들어 그를 축하해주세요. 유치원부터 대학교까지 아이들의 졸업식조차 한 번도 빼놓지 않고 일일이 축하해주는데, 그가 30여 년이 넘도록 근무하던 직장을 졸업하면서 가족들에게 축하를 받는 것은 당연하고 기쁜 일입니다.

중년2기를 맞은 그는 축하받아 마땅한 사람입니다. 반드시 넘어서야 하는 삶의 힘든 구비를 혼자 넘는 게 아니라는 것만 알게 되어도, 가족과 함께 그가 다시 걸어가려는 새 길이 낯 설지만은 않을 것입니다.

'즐거운 우리 집' 판타지

아직 내가 일어나 출근을 준비하기에는 이른 시간, 문을 부서져라 닫고 나가는 당신의 뒷모습을 간신히 일어나 멍하니 바라봅니다. 문을 닫는 소리로 보아 당신은 아침상을 차려주지 못하고 잠들어 있던 나에게 몹시 화가 난 거지요. 그리고 혼자 출근 준비를 하는 외로움이 화로 바뀌어 그런 행동을 한다는 것도 알고 있어요.

끼니를 챙기는 게 이 땅에 태어난 사명인 당신이 손수 차려 먹고 나간 아침 식탁을 치우고 아이들의 방을 들여다보니 서랍과 옷장이 활짝 열린 채로 속옷이며 옷가지가 여기저기 널려 있습니다. 당신의 옷빙도 사징은 마찬가지입니다. 아이들이 양말 한 짝도 제자리에 놓지 못하는 당신의 습관을 닮을까 봐 정리정돈 교육에 신경 썼는데도 자라면서 당신을 그대로 닮아갑니다. 보고 배우는 것이 참 무섭다는 걸 실감하고 있습니다.

전쟁터 같은 집 안을 대충 정리해보지만, 여전히 내 손길을 기다리는 수많은 일을 제쳐둔 채 대충 출근 채비를 하고 회사로 향합니다. 버스를 기다리며 얼마 전에 작은아이네 학교의 입시설명회에 참석했던 여러 아빠들이 근무 시간을 쪼개 나온 듯 끝나기가 무섭게 돌아가는 광경을 떠올립니다. 어쩔 수 없이 나는 또 당신을 생각하며 그네의 부인들이 부러워졌습니다. 한 번만이라도 아이의 입시 이야기를 당신과 의논할 수 있다면 부럽지 않을 수 있었을 텐데 하는 아쉬움이 가득 차오릅니다.

당신은 아이들에게 말로만 예쁘다고 합니다. 그것도 당신이 기분 좋을 때만. 모든 불쾌한 의논은 당신에게 금기입니다. 기분 좋은 이야기만, 아이들이 잘한 이야기만 들려줘야 하지요. 그래야 당신이 좋은 기분을 유지하니까요. 나에게 문제는 풀어야 하는 것이라면, 당신에게 문제는 그저 스트레스일 뿐입니다. 당신과 아이의 장래에 대해 의논하려 하면 무조건 화부터 냅니다. 그때부터 아이를 비난하기 시작하는 당신이 하는 말은 딱 한마디뿐입니다. "틀렸어. 공부는 자기가 알아서 하는 거야. 공부할 생각이 없는 거야. 포기해. 내가 어렸을 때는 이런 호사를 누리지 못했어도 공부만 잘했어"로 시작하는 당신의 끝없는 되풀이.

당신은 아이가 어릴 때 그 흔한 동화책도 한번 읽어준 적이 없습니다. 당신이 아이와 함께 놀아준 기억도 없고, 부진한 학과에 관해 아이와 무릎을 맞대고 이야기를 하는 모습을 보여준 적도 없습니다. 그러던 당신이 넉넉지 않은 탓에 제대로 뒷바라지도 못한 큰 아이가 입시에 실패하자 내가 잘못해서 그렇게 된 거라며 내 탓을 했을 때, 나는 막막한 사막에 홀로 서 있는 듯 외로웠습니다. 도대체 누구를 위해 이렇게 동동거리고 살아왔나 싶어져서 시도 때도 없이 눈물이 흘렀습니다.

아침 출근길에 회사 대신 서울역으로 가서 다시는 돌아오지 않는 기차표를 사고 싶었습니다. 입시에 실패한 아이도 돌봐줘야 하고 화가 머리끝까지 나 있는 당신도 달래줘야 하는 내가 힘들 때는 과연 누구에게 힘들다고 털어놓아야 하는 걸까요? 어쩌다 아무것도 모르는 부서 직원들이 따뜻한 말 한마디만 건네도 그대로 펑펑 울어버릴 것 같았습니다.

소기업에서 근무하는 당신은 월급 통장을 주는 일만으로도 훌륭한 남편이고 아버지의 역할을 다했다고 생각합니다. 엄마가 아무리 동동거려도 안 되는, 아빠가 해줘야 자극이 되는 일들이 있다는 걸 알게 되면서 나는 자꾸 아이들이 불쌍해졌습니다. 무엇이 될지 모르는 무한한 가능성을 가지고 태어난 아이들에게 훌륭한 길잡이 노릇을 해주는 것을 기쁨으로 아는 부모 슬하에서 자랐다면 얼마나 좋았을까 생각해보게 되는 것입니다.

아이들이 유일하게 보는 당신의 모습은 텔레비전 리모컨을 부여잡고 선풍기 바람을 쐬며 올챙이처럼 나온 배를 끌어안고 뭔가를 먹고 있는 아빠입니다. 아버지가 싫었다면서 시아버님의 나쁜 점만 점점 더 닮아가는 당신을 보면 우리 아이들의 미래를 보는 것 같아 울화가 치솟습니다.

사람들은 나에게 당신처럼 인상 좋은 사람과 살고 있어서 얼마나 좋으냐고 말합니다. 그런 이야기를 들으면 화를 참을 수가 없어서 당신과 한번 살아보라고 말해주고 싶었던 적도 많았습니다. 그런 당신을 이해할 수 없어서 많은 나날을 혼자 울어야 했습니다. 다른 사람에게 친절하고 한없이 좋은 사람이라는 당신이 우리에게 나눠줄 에너지를 소진한 채 집으로 돌아오는 이유. 당신과 함께 산 20여 년이라는 세월 덕에 이제 당신을 아주 모르지는 않습니다. 당신이 느끼는 외로움만큼 당신도 아이와 나에게 소외감을 느끼고 있다는 걸 알고는 있습니다. 이런 우리의 모습을 보고 자란 우리 아이들은 나중에 어떤 결혼 생활을 하게 될지 심히 걱정스럽습니다. 또 훗날 당신이 더 늙어서 아이들과 교감하지 못하고 살았던 세월을 후회하리라고 생각하면 너무나 안타깝습니다.

어젯밤도 늦게까지 일을 하다가 새벽 세 시에 잠들었습니다. 왜 그렇게 시간은 빨리 가고 업무 효율은 낮은지 모르겠습니다. 그래서 아침에 일어나 밥상을 차려주기가 보통 힘든 게 아닙니다. 한동안은 한 시간 일찍 일어나 식탁을 차리고 출근하기도 하고, 한 시간 늦게 자면서 와이셔츠도 다려봤지만 일주일을 넘기기가 어려웠습니다. 그러던 중에 부서 회의 시간에 내가 큰 프로젝트를 맡게 됐다는 기쁜 소식을 들었습니다. 밤낮없이 일에 몰두한 결과라며 부원들도 축하해주었기에 당신에게 제일 먼저 그 소식을 알려보지만 당신은 시큰둥합니다. 내 일이 늘어난 걸 인정하고 싶지 않은 당신이 나에게 유일하게 하는 말은 '밥' 달라는 것이니 내가 밥을 차려주지 않을지도 모른다는 걱정을 하고 있을지도 모르겠습니다.

피곤한 몸을 이끌고 집에 돌아와서 다시 저녁을 짓습니다. 나도 이렇게 피곤할 때 밥상을 차려주는 '남편'이 있었으면 좋겠습니다. 당신은 거실에 앉아 텔레비전을 시청하고 아이들은 제 방에서 내다보지도 않는데 혼자 차려야 하는 밥상. 그것도 밥 먹으라고 몇 번이나 말을 해야 겨우 식탁으로 오는 당신의 손에는 여전히 텔레비전 리모컨이 들려 있습니다. 맛있겠다, 한마디만 해줘도 힘이 날 것 같은데 당신은 밥을 먹으면서도 텔레비전의 볼륨을 올려놓은 채 화면에만 시선을 고정합니다. 당신, 마주 앉은 나의 젖은 눈동자가 보이지 않나요?

늘어난 회사 일로 당신에게 아침상을 차려주는 횟수도 더 줄어들 테고 집안일에도 소홀해지겠지만, 당신이 그래 왔듯이 나도 당신과 아이들을 위해 일하고 있다는 걸 인정하고 기력이 달리는 나를 좀 바라봐주면 안 되는지요? 나는 지금 최선을 다해 내가 할 일을 하며 가정을 지키려 하고 있습니다.

오늘 아침에도 당신은 갈아입을 와이셔츠와 양말이 없다며 비위가 상해 집을 나섰습니다. 없는 살림에 도우미를 둘까도 생각해보지만 당신은 그것도 싫어하니 어떻게 당신의 시중을 들어야 할지

네 걸음 다가가기 : 즐거운 우리 집

모르겠습니다. 시험이라며 도시락을 싸달라는 아이의 채근에 출근 시간 내내 동동거리는 내 모습이 오늘은 너무나도 싫어집니다.

당신은 정년이 지나면 가족에 대한 의무도 끝나니 혼자 시골로 내려가겠다는 말을 입버릇처럼 합니다. 큰아이는 유학을 가겠다고 하고 둘째와 셋째 아이도 오래 공부해야 하는 직업을 갖겠다고 하는 마당에 우리 집 지출은 이제 시작인데도 당신은 몹시 지치고 무기력해 보입니다. 당신을 자극해서 움직이게 하는 것은 오직 타인의 목소리일 뿐입니다.

그런 당신이 가끔 내가 당신을 떠날지도 모른다는 말도 하더군요. 하지만 내가 사랑한 당신에 대한 책임은 지고 말 테니 당신 곁을 떠나는 일은 없을 거예요. 여태껏 당신을 견뎌온 것처럼 앞으로도 견딜 것입니다. 힘들지만, 다시 힘을 내어 당신 대신 일도 열심히 하고 아이들도 살뜰히 챙기겠습니다.

그러니 내가 당신을 바라보듯 나를 좀 바라봐주세요. 처음 당신을 향해 열렸던 그 많은 창들이 다 닫히고 이젠 오직 하나의 창만 남아 있습니다. 마지막 남은 그 창을 내가 닫아버리기 전에 그 창과 마주한 당신의 창을 열어주세요. 내가 당신에게 바라는 것은 그것뿐입니다. 우리는 서로의 창을 열고 서로가 원하는 것을 말하며 소통을 해야 하는 절박한 시간입니다. 그렇지 않으면 우리 집은 모래 기둥처럼 무너져버릴 거예요. 당신이 바라는 게 그것이라면 나도 이젠 더 이상은 어쩌지 못하겠지만 말입니다. ✔ ↓

첫 상담을 하던 날, 그녀는 내내 울었습니다. 몇 마디 제대로 나누지도 못한 채 그녀는 그저 울다가 상담을 마쳤습니다. 그 래도 저는 그나마 그녀가 울 수 있다는 것에 감사했습니다.

가족 구성원이 무엇을 원하는지에 자신을 맞춰 수십 년을 살아온 그녀는 부드러운 여인의 이미지를 가지고 있었습니다. 그러나 그녀의 얼굴은 핏기 없는 밀랍 인형처럼 창백했습니다. 그녀는 무엇에도 반응을 하지 못하는 무의욕 상태에 머물러 있었습니다. 상담을 통해 그녀가 얼마나 많은 것을 수면 아래 감추고 있는지 알게 됐습니다.

그녀의 남편은 원가족인 어머니의 모습을 이상적인 모델로 생각하고 있어 그녀가 아무리 최선을 다해도 엄마로서, 아내 로서 합격 점수를 받지 못했습니다. 그녀는 그런 남편의 태도 로 인해 아이들조차도 엄마를 존중하지 않는다고 여겼지요. 제가 그녀를 처음 만났을 때 그녀는 자아 존중감이 무척이나 낮은 상태였습니다.

두 아이의 엄마이자 같은 회사에 16년째 근무하고 있는 직장인인 그녀는 여러 역할 중에서도 아내의 역할을 가장 힘겨워했습니다. 그런데도 그녀는 남편과 아이들을 위해 더 힘이 있는 사람이 되고 싶다고 말했습니다. 경제적으로 여유롭고 싶고, 다른 사람에게 친절한 남편이 가족에게도 마음 놓고 베풀 수 있도록 더 넓은 집에 살고 싶다고도 했습니다. 이런 그

녀의 태도는 행복한 가정의 이미지를 만들어야 한다는 강박
에서 기인한 것이었습니다.

그녀가 원가족과 함께 경험했던 '즐거운 우리 집'의 환상
에 사로잡혀 있었다면, 남편은 다른 사람에게 체면치레를 다
해야 폼 나게 살고 있다고 느끼는 사람이었습니다. 타자의 눈
을 통해서만 존재감과 에너지를 얻는 남편과 그녀는 다른 듯
보이지만 각각 원가족의 환상을 품고 있다는 점에서 참 많이
닮아 있었던 것입니다. 그 때문에 겉으로는 그녀의 가정에 별
문제가 없는 것처럼 보였지요. 그러나 일과 가정을 양립하며
완벽한 '즐거운 우리 집'을 유지하기 위해 그녀 자신은 기진
한 상태였습니다.

우리는 주어진 '역할'을 수행해내느라 자칫 잘해야 한다는
강박에 억눌릴 수 있습니다. 아무리 좋은 취지라도 그 강박이
돌덩이처럼 자신을 무겁게 짓누르는 요소가 되는 시점에는
주객이 전도될 수 있다는 것을 그녀도 알아야 했습니다. 결혼
과 함께 우리에게는 여러 가지 역할들이 주어집니다. 우리는
그 역할들을 해내느라 가정 안에서 서로의 성(性) 역할을 소
홀히 하게 됩니다. 그러나 우리는 이 세상을 떠날 때까지 한
사람의 여성과 남성이라는 것을 잊지 말고 매력적인 여성과
남성으로 살아가야 삶이 윤택해집니다.

저는 부부가 성 역할을 회복하도록 도왔습니다. 그녀에게
혼자 의무적으로 챙기던 기념일을 부부가 함께 즐기는 놀이
로 전환해볼 것을 권유하고, 그런 장면들을 함께 만들면서 오

랫동안 잊고 지냈던 서로의 여성성과 남성성을 살펴보라고 조언했습니다.

그녀는 몇 번의 시도 끝에 남편을 참여시키는 데 성공했고, 처음에는 마지못해 이끌려 오던 남편도 나중에는 함께하는 시간을 즐기게 됐습니다. 이후 그녀는 이벤트 주최자가 아니라 이벤트 참여자로 자신의 역할을 바꿨습니다. 그리고 그 자리에서 무기력하게 지친 남편이 아니라 첫눈에 자신을 사로잡았던 열정적인 남편을 재발견했습니다.

집 안이 아닌 바깥에서 특별히 친절한 내담자들을 살펴보면 하나의 공통점을 발견할 수 있습니다. 그것은 자신이 성장하는 동안 집 안에서 뭔가를 즐기면서 즐거워했던 기억이 좀처럼 없다는 것입니다. 그래서 집 안이 아닌 밖에서 더 많은 노력을 하게 되고 그곳에서 인정받고 싶은 욕구 또한 강해집니다. 부모가 아이를 키우면서 평화롭고 즐거운 가정의 상을 아이의 기억에 남기도록 누력해야 하는 이유입니다.

그녀는 학부모의 역할에 대해서도 함께 배웠습니다. 관찰하되 간섭하지 않기, 사소한 결정은 허용하되 크고 중요한 결정은 반드시 의논하기, 아이들을 좋은 대학을 보내기 위해서라기보다 좋은 사람으로 키우기 위해서 남편과 의논하기 등 순연하고 성장하는 가정을 이루기 위해서는 서로 무수히 상의해야 한다는 것을 그들 부부는 알게 됐습니다.

대화가 단절된 가족에게 위기가 닥치면 상황은 더 악화되지만, 소통이 잘되는 가족에게는 위기의 순간이 구성원 간의 결속력을 발휘하게 되는 시간입니다. 실제로 심리학자들은 건강한 가족의 척도를 소통으로 삼기도 합니다.

상담이 끝나갈 즈음 그녀는 무척이나 가벼워져 있었습니다. 그들 부부는 한번 대화가 시작되자 오래전 연인으로 돌아간 듯 큰 진전이 있었습니다. 그녀가 홀로 울었던 그 시간에 진작 상담소를 찾았더라면 더 빨리 행복해질 수 있었을 것입니다.

심리 상담이 일반화되지 않은 우리나라에서는 상담을 부정적인 시각으로 바라봅니다. 달리 하소연을 할 데가 없거나 큰 문제가 생겼을 때만 상담을 하는 것이라고 대개들 생각하지요. 하지만 상담은 내담자의 고민을 함께 고민하고, 무한한 지지를 보내며, 매주 내담자가 할 수 있는 수행 과제를 내줍니다. 그 과제들을 성실하게 수행하면서 마지막으로 접어들면 내담자 혼자 앓아왔던 고민들은 한결 개선됩니다. 무엇보다 자신을 이해하는 눈이 생기고 에너지가 충만해집니다.

마음속 울음의 샘이 깊었던 만큼 그녀는 수행 과제를 열심히 실천했고, 그 덕분에 그녀의 가정도 눈에 띄게 변화할 수 있었습니다. 이제 그녀는 눈물을 그치고 평화로워졌습니다. 그녀가 그토록 원했던 대로, 마음의 창을 활짝 열어젖힌 남편과 함께 살고 있는 정원에도 푸른 봄날이 다가오리라는 것을 믿습니다.

대개 가족 상담은 부부 중 한 사람이 먼저 상담을 시작하고, 필요에 의해 배우자에게 상담을 요청하게 되는 경우가 많습니다. 그런데 이때 상담을 거절하는 사람이 더러 있습니다. 대부분 "왜? 내가 뭘 잘못해서?"라는 반응을 보입니다.

하지만 가족 구성원 중 누군가가 상담을 요청했을 때는 이미 그를 포함한 가족 전체가 같은 병을 다르게 앓고 있다고 봐도 무방합니다. 일상을 함께하는 가족들은 서로 유기적으로 얽혀 있기 때문입니다.

그러니 배우자가 불편한 고민을 호소하며 상담을 원한다면 기꺼이 동행하세요. 지금까지 가정에서 함께 보낸 어떤 시간보다 유익하고 소중한 시간을 경험하게 될 것입니다. 부부가 함께 상담을 진행하면 배우자 홀로 상담을 진행할 때보다 훨씬 빠르게 긍정의 기운이 스며듭니다. 설령 배우자가 부부의 상담을 거절해도 상담 자체를 미뤄서는 안 됩니다. 막연한 바람이나 변화무쌍한 감정에 기대어 가정의 백년대계를 설계할 수는 없으니까요.

상담을 하는 시간은 가족의 신화를 다시 쓰기 위해 삶의 에너지를 충전하고 인생의 비전을 수립하는 시간입니다. 상담은 결코 열심히 살아온 여러분을 비난하거나 공격하기 위한 것이 아닙니다. 우리가 이 땅을 떠나도 우리의 아이들이 살고 있는 한 우리 가족의 신화 만들기는 끝나지 않습니다.

아빠, 화내는 법을 가르쳐주세요
| 사춘기 적대적 반항장애

 아빠, 조금 전에 엄마가 아파트 경비실 앞 나무 의자에 앉아 계신 걸 봤어요. 엄마 눈에 띄지 않으려고 돌아갈까 하다가 엄마가 우시는 듯해서 엄마 앞으로 다가갔습니다. 엄마한테 미안하다고 말하려 했는데, 양말도 못 신고 맨발인 채로 다 망가진 의자에 앉아 계신 엄마를 막상 보고 있으려니 숨이 턱 막혔어요. 잔뜩 화난 아빠에게 쫓겨나서 아빠의 화가 풀릴 때까지 오들오들 떨며 기다리던 우리의 모습을 본 듯해서요. 나를 보시는 엄마의 눈빛이 아빠를 바라볼 때처럼 안타까움과 분노로 가득 차 있는 것 같아 결국 아무 말도 못 하고 돌아서서 걸었어요. 엄마는 제 등 뒤에서 저를 오래도록 바라보셨겠지요. "얼른 들어가서 뜨거운 물에 샤워하고 한잠 푹 주무세요." 이 말을 하고 싶었는데 자꾸 눈물이 나고 다시 화가 나려 했어요.

아, 저는 정말 엄마에게 무슨 짓을 한 걸까요? 미칠 것 같아서 독서실에 오기는 했지만 공부도 안 되고, 정말 지구에서 사라져버리고만 싶습니다. 어른에게 버릇없이 구는 인간 말종은 진짜 되고 싶지 않았는데, 저를 진심으로 사랑해주시는 할머니, 할아버지의 말씀처럼 예의 바른 사람이 되고 싶었는데 저는 자꾸 얼굴이 붉어지고 호흡이 거칠어집니다. 저를 바라보시던 엄마의 그 눈빛, '너도 결국 네 아빠와 똑같구나' 하는 체념 어린 눈빛.

아빠를 다 좋아하진 않았지만 아빠에게도 좋은 점이 많았는데, 왜 그토록 싫어하던 아빠의 화내는 모습을 저는 그대로 닮으려 하는 걸까요? 하지만 제가 무슨 짓을 했는지는 엄마가 제 앞에서 달려나가시며 문을 쾅 닫는 소리를 들은 후에야 비로소 알게 됐어요.

학교에 가면 늘 앞줄에 앉은 아이들 위주로 흘러가는 수업 내용이 머릿속에 도통 들어오지 않았어요. 사실 진도를 못 따라가 제대로 알아듣지도 못했고요. 뒷줄에서 만화책이라도 보지 않으면 장장 열한 시간을 꼬박 앉아서 무엇을 해야 할지 모르겠어요. 학교에서 저는 그저 44번입니다. 잘하는 게 아무것도 없는 44번. 성적을 모르는 학기 초에는 각기 다른 과목 선생님들이 44번의 이름을 몇 번 부르시다가 제가 공부를 못하는 열등생이라는 걸 파악하고 나면 제 이름 같은 것은 1년이 지나도록 알려고 하시도 않으시죠.

저는 그런 학교생활에 아무 재미도 느끼지 못한 채로 가방 한가득 만화책을 가지고 다녔어요. 앞줄 아이들의 들러리 노릇만 하는 제가 참 한심했지만 어떻게 해야 성적이 오르는지 잘 몰랐어요. 과외랑 이것저것 해봤지만 공부를 위해 태어난 앞줄 아이들을 어떻게 따라갈 수 있겠어요? 집에서도 학교에서도 즐겁지 않았고, 오직 만화책을 읽거나 게임을 할 때만 제가 뒷줄에 앉는 들러리라는 걸 잊을 수 있었어요.

아빠는 집 안에서 제가 동생과 다퉈도, 엄마에게 야단맞아도, 죽어라 공부를 안 해도 그런 모습이 잘 보이지 않는지 그냥 지나치셨어요. 가끔 저를 보며 "틀렸다"고 혀만 차실 뿐이었지요. 아빠가 저한테 말씀하실 때는 오직 저를 혼내거나 훈계하실 때뿐이죠. 저랑 친한 현명이네만 봐도 그럴 때 아빠가 중재를 해주거나 앉혀놓고 남자 대 남자로 좋은 이야기를 들려준다는데, 아빠는 그렇게 제가 마음에 안 드셨던 걸까요?

아빠는 가족 중에 누가 화나 있으면 아빠가 더 불같이 화를 내셨어요. 또 누가 슬퍼하기라도 하면 아빠가 더 많이 힘들어하시고 짜증을 내셨어요. 그래서 누구도 하루 중 있었던 일을 아빠에게 들려줄 수 없었죠. 아빠가 들어오시면 우리는 각자 방으로 들어가거나 아무 일도 없이 평화로운 가족인 척해야 했어요.

앞으로도 오랫동안 잊히지 않을 장면에는 아빠에게 야단맞는 풍경이 참 많이 있어요. 그때 저는 아빠가 어떤 때 화가 나는지, 또 어떤 때는 화를 안 내는지 좀 물어보고 싶었어요. 왜냐하면 어떤 때는 분명히 제가 야단맞을 일이었는데도 아빠는 그냥 넘어가시더니, 또 어떤 때는 제가 야단맞을 일을 한 것도 아닌데 불같이 화내셨거든요.

아침잠이 많아 학교 생활기록부에는 매년 '지각 지도 요망'이라고 적혀 있지만 한 번도 엄마, 아빠에게 대들지는 않았던 걸 아빠도 알고 계시죠? 그런데 엄마에게 깨워달라고 부탁해놓고도 제가 안 일어났으면서, 저를 깨우다가 지친 엄마에게 늦게 깨웠다고 어떻게 부엌칼을 뽑아 들 수 있었는지, 저는 정말 제가 그랬다는 걸 아직도 믿을 수 없어요. 아빠, 그 순간의 저는 과연 누구였을까요? 아빠도 화가 나면 저처럼 정신을 잃으시나요? 그래서 화병도 깨고, 아무거나 집어 들고 저를 때리셨나요? 오늘 저는 어떻게 집에 들어가 엄마 얼굴을 볼까요?

아빠, 어떻게 화를 폭발시키기 전에 제 의견을 말할 수 있는지 제발 가르쳐주세요. 저는 화도 내지 않고 아이들과 잘 놀아주는 좋은 아빠가 되고 싶어요. 아빠가 밖에서 우리를 대할 때 무척 친절하고 상냥하신 그 모습처럼, 저는 집에서도 아이들과 함께 자상하게 시간을 보내어 아들이 쓸쓸하지 않게 해주고 싶어요.

아빠도 화를 내고 나면 이렇게 기분이 나쁘셨겠군요. 그래서 화가 난 아빠를 피해 공원 벤치에서 엄마와 동생, 제가 덜덜 떨다가 살그머니 현관문을 열고 늘어가면 아빠는 자는 듯이 누워 모른 척하신 건가요? 아빠가 화를 낼 때마다 숨죽여 우시던 엄마는 저 때문에 또 우셨을까요?

이렇게 모두에게 상처를 주는 화, 다시는 내고 싶지 않아요. 아

네 걸음 다가가기 : 즐거운 우리 집

빠, 무서워요. 제가 아빠처럼 시도 때도 없이 화를 내는 어른이 될까 봐. 그러니까 어떻게 화를 내야 하는지 그 방법을 가르쳐주세요. 제발 남들에게 배려하듯이 우리 가족도 서로를 배려하고 상냥하게 웃어주며 살았으면 좋겠어요. 아빠랑 등산도 가고 야구도 하고 자전거도 타면서 다른 부자지간처럼 아빠와 친구같이 살고 싶어요. 한 번도 말하지 못했지만 아빠와 친하게 지내고 싶었어요. 무섭게 화만 내시지 않는다면 아빠가 저에게 많은 걸 가르쳐주실 수 있을 것 같거든요. ✝ ↓

상담을 요청한 사람은 아이의 어머니였습니다. 그녀는 구타는 하지 않지만 화가 나면 공격적으로 돌변하며 물건을 부수기 일쑤인 남편 때문에 아이가 공격적인 태도를 보였다고 놀라 있었습니다.

이 가정은 가장의 폭력성이 다른 가족들에게 정서적·육체적 고통을 초래하는 역기능 가정의 특징을 나타내고 있었습니다. 남편은 텔레비전을 보다가도 갑자기 속옷 바람으로 텔레비전을 들어서 던지려 하는 등 습관적으로 분노를 폭발하는 양상을 오랫동안 표출해왔습니다. 또한 가족 중에 누군가가 화를 내면 왜 화가 났는지 살펴보기도 전에 그 화를 고스란히 전이받아 자신의 화를 더 돋웠습니다. 가정에서 오직 화를 내는 사람은 자신뿐이어야 한다는 무의식적인 권위 의식까지 엿보였기에 가족은 늘 가장의 기분을 살피며 전전긍긍해야 했습니다.

역기능 가정의 공통적인 특징은 가족들의 관심이 문제를 촉발시키는 아버지에게 집중된다는 것입니다. 이는 가족 구성원 모두가 가정의 평화를 지향하는 심리를 보인다고도 설명할 수 있습니다. 오늘도 큰소리 없이, 별 탈 없이 무사하게 지나갈 수 있길 바라는 안전의 욕구인 것이지요. 그 때문에 가족들의 정서적 에너지는 아버지의 정서적 욕구를 채워주려는 노력으로 대부분 소모됩니다. 아버지는 언제든 화를 내며 공격적인 행동을 할 수 있는 역할을, 나머지 가족은 그 같은 악몽이 반복되지 않도록 아버지의 기분을 살피는 역할을 분담하는 것이지요. 이것은 생존과 안전을 위한 어쩔 수 없는 선택이지만, 이런 과정의 악순환이 계속되는 한 가족 구성원 전체가 심각한 정서적 결핍을 느끼며 역기능 가정에서 벗어나기 어렵습니다.

아버지의 폭력성이 아들에게 답습됐을 뿐 아니라 적대적 반항장애가 나타나기 쉬운 질풍노도의 사춘기를 지나고 있어 아이에게 잠재되어 있던 분노가 공격성으로 드러난 것입니다. 아이는 무의식중에 부모와 같은 행동을 보임으로써 부모에게 그 대가를 치르게 하고 있었습니다.

부부가 서로를 대하는 태도는 자녀가 부모를 대하는 태도로 이어집니다. 아내를 존중하지 않는 가부장적인 집안의 자녀가 어머니의 지위를 인정하지 않는 것은 무의식중에 그렇게 보고 배우며 자랐기 때문입니다. 이런 경우 아버지가 먼저 세상을 떠나면 어머니의 권위도 함께 실추될 우려가 큽니다. 그래서 부부 중심의 건강한 가치 체계가 대단히 중요한 것입니다.

그런데 이 아버지의 그런 태도에는, 집안의 장남이라는 기대를 채우지 못하는 행동을 했을 때 매사 비난하고 평가했던 원가족이 있었습니다. 그런 그에게 가족이 의견을 말하거나 부정적인 감정을 나타내는 것은 자신을 비판하는 것으로 받아들여진 것입니다. 그 때문에 그의 기분에 따라 자녀들도 눈치 보는 유년 시절을 보내야 했습니다.

인간이 태어나는 0세부터 20세까지의 기억에는 대부분 최초의 경험이 많습니다. 중요한 것은 이렇게 최초의 경험으로 각인되는 기억은 노인이 되어서도 어제 일처럼 또렷하게 기억한다는 점입니다. 그러니 그 기억은 이후에 살아가는 삶의 장면에 절대적인 영향을 미칠 수밖에 없습니다. 자녀가 온전한 사람으로 성장할 수 있도록 부모가 좋은 기억을 주기 위해 끝없이 노력해야 하는 이유입니다.

'화'가 나는 것은 불편하다는 신호입니다. 다만 어떻게 화를 표현하느냐에 따라 각 과정의 발달기로 이행할 수 있습니다. 화를 내기 전에 감정을 잘 살펴서 화를 돋우는 이유를 거절할 수 있어야 자신을 보호할 줄 아는 사람입니다. 그 거절이 곧 관계의 단절을 의미하는 게 아닙니다. 나의 욕구와 나를 화나게 하는 상대의 욕구를 잘 관찰하여 분노를 폭발하는 단계까지 이르지 않는 것은 가족뿐만 아니라 자신도 상처를 입지 않도록 해주는 성찰입니다.

화가 나는 것을 애써 참지는 마세요. 그러나 그 화를 감당하지 못해서 가족에게 위협이 될 만큼 공격적으로 행동하고 있다면 반드시 심리검사 후에 치료를 받아야 합니다. 이미 그런 일이 여러 번 반복됐다면 스스로를 통제하기 어려운 위험 상태이므로 그 원인과 증상을 빨리 파악해야 합니다. 어떤 연령대에 있더라도 치료를 하는 데 늦은 시기란 없습니다.

어떤 때 화가 나는지, 자신이 화가 난 것을 어떻게 표현하는지 관찰해보세요. 자기 자신은 물론 긴밀한 관계를 맺고 있는 가족 3대가 '화'를 지혜롭게 다루는 방법을 터득하게 됩니다. 화를 다스린다는 것은 스스로를 더 행복하게 하는 일입니다.

이 편지글의 주인공인 열여덟 살 소년은 화를 다스리는 방법을 배우면서 왜 부모의 권위를 지켜줘야 하는지 깨달았습니다. 진로 상담을 거쳐 왜 공부를 해야 하는지, 그리고 공부는 어떻게 해야 하는지도 알게 됐지요. 하위권이던 성적이 향상되어 자기가 원하는 대학을 목표로 정할 수 있게 되자 학교생활도 즐거워졌다고 합니다.

무엇보다 소년의 상담을 진행하는 데 부모가 적극 협조했습니다. 소년은 저의 권유로 상담자는 물론 주변의 담임선생님을 비롯해 이모, 고모, 삼촌, 친구의 부모 등을 멘토로 삼았습니다. 이렇게 멘토로 선정된 사람들은 서로 다른 목소리로 관심과 격려를 담아 소년을 지지해줬습니다. 그 결과 학습 동기 부여의 효과가 극대화됐습니다.

특히 선생님의 영향은 백번 강조해도 모자랄 만큼 컸습니다. 교내에서 오며가며 마주칠 때마다 친근한 목소리로 격려해줬을 뿐인데도 소년의 자존감을 높이는 데 크게 기여했습니다. 자존감을 회복한다는 것은 무엇이 결핍되어 있는지를 알고 그 결핍을 채운다는 것과 같은 의미입니다. 소년에게는 무엇보다 아버지와의 관계 회복이 시급했습니다. 눈치를 보는 것이 아니라 아버지와 정서적으로 교류함으로써, 아버지에게서 생존해야 하는 역할이 아니라 아버지를 받아들여 서로에게 의지가 되어주는 건강한 아들의 역할을 되찾았습니다.

일관성 없이 보낸 원가족 시절이 자녀의 독립과 결혼 이후에도 대물림되어 그 가족이 입는 정신적·정서적·물질적 손해를 경제 가치로 환산한다면 억대에 이를 만큼 커집니다. 중심 인물인 가장이 공격적인 역기능 가정에서 자란 아이는 또다시 자신의 정서와 유사하게 자란 배우자에게 이끌릴 확률이 높고, 원가족 시절의 악순환이 계속될 수 있습니다.

자신의 결핍을 살펴서 화를 다스리는 것, 자신의 욕구를 참지 않되 화를 억누르고 부드럽게 요청하는 것. 우리가 아이들에게 남겨줄 수 있는 여러 유산들 중 가장 멀리까지 오래도록 가져갈 수 있는 것은 바로 이런 삶의 지혜뿐입니다. 우리는 이 세상을 떠나는 날까지 아이들에게 그것을 잘 전해줄 사명이 있는 '어른'입니다.

잊지 못한 크리스마스 생일 선물

 그날도 떠지지 않는 눈을 간신히 뜨며 천천히 침대에서 몸을 일으켰습니다. 아이들이 아침을 먹으라고 성화를 부렸기 때문이었어요. 몸은 금방이라도 나락으로 떨어질 것처럼 무거웠고, 눈꺼풀은 천 근인 양 제대로 떠지지 않았어요. 막내 아이가 두터운 암막 커튼을 활짝 열어젖히지 않았다면 아마 그대로 다시 쓰러져 잠이 들고 말았을 것입니다. 그때 나는 왜 그렇게 자도 자도 잠이 쏟아지던지요. 창밖은 밤사이 눈이 왔는지 눈부신 빛이 방 안으로 쏟아져 들어오더군요. 그날도 얼마나 오랫동안 잠들어 있었는지 알 수 없었어요. 아이들 밥 세끼를 간신히 차려주고 다시 침대로 들어가 잠들곤 하는 생활이 반년 이상 지속되고 있었지요. 어떤 때는 내가 일어나서 움직인 지가 도대체 언제인지도 까마득해졌어요. 나는 과연 살아 있는 것인지요.

아침이면 간단하게 밥을 먹은 후 자동차 키를 들고 출근하던, 생

동감 넘치는 나는 도대체 어디로 간 걸까요? 프랜차이즈 피부관리실 네 곳의 매니저를 소집해서 아침 회의를 하고, 커피를 마시면서 일간지와 업계 관련 매거진을 훑어보며 활기차게 시작하던 나의 아침. 15년 동안 출근하며 차츰 확장해 나가던 나의 빛나는 아침은 이제 어디서 만날 수 있을까요? 그날 나는 할 수만 있다면 아침마다 뜨는 해를 갈라서 세상의 빛을 없애버리고 싶었어요.

"엄마, 제발 좀 일어나서 나와 봐요. 오늘은 성탄절이야. 우리가 밥상을 차렸어. 밥 먹고 성당에 가요."

여덟 살짜리 막내아들이 손목을 잡아끄는 통에 다시 누우려던 나는 할 수 없이 자리에서 일어났습니다. 욕실에 가서 손을 씻고 식탁에 느릿느릿 앉았지요. 내가 매장 경영의 어려움에 직면해서 혼자 미친 듯이 날뛰고 있을 때도, 어쩔 수 없이 회사를 놓아버리고 며칠을 오열할 때도 남보다 못한 얼굴로 방관만 하던 당신이 맞은편에 앉아서 나를 건너다보고 있었어요. 그때는 당신이라는 존재가 그저 늘 그 자리에 있는 무생물의 가구처럼 느껴졌을 때였지요.

숟가락을 들다가 당신 뒤로 사내아이들 셋이 만들었는지 여느해처럼 크리스마스트리가 장식되어 있는 것이 보이더군요. 이 상황에도 트리를 만들 생각을 하다니. 나는 그 모든 아침 풍경에 이질감을 느꼈고 구차스럽기만 했어요. 당신이 무성의하게 끓여내어 제대로 씻겨 나가지 않은 모래가 입속에서 서걱거릴 조개미역국, 며칠 전에 내가 별수 없이 만든 반찬 몇 가지, 그리고 케이크가 차지한 희망 없는 밥상. 그것들을 바라보고 있자니 습관이 되어버린 욕지기가 올라왔어요. 식탁을 쓸어버리고 다시 침대로 돌아가 잠들고 싶을 뿐이었지요.

엄마의 슬픔이나 아내의 분노에 아랑곳없는 당신, 내가 그런 남편과 크리스마스라는 이유로 얼굴을 마주하고 밥을 먹어야 하다니요. 대상을 알 수 없는 분노와 체념이 온몸을 피돌기처럼 돌고 있을 뿐인 그 상황을 얼른 종료하고 싶기만 했어요. 나만을 위한 것이 아니라 가족을 위해서도 더 열심히 동동거리며 달려온 세월이 저렇게 참담히 넘어져 있는데, 그런 나를 위해 따듯한 위로의 말 한마디 건네지 못하는 가족. 이제 가족은 더 이상 내가 그동안 부여해왔던 가치에 합당한 존재가 아니었어요.

무기력하게 앉아 있던 내가 아이들의 재촉에 미역국을 한 숟가락 떴을 때 둘째 아들아이가 말했어요. "엄마, 크리스마스트리 예쁘죠? 아빠하고 만들었어요. 좀 자세히 봐요."

그 말을 듣고 있던 나는 기가 막혔습니다. 아무리 철이 없는 여덟 살 어린아이라지만 엄마가 어떤 상태인지도 모르고서 트리나 보라니요. 간신히 참고 있는 화가 폭발할 것만 같아 나는 아이를 쳐다보지도 않은 채 고개만 끄덕였습니다. 그때 초등 6학년생인 큰아이가 말했습니다. "엄마, 트리에 뭐가 주렁주렁 달려 있어요. 귀걸이랑 목걸이랑."

그 말을 들으며 더 화가 난 나는 들고 있던 숟가락을 그대로 주방

바닥에 던져버렸습니다. 밥알이 튀고 놀란 아이들이 나를 쳐다봤습니다. 그런데 내가 화를 낼 때면 민감하게 더 화를 내던 당신이 웬일인지 나를 그저 물끄러미 바라보고만 있더군요. 그러다가 그것을 봤습니다.

처음에는 그것이 얼른 눈에 들어오지 않았습니다. 온통 반짝이는 것들이 주렁주렁 달린 아름다운 트리. 무엇이 트리를 그토록 빛나게 하는지 얼른 발견하지 못하고 한참이나 뚫어지게 바라보다가 나는 그것의 정체를 알게 됐습니다. 트리에는 귀걸이, 팔찌, 목걸이 등이 주렁주렁 매달려 있었습니다.

순간 놀란 나는 당신을 쳐다봤지요. "당신 화장대 위에 지갑을 보다가…… 내가 찾아서 가져왔어. 크리스마스 선물이야." 평소처럼 어눌한 어투로 천천히 말하는 당신의 이야기를 들으면서 더욱 찬찬히 살펴보니 그것들은 내 보석이었습니다. 결혼 때 예물로 받았던 반지와 유독 반짝이는 것을 좋아하는 나를 위해 당신이 기념일마다 챙겨주었던 것들.

그것들이 크리스마스트리에 걸린 것을 보니 왈칵 울음이 쏟아졌습니다. 직원들의 급여에 보태기 위해 내가 아끼는 것을 몽땅 들고 가서 전당포에 맡겨야 했던 그때의 막막한 심정이 되살아났기 때문이었습니다. 당신이 그 전당 용지를 들고 전당포에 가서 적지 않은 금액을 지불하고 내가 맡긴 것들을 찾아왔다는 것도 놀라웠습니다. 그때 당신이 하던 일도 사정이 안 좋아 거의 일용직 비슷한 일을 나가고 있었다는 것을 알았기에 더욱 놀라웠지요. 당신은 그것들을 찾기 위해 얼마나 많은 날을 애써 수고해야 했는지요.

숟가락을 들고 미역국을 먹는 동안 내 가슴은 당신에 대한 고마움으로 뜨거워져 자꾸만 흐르는 눈물을 주체할 수가 없었습니다. 당신이 끓인 모래가 씹히는 미역국을 먹는 내내, 당신에 대한 미안함과 함께 여러 혼재된 감정으로 가슴이 마구 소용돌이쳤습니다. 2002년 12월 25일, 내 생일이었던 그날은 내가 다시 태어난 날입니다. 평생 잊을 수 없는 크리스마스 생일 선물로 그동안 혼자라고 여기던 생각을 버릴 수 있었습니다. 다시 살 수 있는 힘을 얻었습니다.

나는 다시 피부관리사로 취직했고 여성취업지원센터에서 미용 기술도 배웠습니다. 그리고 이렇게 작은 가게를 다시 열었지요. 당신이 내 고통을 외면한 채 방관만 하고 있다고 여겨온 내가 얼마나 바보 같았는지를 깨닫게 해준 그날, 나는 다시 당신의 아내로, 아이들의 엄마로, 그리고 나 자신으로 새롭게 태어났습니다.

그날부터 나에게 최고의 가치는 다시 가족이 됐습니다. 언제나 당신과 함께일 것이라고 생각했던 나처럼 아무리 어려운 일이 생겨도 당신이 내 손을 놓지 않으리라는 믿음, 나에게는 너무나 큰 힘이 됐습니다. 사랑하는 당신, 고맙습니다. 우리 건강하게 오래오래 서로의 곁을 지키는 옆 지기로 함께해요. 당신이 기쁜 일, 좋아하는 일도 같이 나누면서요. ⅄ ⅄

우리나라 워킹맘들의 가사 노동 부담이 맞벌이 전체 가정의 70퍼센트에 이른다고 합니다. 그녀도 그런 워킹맘들과 다르지 않아 매장 네 곳과 세 아들을 보살피며 가족과 직장밖에 모른 채 살아왔습니다. 그런 그녀가 힘겨워졌을 때 가족에게 위로받고 싶었지만, 그녀는 누구도 자신의 고통에 관심을 기울이지 않는다는 느낌을 받았습니다. 그로 인해 상심은 더욱 깊어졌고 활동적인 그녀의 재기도 늦어졌습니다. 가족들이 조금만 더 적극적으로 그녀를 위로하고자 노력했다면, 가족의 가치를 최우선으로 두었던 그녀도 쉬이 자리를 털고 일어날 수 있었을 것입니다. 다행스러웠던 점은 그나마 남편이 뒤늦게라도 그녀의 아픔을 알아주었던 것입니다.

사업에 실패해서 혼자 책임을 져야 하는 위기가 발생하면 주도적으로 사업을 하던 사람들이 보이는 반응은 크게 두 가지로 엇갈립니다. 모든 결과를 자신이 떠안고 자책으로 위축된 시간을 보내면서 자기 자신을 공격하거나, 혹은 모든 원인을 타자나 환경 탓으로 돌리고 세상을 적대적으로 대하는 것입니다. 이때 자칫하면 대인기피증이나 공황장애를 겪다가 알코올중독이 되는 경우도 있습니다.

그녀는 사업 실패 이후 현실을 회피하는 과다 수면으로 대부분의 시간을 보내며 어려운 시기를 견뎌야 했습니다. 외출은커녕 시도 때도 없이 잠을 자며 최소한으로만 움직였고,

그렇게 그녀는 한동안 그대로 방치됐습니다. 우울증은 깊어져서 울음이 한번 터지면 그쳐지지가 않았고, 수면제를 과다 복용해서 응급실에 실려 가기도 했으며, 동맥을 끊을 용기가 없어 면도날을 머리맡에 둔 채 잠들기도 했습니다. 훗날 그녀는 자신을 깊이 이해해주는 사람이 단 한 명도 없는 것 같아 외로움이 사무쳤던 것 같다고 말했습니다. 날마다 혼자 울고 있는 자신이 참으로 무가치해 보여 그렇게 할 수밖에 없었다고요.

그녀의 눈물을 본 이후 냉각기였던 부부의 관계는 급속도로 회복됐고, 남편의 전폭적인 지지는 그녀가 다시 일어서는 강력한 추동의 동기가 됐습니다. 한 가정에서 부부, 그리고 가족이 서로를 이해하는 것은 강남의 아파트 한 채 가격으로도 환산할 수 없는 시너지 효과를 일으킵니다.

건강한 가정에 나쁜 상황이 벌어지면 서로를 배려하면서 어떻게 그 상황을 슬기롭게 극복해 나갈 수 있을지 역할을 분담합니다. 이것은 평소 가족 규칙이나 역할 규칙이 잘 지켜져 식구들 사이에 친밀도가 높은 순기능 가정의 사례입니다. 그러나 대부분의 가정은 돌발적인 상황에 어떻게 대처해야 할지 몰라 우왕좌왕하는 동안 그 상황을 불러온 당사자에게 걱정을 비난으로 표현하고, 더 나아가 가족의 희생양으로 삼곤 합니다. 그 사실을 체감하는 당사자는 그야말로 엎친 데 덮친 격으로 한꺼번에 고통의 쓰나미가 몰려와 이중, 삼중의 정신적 외상을 입습니다. 그 때문에 작은 일에도 민감하게 위축되고 그 절망의 깊이는 상상할 수도 없을 만큼 깊어집니다.

톨스토이는 "모든 행복한 가정은 서로 닮은 데가 많지만, 모든 불행한 가족은 제각각 다른 이유로 불행하다"고 말했습니다. 우리는 흔히 가족 간에 이미 다 알고 있다고, 새롭게 이해할 일은 없다고 생각하기 쉽습니다. 우리의 가족 정서는 상대가 힘들 때 괜찮으냐고 물어보거나, 내가 힘들 때 도움을 요청하는 일이 습관화되어 있지 않습니다. 이 과정에서 아픈 가족이 홀로 방치되고, 그로 인해 가족 전체가 평화를 되찾는 데 많은 시간을 낭비하게 됩니다.

그러니 위기가 닥쳤을 때일수록 상대의 마음이 어떨지 자주 살피고 내가 무엇을 도와줘야 상대에게 위로가 될지를 묻는 것이 일상화돼야 합니다. 이때 그 물음이 상대에 대한 평가나 비난이 되어 이미 다친 마음이 아예 닫히지 않도록 유의하면서 온 마음을 다해 물어야 합니다. 실제로 저의 임상 사례에서 서로에게 괜찮은지를 자주 물을 수 있는 가족들은 대부분 순기능 가족의 모델이었습니다.

남편이 그녀의 마음 상태를 알아차려 어떻게든 위로해주려고 노력한 진심이 그녀에게 전달된 것은 가족 모두에게도 너무나 다행한 일입니다. 혼자가 아니라는 것, 가족이 자신을 깊이 사랑한다는 것만 알게 되어도 다시 일어설 동기로는 충분합니다.

혹시 여러분의 가족들 중 누군가가 혼자 아파하며 고통의 눈물을 흘리고 있지는 않은지 서로의 안부를 묻는 일에 서툴다면 지금 말을 건네보세요. "오늘 아침에는 기분이 어떠세요?"

가족 신화는 거창한 것이 아닌 바로 거기서 출발할 수 있습니다. 매일 아침 처음으로 얼굴을 마주할 때 서로의 기분이 어떤지만 물어봐도 존재의 충분한 동기가 되어준다는 것을 잊지 말아야겠습니다.

'오리궁둥이' 우리 엄마

엄마, 오늘 엄마와 데이트하면
서 제가 엄마의 뒷모습을 유심히 보는 것을 혹시 아셨나요? 엄마
를 오리 궁둥이라고 놀리던 아빠의 말씀이 생각나서 저도 모르게
엄마의 뒷모습을 자꾸 살피게 됐지 뭐예요. 이런 말을 하면 엄마가
살짝 화내실지도 모르지만, 제가 본 엄마의 뒷모습은 10대 소녀처
럼 귀여워요. 길게 늘어뜨린 생머리, 앙증맞은 까만 배낭, 46킬로
그램의 체중을 자랑하는 엄마의 뒷모습을 보고 누가 쉰이 넘은 중
년 아주머니라고 하겠어요.

딸과의 데이트 코스로 영화를 본 후 식사를 하는데 엄마는 오늘
도 음식을 조금 모자라게 주문하시고는 제기 남긴 음식을 남김없
이 다 드시며 쓸데없이 돈을 쓸까 봐 신경을 쓰셨어요. 엄마의 그
런 모습을 보고 있자니 이젠 옛일이라 말할 수 있는 9년 전의 일이
새삼 떠올랐어요. 본래도 알뜰하셨던 엄마가 더 알뜰해지신 것은

네 걸음 다가가기 : 즐거운 우리 집

우리 가족이 그 일을 겪은 후에 생긴 변화였지요.

당시 아빠는 그동안 근무하시던 대기업에서 중소기업의 임원으로 자리를 옮기셨습니다. 그날 저녁 식탁에서 아빠가 아주 좋은 조건으로 이직하셨다는 것을 엄마가 드리시는 감사의 기도 중에 알게 됐어요.

저는 가끔 그때가 기억나곤 해요. 주일이면 온 가족이 단정한 옷차림으로 교회에 갔지요. 고등학생이었던 저는 남동생과 함께 교회 활동도 열심히 했어요. 믿음의 가족, 그것이 부모님이 우리를 가르치신 방식이었어요. 작은 일이라도 가족회의를 통해 결정하던 그때, 엄마를 무척이나 사랑하시는 아빠는 늘 엄마를 존중하셨기에 한 번도 엄마의 말씀에 반대 의사를 표현하지 않으셨어요. 우리 남매는 엄마가 우리 집의 여왕이라면서 가끔 엄마의 흉을 보곤 했지요.

그런데 지금처럼 볕이 좋았던 어느 가을날, 제가 학교에서 돌아왔을 때 낮인데도 아빠가 집에 계셨어요. 집안 분위기는 말할 수 없이 어두웠지요. 그런 나날이 계속되던 어느 날, 가족회의 중에 아빠가 다니시던 회사의 사정이 악화되어 결국 회사가 문을 닫게 됐다는 것을 알았어요. 한참 후에야 저는 그게 IMF의 여파였다는 것을 알게 됐지요.

아빠가 회사에 출근을 안 하시고 집에 계시면서 엄마는 자주 화내시거나 무표정해지셨어요. 꼼꼼하게 우리를 일일이 챙겨주시던 예전의 엄마 모습은 어디서도 찾을 수 없었지요. 지금 생각해보면, 철없는 저는 괜스레 엄마에게 짜증을 많이 냈어요. 돈 때문에 한 번도 힘들었던 기억이 없는 저는 그 상황이 너무 싫었어요. 학교에 내야 할 잡부금을 제때 내지 못하게 되고, 돈이 필요한 일은 아무것도 할 수 없었지요. 우리 집이 점점 가난해져 간다는 현실에 화가 났어요.

그때까지 제법 상위권이던 저의 성적은 자꾸 내려갔습니다. 어쩌면 등록금이 없어 대학에 못 갈지도 모르는데 공부는 해서 뭐 하느냐는 생각으로 공부를 하고 싶지 않았는지도 몰라요. 그러던 어느 날 밤, 저는 화장실에 가려다가 엄마와 아빠가 나누시는 이야기를 듣게 됐어요.

"매달 꼬박꼬박 통장에 들어오던 월급이 안 들어오니까 너무 막막해. 왜 우리에게 이런 시련이 닥친 거지? 열심히 산 죄밖에 없는데. 곧 큰애도 대학에 가야 하는데 저축해놓은 돈도 따로 없고, 이제 막 대출받아 집을 장만해서 이자 넣기도 바빠. 이제 우리는 어떻게 살아야 하지? 이렇게 살고 싶지 않아. 너무 비참해. 베란다에서 떨어져 죽는 사람들을 이해할 수 있을 것 같아. 아니, 이해뿐만 아니라 나도 그러고 싶은 심정이야. 나도 22층에서 떨어져버리고 싶다고."

엄마는 눈물을 그치지 못하고 하염없이 우셨어요. 그때까지 한 번도 들어보지 못한 엄마의 그 울음소리를 가만히 듣고 있다가 방

　　　　　　　　　네 걸음 다가가기 : 즐거운 우리 집

으로 돌아와 저도 펑펑 울고 말았어요. 어렴풋이 집안 사정을 알고 는 있었지만 생각보다 상황이 훨씬 안 좋다는 것을 알게 된 거예요.

그 무렵 학교에 갔다가 집에 돌아오면 엄마는 낮이고 밤이고 잠 옷을 입고 계셨어요. 그뿐만 아니라 유령처럼 베란다에 못 박힌 듯 서서 창밖을 내다보셨어요. 저는 그런 엄마의 모습이 싫고 무서웠 어요. 그때의 엄마는 내가 아는 우리 엄마가 아닌 듯했어요. 문득 저러다 엄마가 잠옷을 입고 허공을 날 것만 같다는 생각도 했어요.

집에 돌아와도 엄마가 우리에게 음식을 챙겨주지 않는 일이 생 기고, 보일러까지 돌리지 않아 날이 갈수록 집에 냉기가 돌았습니 다. 대출받아 마련한 아파트를 내놓았지만, 집을 보러 오는 사람조 차 없는 눈치였어요.

그때 엄마는 아셨을까요? 동생과 제가 다른 무엇보다 걱정했던 것이 무엇이었는지. 우리가 밤새 교대로 불침번을 서면서 엄마를 감시했던 이유는 엄마가 혹시 베란다에서 자칫 실수로 떨어질까 봐 너무 걱정이 됐던 탓이었어요.

그때부터 저는 다시 공부를 하기로 마음을 다잡았습니다. 제 성 적까지 떨어지면 엄마에게 정말로 나쁜 일이 생길지도 모른다는 생각이 들었거든요. 다시 단정하게 옷을 차려입고 교회에도 가고 맛있는 음식을 먹으러 기분 좋은 외출도 하고 싶었어요.

무엇보다 엄마가 웃는 모습을 다시 보고 싶었지요. 아니, 아무것 도 하지 않는 엄마라도 좋았어요. 엄마가 안 계신 우리 집은 상상하고 싶지 않았으니까요.

그러니 저는 공부를 해야 했어요. 엄마가 늘 말씀하셨듯이 제가 좋은 대학에 들어가 사회에서 쓰임이 있는 사람이 되는 것, 그것만이 엄마가 기뻐하실 일이라는 생각이 들었어요. 지치고 힘들 때는 제가 나 자신이 아니라 단지 엄마를 위해 공부하는 것은 아닐까 생각했던 적도 있어요. 하지만 그때 열심히 공부하지 않아 대학에 들어가지 못했다면 지금 저의 만족스러운 모습은 상상조차 할 수 없겠지요. 제 꿈과 엄마의 말씀이 일치했던 것은 아마도 제가 무슨 일을 하고 싶은지 엄마가 끊임없이 물어봐주셨기 때문일 거예요.

원래 선생님이었던 엄마는 교직을 그만둔 것을 몹시 후회하셨지요. 그리고 우리 집이 예전처럼 돌아가기까지 엄마는 원치 않는 여러 일들을 하셔야 했습니다. 엄마는 아직도 그 몇 년간의 일을 이야기하시려면 눈물을 내비치면서도 "너희 때문에 힘을 낼 수 있었다"고 종종 말씀하십니다. 제가 좋은 대학에 간 것도, 지금 이렇게 수입이 괜찮은 것도 다 엄마 덕분입니다.

저도 서른이 다 되어 사회에서 제법 제 위치를 찾았고 착한 남자 친구도 생겼으니 엄마가 늘 지금처럼 환히 웃으시면 좋겠어요. 동생에게도 곧 좋은 결과가 있을 테고, 아빠도 다시 직장에 다니시니 이제 모든 것이 예전처럼 평화롭잖아요.

제가 아빠보다 직장 수입이 많아서 더 알뜰히 하시려 한다는 것은 잘 알지만, 그동안 엄마가 저를 잘 가르치느라 일러주신 말씀들

네 걸음 다가가기 : 즐거운 우리 집

을 트럭에 쌓아 나른다면 밤이 이울도록 다 나르지 못할 거예요. 제가 그 덕분에 이렇게 빨리 좋은 직업을 가지게 됐고, 어디서든 가정교육을 잘 받았다는 칭찬을 듣는 거잖아요. 그러니까 제가 출가하기 전까지는 제 수입을 가지고 이러니저러니 제게 의논하지 마시고 아빠가 가져다주시는 것인 양 엄마의 요량껏 하세요.

그리고 아빠한테 엄마만 받드는 사람이라고 흉본 것, 이참에 취소해요. 아빠가 언제나 엄마의 현명한 조언을 잘 받아들이시는 모습을 보고 자라서 저도 제 의견에 귀 기울일 줄 아는 사람을 남자친구로 만난 것 같아요.

우리 가족이 새로 이사한 이 집을 고를 때 제가 5층 이상은 안 된다고 했던 것은 어릴 때의 기억 때문이라는 걸 뒤늦게 알게 됐어요. 새 집에 정을 들이려면 시간이 걸리겠지요. 하지만 이제 어디인들 어떠하겠어요. 우리가 함께 있었기에 지금에 와서 돌아보는 고통은 이제 고통이 아닐 수 있다는 것을 잘 알게 됐는걸요.

오늘 엄마와 데이트를 하면서 엄마 눈 밑의 주름살을 세어봤어요. 다음 데이트는 피부과에서 하려구요. 제가 너무 바빠져 언제 엄마와 데이트를 또 하게 될지는 모르지만, 그리고 엄마가 이 사실을 아시면 돈을 허투루 쓴다고 펄쩍 뛰실 테니 피부과에 살짝 예약해두었다가 데이트를 신청할 생각이에요.

생각해보면 엄마의 말씀처럼 모든 것을 하느님께 감사드릴 수밖에 없습니다. 엄마의 기도와 헌신으로 저의 모든 것이 이렇게 성장

했어요. 우리 가족이 힘든 때일수록 교회에서 함께 기도를 해야 한다던 엄마. 제가 앞으로도 엄마에게 기도를 부탁하려면, 엄마는 지금처럼 귀여운 오리 궁둥이를 가진 20대의 뒷모습을 오래도록 간직하셔야 해요. 엄마의 모든 것을 사랑해요. ✔

네 걸음 다가가기 : 즐거운 우리 집

가정을 이루고 살다 보면 예상치 않은 여러 복병들과 맞닥뜨
리게 됩니다. 이 가정도 안정적인 직장을 가졌던 가장이 실직
을 하고 사회에 복귀하는 시간이 지연되면서 아내가 심한 공
황 상태를 겪어야 했습니다. 물질에 대한 욕심이 크지 않았던
가정이었기에 행복지수도 높았던 가족이 가장의 실직으로
당장의 생활을 걱정하게 된 것입니다.

자본주의 시대에 정기적으로 일정 소득이 발생하고 그에
따른 소비를 계획할 수 있는 것은 우리 삶의 질과 직결되어
있습니다. 그 때문에 지출은 고정되어 있는데 소득이 제로가
됐을 때 살림을 꾸려가는 주부는 극심한 스트레스를 겪게 됩
니다. 스트레스는 무력감에 빠지게 하고 우울증으로 전이되
지요. 특히 그녀는 전업주부였기에 생계를 위해 무엇이라도
하지 않으면 안 된다는 강박증에 시달리게 되면서 더욱 무력
해졌습니다.

그런데도 한동안 심한 우울증을 앓았던 그녀와 가족이 위
기를 잘 넘길 수 있었던 것은 매시간 잊지 않고 기도를 할 수
있는 종교라는 가족의 공통분모가 있었던 덕분입니다. 늘 함
께 기도하고 평범한 일에도 감사하는 일상을 보내는 이 가족
에게 종교라는 공통분모가 없었다면 지금의 평화를 누리지
못했을지도 모릅니다. 부모의 일관성 있는 윤리관과 가족공
동체의 신실한 신앙생활이 가족을 지켜준 것입니다. 지금도

가끔 만나는 이 가정의 자녀들은 겸손하고 감사하는 태도가 몸에 배어 있습니다. 어머니와 아버지의 헌신적인 기도 생활이 고스란히 자녀들에게 전해진 것입니다. 또한 아버지가 어머니를 위로하고 배려하는 태도도 빠른 시간 안에 가족을 제자리로 회복하는 데 큰 기여를 했습니다.

전형적인 순기능 가족인 이 가족에게는 다음과 같은 특징이 있었습니다.

첫째, 서로를 존중하는 부부의 가치 체계가 군건했습니다. 아버지의 의사는 곧 어머니의 의사로 전달됐고, 그 과정에서 일관성 있는 가족 규칙을 적용할 수 있었습니다. 부부가 각자의 기분에 따라 내키는 대로 자녀에게 일회적으로 적용하는 예외적인 일들은 가족의 핵심 가치에 혼란을 가져옵니다.

둘째, 가정학을 전공한 아내는 자신에게 찾아온 우울증을 인지했습니다. 하지만 매월 가족회의를 통해 누가 그 같은 상황을 가장 불편해 하는지를 살핀 후에 함께 해소하려 애썼습니다.

셋째, 가족이 매주 교회에 함께 갑니다. 특정 종교와 상관없이 가족이 공통 활동을 하는 것, 특히 일정하게 종교적인 의례를 치르는 것은 가족의 결속감을 다지는 데 매우 순기능적인 작용을 합니다.

이 가정은 가족에게 물질적인 위기와 고통은 진짜 시련이 아니라는 것을 보여줬습니다. 그들은 어떤 상황에서도 부모를 구심점으로 행복하게 살아갈 것입니다.

가장이 한 달 동안 열심히 일한 보상으로 매달 적지 않게 지급되던 급여가 돌연 끊기고 당장에 생활고를 겪으면서 가정이 해체되는 사례를 종종 목격할 수 있습니다. 그러나 경제적인 사정이 악화됐다는 이유로 해체되는 가정은 이미 그 상황으로 치닫기 전에 여러 갈등의 소지를 안고 가족의 틀만 지키고 있었던 경우가 많습니다. 기본적인 가족 규칙은 물론이고 서로에 대한 건강한 관심도 사라진 지 오래인 채 소통이 두절되어 관계에 균열이 생겨 있는 상태인 것입니다.

평소에 하나로 통합된 가치관을 잘 따르고 그에 따른 규칙을 일관되게 적용해온 순기능 가족이라면 위기에 노출됐을 때 더 강한 결속력을 발휘합니다. 진정한 부모는 어떤 순간에도 서로 맞잡은 손을 놓지 않고 위기 속에서도 가족의 가치관을 지켜내는 모습을 보여줍니다. 가정이 평화로울 때는 누구나 쉽게 따를 수 있지만 위기에 처했을 때는 가족을 지켜왔던 가치관이 흔들리기 십상입니다. 가정이 안정되어 있을 때나 불안정할 때나 한결같이 가족의 가치관을 굳건히 세우는 모습이 참된 어른의 자아입니다.

여러분의 가정에는 가족 규칙이 있는지요? 가족 구성원 모두가 원하는 가족 규칙과 내가 원하는 가족 규칙을 통합해서 몇 가지를 만들어보세요. 앞에서도 잠깐 설명했지만, 가족 규칙은 자녀의 발달 과정과 어른의 발달 이행에 따라 수정되고 보완돼야 합니다. 그러나 윤리관과 경제관 같은 가족의 가치관에 따른 기본 지침은 일관성을 유지해야 자녀가 훗날 결혼해서 독립해도 그 가계를 잇습니다. 그것이야말로 가족 규칙의 진정한 체화라고 할 수 있지요.

가족 규칙이 없는 가정은 돛대 없이 항해하는 배와 같습니다. 아무 규칙 없이 가정을 이끌어왔다면 지금부터라도 가족 규칙을 정하세요. 잔소리가 줄어들고 커다란 그림 안에서 가족의 미래를 전망하게 될 것입니다.

아버지로부터 온 편지

 아범아, 오늘이 너의 50번째 생일이구나. 네 처가 아침에 굴미역국을 끓여 생일상을 차리고 아이들이 아범을 축하하려고 며칠 전부터 저희끼리 머리를 맞대어 의논하는 것이 꼭 너희 형제들이 어릴 때의 모습과 흡사하더구나. 그 아이들, 특히 우리 집 장손인 큰손자가 성품이 따뜻한 것은 사랑을 많이 받고 자란 너를 꼭 닮은 듯하다. 그리고 둘째 손녀딸은 성품이 밝고 명랑하여 어디서든 사랑을 받을 거야.

네 어머니가 5대 종손을 출산했다고 집성촌이던 고향에서 어른들의 치하를 받았던 것이 엊그제 같은데 어느새 네 나이가 쉰이라니, 참으로 흐르는 세월 앞에 장사 없다는 말을 실감하게 된다. 공자가 말하기를 쉰에는 하늘의 명을 깨달아 알게 되는 나이라면서 '지천명(五十而知天命)'이라 일컬었는데 어떠하더냐? 50년을 살아보니 이제 네가 왜 거기에 서 있는지 이유를 알겠더냐?

내 나이 일흔이 넘은 지금, '칠십이종심소욕불유구(七十而從心所欲不踰矩)'라는 공자의 말대로 순차적으로 배우고 정해진 답대로 살면, 번뇌도 줄어들 것 같지만 그렇게 되지 않더구나. 너 역시 살아지기는 해도 그 이치를 다 깨닫는 법은 아니라는 것을 알게 되지 않았더냐. 나도 그러했으니 너 역시 쉰의 나이에 이르렀다고 그 답대로 살았다고는 할 수 없을 것이다.

그래서 요즘 부쩍 담배가 늘고 네 식솔들에게도 짜증이 늘었더냐? 업무는 과중하고, 건사해야 할 식솔들의 지출은 늘어나고, 죽게 애는 쓰며 살아왔는데 돌이켜봐도 번듯이 이뤄놓은 일은 없고, 그래서 자꾸 부아가 치미느냐?

아범아, 사람의 인생사에서 특별한 일이란 신문의 사회면처럼 흔하게 일어나지 않는다는 걸 이제쯤은 알았을 것이다. 나와 너희 어머니도 성실하게 살았지만 겨우 너희 3형제 공부시키고, 결혼해 분가시키고 손주 녀석들 재롱을 보는 것, 그게 특별한 일이었다는 것을 느지막이 알게 됐다.

그러니 아범아, 우리 부부가 너희를 사랑한 만큼 아이들을 사랑하는 것, 그게 너희 부부의 삶을 지속시키는 원동력이고 인류를 지탱하는 근간이다. 이제 와서 제일 후회가 남는 것은 너희가 어릴 때 충분히 함께하는 시간을 보내지 못한 것이다.

지난 4월 초파일 나의 생일날, 너희 형제들이 모여서 상을 차리고 화목하게 둘러앉아 사진도 찍는 모습을 보면서 우리 부부는 거

네 걸음 다가가기 : 즐거운 우리 집

기서 우리가 열심히 살아야 했던 이유를 봤다. 둘째와 셋째네 아이들이 얼마나 우람하게 자랐던지 아무것도 먹지 않아도 그 모습만으로 속이 든든해지더라. 그 광경을 보면서 너희 어머니가 얼마나 기뻐하셨는지 너희는 모를 게다. 그렇게 무탈한 모습으로 너희가 다시 둘러앉기까지 네가 그간 얼마나 애면글면했는지를 내가 잘 알고 있기에 더욱 보기가 좋았다.

아범아, 네 마음속에 들여놓은 그 무거운 바위⋯⋯. 아버지가 이렇게 편지를 쓰는 것은 네가 그 바위를 내려놓는 모습을 보고 싶어서다. 12년 전에 일어났던 사고로 우리 부부가 한순간에 세상을 뜨게 된 것은 너의 책임이 아니다. 그것은 그저 우리 부부가 세상과의 인연이 다 되어 떠나오게 된 것이지 누구의 책임도 아니란 말이다. 자식들이 아버지의 생일날 아버지를 기쁘게 해주려고 떠난 가족 여행길에서 부모를 사고로 잃게 된 것일 뿐이다. 그런데 너는 그날 우리가 탄 차를 운전했다는 이유만으로 그 무거운 바위를 마음속에 들여놓고 힘겨워 어쩔 줄 모르면서 지금까지도 내려놓지 못하는구나.

한날한시에 나와 함께 세상을 뜨겠다고 입버릇처럼 이야기하던 네 어머니의 말씀을 조물주가 들어주신 거라고, 장례식 때 쌍관이 내려가는 걸 보면서 사람들이 하던 말을 잊었느냐. "마음 아파 마라. 좀 일찍 가신 거고, 이렇게 가게 되어 너희에게는 상처로 남겠지만, 너희 어머니 소원대로 되지 않았느냐. 한날한시에, 게다가 아버지 생신 때 가신 것도 분명 깊은 뜻이 있을 것이다. 그러니 너무 슬퍼 마라"라던 말.

우리가 작별한 지도 이제 12년이다. 아버지의 원은 네가 잠가놓은 걸쇠를 풀고 네 마음속의 바위를 밖으로 내쳐버리는 것이다.

네 생일날, 손주들이 쉰 살이 된 제 아빠에게 '훌륭한 아버지' 상장을 만들어주는 걸 보면서 나는 더 바랄 것이 없을 만큼 네가 자랑스러웠다. 마음속에 바위를 끌어안고도 한 번도 힘들다고 주저앉지 않고 직장에서도 가정에서도 꿋꿋이 제 위치를 지켜온 것은 네가 유학자인 증조부모님, 조부모님, 우리 부부에게 듬뿍 받고 자란 사랑의 힘이 아니었을까 때로 생각해본다.

평생 정치판을 떠돌며 아버지의 의무를 소홀히 했던 나와 선생 노릇을 했던 너희 어머니에게도 너는 무엇과도 바꿀 수 없을 만큼 효자였다. 또한 누구보다 동생들을 사랑할 줄 아는 맏이이고, 네 처와 아이들을 네 방식대로 아끼고 있는 남편이고 아비다.

아범아, 다시 당부하건대 이제 그 일을 사고가 아니라 추억으로 여기거라. 다복한 가족 여행이 아니었더냐. 그것은 실수도 아니고, 사건도 아니고, 그저 그만 돌아가야 할 때가 되어 돌아온 우리 부부의 이별식이었을 뿐이다. 모두가 모인 자리에서 그렇게 돌아올 수 있었으니 한편으로 생각하면 나쁠 것이 하나도 없는 일이었다. 좀 일찍 헤어지게 되어 아쉬울 뿐. 하지만 아쉽다고만 할 것도 아닌 게 우리는 몸만 떠나왔을 뿐 이렇게 너희를 다 지켜보고 느끼지 않느냐. 다시 만날 때까지 너희가 천수를 누리기를 조상님께 간구하고 있으니 건강을 지키는 일에 소홀함이 없도록 해라.

아무것도 잘못한 일이 없다는 아버지의 말을 받아들여 이제 그만 속울음을 그치고 너를 편하게 하거라. 그것이 우리 부부에게 네가 해주는 최고의 선물이다. 너는 우리의 보람이고 기쁨이었으며 지금도, 우리가 다시 만날 미래에도 변하지 않을 귀한 진실이다.

늘 나보다 나은 어른으로 이끌고 싶어 한 번도 얼굴을 맞대고 칭찬할 줄 모르던 아버지이지만, 그만하면 너는 아버지보다도 훌륭하게 잘살았느니라. 네 나이 쉰이 되도록 책무를 다하며 열심히 살아온 너의 지난날을 아버지와 어머니가 마음을 다해 축하한다. 너의 아이들과 아내와 다정하게 눈을 맞추며 행복하게 살거라. 사랑하는 장한 아들아! ↓ ↓

쉰을 갓 넘긴 그는 그동안 열심히 일한 만큼 제대로 보상을
받지 못한 삶을 살아왔다고 생각했습니다. 그는 이따금 자신
이 잘못 살았다는 생각에 빠져들었지요. 저도 오랫동안 그를
지켜보면서 그가 무던한 사람이라는 것은 알고 있었지만 지
금의 세태와는 잘 어울리지 않는다고 여겼습니다. 정직하고
선한 그는 자영업을 할 때, 고객의 의뢰를 받으면 최상의 서
비스를 제공하고자 하는 의욕 때문에 계약금을 초과해 이익
을 남기지 못하는 일이 부지기수였습니다. 그 덕분에 일은 끊
이지 않았지만 옹색한 가정 살림을 꾸려야 했습니다.

그런 와중에 아버지의 생신을 맞아 형제들과 함께 가족 여
행을 떠난 길에 교통사고로 부모님을 모두 잃고 말았습니다.
양친 모두 유명을 달리하기에는 연세가 너무 젊으셨습니다.
게다가 그 사고로 제수씨까지 부상을 입었습니다. 아버지의
생신날에 그가 운전하던 차에서 일어난 사고였습니다.

집안의 장남으로 부모님과의 관계도, 형제들과의 우애도
좋았던 그는 이 사실을 받아들일 수가 없어 1년여를 집 안에
서 바위처럼 망연히 앉아 꼼짝도 하지 못했습니다. 그의 가정
도 험난한 풍랑을 맞은 듯 흔들렸습니다.

그런 그가 1년 만에 자리를 털고 일어설 수 있었던 것은 그
를 꾸준히 찾아주는 고객들 덕분이었습니다. 그의 가치를 알
아본 중기업이 그에게 입사를 요청해와서 그는 뒤늦은 나이

에 매달 고정적인 급여를 받는 직책도 가지게 됐습니다. 물론 그의 가정도 자연스럽게 안정기에 접어들었습니다. 하지만 지금도 그는 여전히 그날 사고를 당한 형제의 집에 무슨 일이 생기면 그가 그토록 열심히 하는 회사 일도 제쳐두고 달려갑니다. 아직도 완전히 치유되지 않은 가족에게 미안한 마음 때문입니다.

그에게 커다란 상처를 남긴 그 사건이 있은 지도 10여 년이 흘렀습니다. 그동안 그 일을 한 번도 입에 올리지 않았던 그는 어느 날 사고에도 공소시효가 있다면 이제야 그 공소시효 지점을 막 통과한 것 같다고 고백하듯 말했습니다. 재앙 같은 사건을 당한 후, 스스로도 외상후 스트레스로 괴로웠을 그는 자기가 운전한 자동차라는 이유만으로 극심한 죄책감에 시달려왔습니다. 더구나 일생을 함께해온 부모님의 부재를 동시에 겪어야 했기에 그는 엄청난 상실감까지 감당해야 했습니다. 이런 마음의 짐이 위험한 것은 여러 형태의 우울증을 일으키는 원인이 될 수 있기 때문입니다.

외상 후 스트레스뿐만 아니라 죄의식과 박탈감까지 그를 짓눌러 옴짝달싹 못하도록 덮쳐올 때도 있었지만, 그는 한 집안의 건실한 가장으로도, 한 회사의 성실한 직장인으로도 열심히 살아왔습니다. 그 지옥 같던 시간을 그는 그저 하루를 살아내는 '일상의 힘'으로 견뎠습니다. 무슨 일이 주어지든 그 일을 못 해내면 당장 죽을 것처럼 열심히 했습니다. 어디로든 도망치고 싶은 마음도 굴뚝같았지만, 그는 자신만 바라보는 아내와 아이들, 그리고 부모님 없이 남겨진 형제들을 두고서는 어디로도 갈 수 없었다고 말했습니다. 그가 묵묵히 강인하게 감내했던 그 일상이 바로 치유의 힘이 되어줬던 것입니다.

10여 년의 세월을 건너서 이제야 그는 그 일이 누구에게나 일어날 수 있었던 단순한 돌발 사고였다는 것을 받아들입니다. 그는 부모님이 생각날 때마다 가족들에게 더 잘하고 싶어진다고 말합니다. 여행길에서 양친의 상실을 경험해야 했던 형제들은 그 일로 형과 불화를 빚을 법한데도 여전히 사람 좋은 미소를 지으며 그의 집으로 모입니다.

예기치 않은 사고를 겪은 뒤에도 그들 형제가 우애를 이어갈 수 있었던 원동력은 그토록 그리워하는 양친에게 보고 배운 긍정의 품성 덕분이었습니다. 예컨대 어머니는 자식들이 무엇을 하고 싶다고 말했을 때 단 한 번도 하지 말라는 말씀을 하지 않으셨다고 합니다. 그것이 그가 형제들과 함께 시련의 풍랑을 헤치고 굳건히 자기 자리를 지키며 살아오게 해준 힘이었습니다.

시련과 마주쳤을 때 누군가는 정면으로 직시하고, 다른 누군가는 고개를 돌려 외면하며, 또 누군가는 등을 보인 채 도망칩니다. 이 글을 쓰노라니 다시금 그가 지닌 긍정과 무던함이 대단하게 여겨집니다. 그런 그의 모습을 지금 부모님이 보신다면 그동안 잘해왔다고 따뜻하게 그를 안아주고 싶으실 것입니다.

이제 노후를 설계해야 할 시기인 그에게 저는 취미를 가져 볼 것을 권유했습니다. 무엇이든 시작만 하면 최선을 다하는 그가 그 취미를 통해 벗을 만나고 또 다른 세상을 만나길 바랍니다. 그가 등에 지고 온 상실의 슬픔을 내려놓고 자신이 하고 싶은 일을 할 수 있어야 앞으로 다가올 제3막의 인생도 제대로 즐기며 살 수 있을 것입니다. 흘러가는 시간에 대한 회한을 더 이상 남기지 말고 그가 꿈꾸는 노후를 위한 준비를 할 수 있길 바랍니다.

중년이 눈 깜박할 사이에 사라지듯이 노년도 머지않았습니다. 그는 행복한 삶이란 건강한 육신을 바탕으로 자신이 하고 싶은 일을 하면서 살아가는 삶이라는 것을 잘 알고 있습니다. 그는 건강하게 살기 위해 열심히 산을 오릅니다. 부모님이 안 계신 그의 형제들, 그리고 그의 아내와 아이들 곁에서 오래 함께하기 위해 시간만 나면 땀을 흘리며 뜁니다. 또 일에서 재미를 찾은 그는 하루하루 회사 업무에 파묻혀 열정적으로 생활합니다. 오늘을 살아내는 것 이상의 최선은 없다고 생각하는 그의 유쾌한 노후를 기대합니다. 아내와 아이들과 지금까지 그래 온 것처럼 즐거운 가족 신화를 만들어나갈 그를 응원합니다.

다섯 걸음 다가가기

나이듦의 즐거움 · 노년기

"가족은 나의 대지이다. 나는 거기서
나의 정신적인 영양을 섭취하고 있다." | 펄 벅

노년기의 이행 과제 ┃ 자녀가 집을 떠나서 자립하는 시기

● 자녀의 결혼이나 독립으로 가족의 일상 리듬에 변화가 생긴다.

● 자녀의 독립을 지지하며 수용한다.

● 성장한 자녀, 부모가 성인으로서 새로 맺는 관계를 잘 이해한다.

● 따로 또 같이 활동하지만 부부 중심으로 재편한다.

● 건강과 특히 새로운 것에 대한 탐구심을 잃지 말고, 운동이나 지적인 취미 등
학습 활동을 놓지 않는다.

● 배우자, 형제, 친구에게 찾아오는 질병, 죽음을 긍정적으로 받아들이고 준비한
다. 한 사람의 개성화 과정, 생이 통합되는 시기다.

구 여사! 천 번을 불러 다시 찾은 신뢰

구 여사! 내가 일하는 한 평 조금 넘는 이 작업장은 낡았지만 하루 종일 돌아가는 에어컨 덕분에 시원하게 일하고 있소. 그런데 당신은 또 전기세를 아낀다고 선풍기도 켜지 않고 더위를 견디는 것이 아닌지 모르겠소.

아직 퇴근 시간이 되려면 멀었는데 벌써 내 주머니가 두둑한 것을 보니 오늘은 벌이가 괜찮구려. 아까부터 자꾸 시계를 보게 되는 것은 빨리 집으로 돌아가 오늘의 매상을 당신에게 건네주고 오늘 하루도 수고했다는 당신의 인사를 받고 싶어서인가 보오. 내가 따로 세어보지도 않은 채 주머니에서 꺼내주는 하루 매상을 받으면서 부피에 따라 달라지는 당신의 표정을 보는 게 나는 늘 재미있소. 그 매상으로 아이들 대학 공부도 다 시키고, 큰아이 결혼도 시키고, 우리가 밥을 굶지 않고 살 만하니 당신의 알뜰살뜰한 재주가 놀라울 뿐이오.

다섯 걸음 다가가기 : 나이듦의 즐거움

요즘 당신이 나를 보는 모습이 어찌나 편해 보이고 어여쁜지 박음질을 하다가도 실실 웃음이 나오. 정녕 내가 알던 구 여사가 맞소? 하마터면 그런 모습을 보지 못하고 화내는 모습만 기억한 채 당신과 헤어질 뻔했으니, 생각하면 참으로 큰일 날 뻔했소.

돌이켜보면 나는 늦게까지 내 안의 바람을 잠재우지 못해서 가족들에게 너무 많은 고생을 시켰소. 그것을 알기까지 또 많은 세월을 보내버렸고. 19년 전에 종교 활동에 빠져서 당신에게 한마디 말도 없이 전 재산을 은행에 저당 잡힌 채 혼자 먼 나라로 떠났다가 빈털터리로 돌아오던 날, 공항에는 아이들만 덩그마니 나를 기다리고 있었소.

다시는 나를 안 보겠다는 당신의 말을 전해 듣고도 찾아간, 세 식구가 기거하고 있는 지하 단칸방을 보고서야 그동안 내가 당신과 아이들에게 무슨 짓을 했는지 깨달았소. 그간의 내 행동으로 번듯한 집을 날려버리고 하루아침에 식구들을 그 지경으로 만들었으니, 당신이 나를 받아들이지 않겠다는 것은 당연한 일이었지. 그런 일이 한두 번이 아니었기에 당신의 마음고생이 이만저만 아니었다는 것을 당신이 강퍅하게 변해버린 모습에서 뼈저리게 깨달았다오.

그날 나는 다시는 나로 인해 가족을 고생시키지 않겠다고 굳은 결심을 했소. 그리고 그 결심을 한 평 남짓한 이 공간에서 18년 동안 지키게 되었구려. 그동안에도 가끔씩 내 안에 바람이 불지 않던 것은 아니나, 내 곁을 떠나지 못한 채 나를 믿고 있는 당신의 얼굴을 떠올리며 인내할 수 있었소. 그러면서 나는 이 공간에서 음악을 들으며 자유로이 여행하는 법을 배웠다오. 무엇으로도 바꿀 수 없는 행복한 시간이 되어버린 이 시간이 나는 마냥 편안하오. 그러니 나에게 이 공간은 한 평의 쪽방이 아니라 100평의 대지라오.

구 여사, 나에게 남은 소망이 있다면 우리가 더 늙어서 허리가 굽기 전에 한 번이라도 당신과 비행기를 타고 함께 여행하는 것이오. 그러니 돈 생각만 하지 말고 우리의 40년 해로 여행 한번 합시다.

조금 전에 문을 닫으려는데 머리가 하얗게 세신 아흔의 할머님이 성경 지퍼가 물려 고장이 났다며 가져오셨소. 자유롭지 못한 걸음이신데도 깨끗이 차려입으시고 일부러 나를 찾아 멀리서 오신 걸음이라 하시더니 나더러 몇 년 사이 늙었다고 하시는 게 아니겠소. 물린 지퍼는 간단히 고칠 수 있었기에 돈을 안 받겠다고 했는데도 할머님은 단골이 그러면 안 된다시면서 손바닥으로 다리미질하듯 지폐를 펴서 부득부득 2천 원을 내놓고 가셨소.

구 여사, 어때요? 내 나이에 이렇게 단골손님이 많은 사람, 아직도 현장에서 대접받는 사람 있으면 나와보라고 해요. 이만하면 아직 나도 멋진 남자 맞지요? 그래서 오늘 아침에도 당신이 이 멋진 남자에게 애교 만짐인 목소리로 나를 배웅하며 일찍 오라고 했던 것 맞지요?

우리가 이렇게 편안하고 서로에게 다정한 사람이 되기까지 30여 년이 넘는 세월이 필요했구려. 윤기 흐르던 검은 머리의 젊은 시절, 친구의 동생이던 당신을 처음 만나 한눈에 반해서 가정을 이루었을 때 나는 검은 머리가 파뿌리 되도록 당신과 행복하게 살겠다고 다짐했었소. 그 다짐대로 파뿌리가 되어가는 당신이 내 곁에 있어주어 나는 참 행복한 남자요.

아까 전화에서 말했던 대로 오늘 저녁 찬은 가지냉국, 풋고추를 듬뿍 썰어 넣은 된장찌개와 호박쌈인 것이오? 웬만하면 아들내미 올 때만 주는 조기도 한 마리 구워주지 않으려오?

내 사랑 구 여사, 밥상 차리며 나를 기다려주오. 앞으로도 당신을 평생 사랑할 멋진 남자, 내가 곧 집으로 가리다. ⋎ ⋎

불편한 새 구두나, 끈이 다 해어졌지만 특별한 기억 때문에 버릴 수 없는 가방을 맡기러 구두수선가게에 가면 주인아저씨는 늘 제가 즐겨 듣는 FM 93.1에 라디오 주파수를 맞춰놓고서 일을 하고 있었습니다. 구두 한 켤레의 수선비는 많아야 1만 원 남짓이지만, 아저씨는 차분한 말씨로 왜 그만큼의 비용이 발생하는지, 신발이 왜 불편한지, 어떻게 수선해야 하는지에 대해서 소상히 알려줍니다.

한 평 남짓한 수선가게에는 없는 것이 없습니다. 부품을 담은 크고 작은 투명 서랍 50여 개, 수많은 자물쇠와 열쇠 꾸러미, 이스라엘에서 온 열쇠 깎는 기계, 빼곡히 들어찬 신발창, 수선을 마치고 주인을 기다리는 신발……. 가게를 둘러보면 아저씨의 직업 변천사와 함께 얼마나 분주한지 짐작할 수 있게 됩니다.

늘 잘 다려진 남방셔츠를 입는 아저씨는 의사가 질병의 증상에 대해 이야기하는 것보다 더 세세하게 수선 맡긴 물건에 대해 설명해줍니다. 그런 모습을 10년이 넘게 봐온 저는 문득 아저씨가 궁금해졌습니다. 인터뷰를 하는 동안 이곳이 구두 닦는 곳인 줄 알고 어떤 분이 구두를 닦아달라면서 문을 열자 잠시 미소를 보이던 아저씨는 10분 후에 다시 오라고 말하며 구두를 건네받았습니다. 그러고는 이내 하던 일을 멈추고 구두를 윤나게 닦았습니다. 무슨 일이든 자신을 찾아온 일은 마다하지 않는 아저씨에게서 긍정 고객 마케팅의 철학이 엿보였습니다.

편지글을 통해 보듯이 아저씨의 가정에 곡절과 변화가 많았던 만큼 부부간에 이혼 위기도 있었습니다. 우리의 부모님 세대가 대부분 그러했듯이 가부장적인 아저씨의 일방적인 의사 결정으로 인해 가족이 곤란한 상황에 봉착했던 적이 한두 번이 아니었던 것입니다. 결정적인 위기는 아저씨가 아무 말도 없이 외국으로 나갔다가 돌아오셨을 때였습니다. 아주머니는 한때 가족이 버젓이 살던 집까지 날리고서야 돌아오신 아저씨와 합가를 하지 않겠다는 전갈을 전했지만, 아저씨는 무조건 아주머니가 살고 있는 집으로 달려갔습니다. 그때 아저씨는 돌아갈 곳이 없어서가 아니라 이제부터라도 아주머니와 아이들만을 위해 헌신하겠다고 굳게 결심했기 때문이었습니다.

아주머니는 그 후로도 아저씨에게 말문을 닫고 남인 듯 지냈습니다. 그런 아주머니에게 아저씨는 구두를 수선해서 올린 하루 매상을 주머니에 차곡차곡 넣었다가 세어보지도 않은 채 저녁에 퇴근하는 대로 고스란히 내줬습니다. 또한 가정의 중심인물로 매사에 주도적인 뜻을 굽히지 않았던 이전의 삶을 버리고 아주머니의 뜻을 이해하고 수용하려고 한결같이 노력하는 모습을 보였습니다. 그로부터 18년이 지난 지금, 얼어붙었던 아주머니의 마음이 봄눈 녹듯 녹아내렸습니다. 자녀들을 독립시킨 지금은 두 분이서 신혼 같은 밥상을 마주하고 있습니다.

상처받은 이에게 진심으로 용서를 구하는 것, 그것은 새로운 관계의 출발입니다. 말하지 않아도 내 마음이 미안하니 상대도 알고 있을 것이라 여기고 갈등 상황을 서둘러 봉합해버릴 수 있습니다. 그러나 다시 비슷한 상황에 처했을 때 상대는 상처받았던 이전의 일을 기억해내고 더 큰 상처를 받게 됩니다. 그러므로 그 일에 대해 마음을 담은 사과를 구한 후 같은 실수를 반복하지 않는 것이야말로 관계를 회복하는 지름길입니다. 또한 이 모든 것에는 상대의 마음을 진심으로 헤아리겠다는 진정성이 우선돼야 하고 내 방식대로가 아니라 상대가 바라는 방식으로 사과해야 합니다.

가파른 증가 추세를 보이고 있는 황혼 이혼은 오랫동안 갈등을 참아온 부부가 남은 삶을 평화롭게 보내고 싶어 하는 의지일지도 모릅니다. 갈등을 해결할 수 있는 의사소통의 비결은 상대를 불편하게 하지 않겠다는 진정성입니다. 그 진정성이 상대에게 전달돼야 비로소 두 사람의 관계가 정상화될 수 있으며 돈독한 친밀감을 형성하여 신뢰를 쌓을 수 있습니다. 모 탤런트는 부도가 나서 온 식구가 여관방에 살아야 하는 기간에도 어떻게 가족들을 즐겁게 해줄 것인가를 궁리했고, 아내는 남편의 노력과 진심을 잘 알기에 남편의 과실이 분명한데도 큰 갈등 없이 어려운 시절을 견뎌냈다고 합니다.

부부가 대립각을 세우는 이혼 상담을 하다 보면 처음에 틈이 생겼을 때 무심히 넘긴 경우가 대부분입니다. 그 틈을 대수룹지 않게 여기고 방치하는 동안 상대는 이혼까지 결심하기에 이릅니다. 그러나 누군가 먼저 이 세상을 떠나지 않는 한 이혼을 되돌리기에 완전히 늦은 시기란 없습니다. 다만 이전처럼 정상적인 부부 관계의 신뢰와 애정을 회복하려면 한결같은 태도로 진정성 어린 시간을 제물로 바쳐야 합니다.

상담 과정에서 배우자의 상처를 이해하기 위해 역할 바꾸기를 실시하는데, 상대의 마음을 이해하는 데 많은 도움이 됩니다. 이 과정은 세 번, 네 번, 다섯 번이라도 사과를 쉽게 포기하지 않도록 도와줍니다.

두 사람 사이에 자리 잡은 불신을 신뢰로 바꾸려면 적어도 300번 이상 배우자의 이름을 부르는 마음을 전해야 비로소 상대에게서 돌아섰던 마음이 움직입니다. 사과하는 데 익숙하지 않은 남성들은 자신이 이해를 구했다고 생각하는 그 순간부터 이해받았다는 착각을 하기 쉽습니다. 사과를 한 뒤에 상대가 어떻게 사과를 받아들이는지를 살피는 일은 사과를 하는 것보다 더 중요합니다. 상처를 받은 배우자가 원하는 방법으로 사과하지 않으면 아무리 사과를 했어도 그 진심이 전해지지 않으며 또다시 오해만 불러일으킬 수 있습니다.

심리학자 에릭 H. 에릭슨은 노년기의 발달과업을 자아 통합으로 보고, 노년기는 일생 동안 일어났던 일을 두려움 없이 받아들이며 죽음에 직면해서도 수용할 수 있는 능력을 갖추는 시기라고 말합니다. 자아 통합은 자기 인생을 수용하고 성공, 기쁨, 보람 등과 함께 실패, 갈등, 실망 등도 전체 삶 속에 통합하는 것이며, 이것이 원만히 이뤄져야 두려움 없이 죽음을 맞이할 수 있게 된다는 것입니다. 이 시기를 잘 받아들이기 위한 준비가 되어 있지 않다면, 절망과 회한 속에서 자기 인생을 불완전하고 충족되지 못한 삶으로 간주하게 되고, 앞으로 다가올 죽음도 긍정적으로 수용하기 어렵습니다.

스캇 펙은 노년기에 심리적으로 적응해야 할 과업으로 다음 세 가지를 제시했습니다.

첫째, 퇴직의 상황에 빨리 적응하고 새로운 활동에서 만족을 얻을 수 있도록 자신의 가치를 재평가합니다.

둘째, 노화로 인한 건강 상태와 외모의 변화에 순응하며 외모보다는 인간관계와 창조성을 일깨우는 작업에서 행복을 느끼도록 노력합니다.

셋째, 죽음을 긍정적으로 수용하고 어떻게 죽음을 잘 맞을지를 준비합니다.

구두수선가게 아저씨의 노년기는 스캇 펙의 말에 잘 부합합니다. 이 땅을 떠날 때까지 할 일이 있으며 평생을 함께 해로해온 배우자와 따뜻한 밥상을 마주할 수 있습니다. 아저씨가 무엇보다 노년기에 이뤄야 하는 자아 통합의 과정을 잘 이행할 수 있었던 것은, 무례한 손님과 불편한 관계를 견디면서 자기 일에 대한 천직의 소명을 지킬 수 있도록 해준 긍정의 미소 덕분이었습니다. 아저씨는 그 미소로 일터와 가정을 지켜왔습니다.

살다 보면 몇 번의 변곡점을 만나게 됩니다. 아저씨에게는 젊은 날의 방황으로 가족이 겪어야 했던 시련기가 바로 그 변곡점이었습니다. 아저씨는 긍정의 미소를 지으며 그 변곡점을 무사히 통과해 구두수선가게를 찾아오는 손님이 얼마나 귀한지, 자기 일이 얼마나 소중한지 깨달았습니다.

누구나 힘들고 어려운 일을 슬기롭게 견디게 해줄 힘을 가진 긍정의 미소를 지니고 있습니다. 거기에 자신을 온전히 담을 성소, 화나고 슬프고 때로 한없이 무기력해지는 자신을 온전히 내려놓고 담금질할 성소가 있다면 노년기를 평화롭고 여유 있게 누릴 수 있을 것입니다.

단골손님이 끊이지 않는 작업장이라기보다 아저씨만을 위해 마련된 성소처럼 느껴지는 한 평 남짓한 그 공간에는 오늘도 클래식 음악이 흐르고 있습니다.

오로지 견디고 버티면서
살아야 하는 줄 알았지요 | 빈둥지 증후군

 어제 버스터미널에서 어머니가
타신 차를 떠나보내고 돌아오는 내내 마음이 짠했어요. 이제 정말
어머니로부터 떠나와야 하는구나, 그리고 이제 내 곁에 함께한 아
내 명희를 더 많이 사랑해야겠구나 하는 생각이 들더군요. 어머니
도 그런 생각을 하시면서 집으로 돌아가셨을까요?

그래도 다행인 점은 그토록 안색이 나쁘던 어머니가 상담을 진
행하면서 예전처럼 활기를 되찾으셨다는 것입니다. 나중에 아버지
도 상담에 합류하셔서 어머니가 더 좋아지셨다는 이야기를 상담
선생님에게 전해 들었습니다.

상견례를 하고 나서 명희에게 어머니가 아버지와 함께 어떻게
살아오셨는지 들려주다가 울음을 터트렸던 기억이 납니다. 그때
명희는 어쩌면 그렇게까지 사실 수 있었냐고 물었습니다. 명희의
물음을 듣다 보니 저도 언젠가 어머니에게 똑같이 물어봤던 기억

다섯 걸음 다가가기 : 나이듦의 즐거움

이 나더군요. 그때 어머니가 저에게 말씀해주신 대로 명희에게 대답했습니다. 어머니는 그냥 그렇게 견디며 살아야 하는 줄 아셨다고, 자기가 있는 곳에서 오로지 버텨야 한다는 생각밖에 하지 못하셨다고요. 그리고 자식인 제가 성장하면서는 줄곧 저를 의지하셨다고, 제가 어머니의 기색을 살피면서 "괜찮으세요?"라고 걱정해줄 때마다 다시 살아갈 힘이 솟으셨다고요. 어머니는 아버지에게서는 한 번도 괜찮으냐는 말을 들어본 적이 없다고 하시면서 명희와는 하루에 한 번씩 서로가 괜찮은지 물어보며 살라고 하셨지요. 그 말씀, 꼭 명심하겠습니다.

중학교 1학년 때 학교를 끝내고 집으로 돌아가는 골목길을 걸어가는데 큰소리가 나서 쳐다보니 아버지가 술에 취해 갈지자로 걸으며 소리를 지르고 계셨어요. 동네 사람들이 아버지를 피해 저만치 돌아가고, 급기야 아버지는 길바닥에 주저앉아 신발을 벗어던진 채 누군가에게 고래고래 욕을 퍼부어댔어요. 저는 창피해서 슬슬 뒷걸음질로 도망치려 했는데 어머니가 혼자 다가와서 아버지를 부축해 집으로 데려가려고 애쓰시는 모습을 봤어요. 그런데도 저는 어머니를 돕기는커녕 그대로 도망쳐서 그날 밤 늦게야 집으로 돌아갔어요. 집에 들어가 봐야 아버지는 술이 깨도록 'ㄷ'자형의 우리 집에 세 들었던 다섯 가구의 사람들까지 못 견딜 정도로 주사를 부리실 게 뻔했으니까요. 지금 생각해도 지긋지긋하기만 했던 장면들.

아버지는 하시는 일 없이 20년 세월을 술로 허비하면서 아무에게나 욕하고 아무 데나 드러누워 구르고 토하고 잠들었습니다. 사람들이 제 뒤에서 그런 아버지의 별명을 부르며 수군거리는 소리를 여러 번 들어야 했습니다. 아버지의 별명은 '동네 개고기'였습니다. 저는 그런 사람의 자식이었지요. 그 별명이 죽기보다 듣기 싫었던 저는 그 별명을 안 듣고 살려면 열심히 공부하는 것밖에 다른 방법이 없다고 생각했습니다. 대학에 다니는 동안 공부만 들이판 덕분에 어머니가 원하시는 대로 저는 7급 공무원이 됐습니다.

그런 와중에 어머니는 또 오갈 데 없어진 사촌까지 거두어 고등학교를 끝마치게 해주셨어요. 그 아이가 총명하긴 했지만, 우리 식구끼리 살기도 어려울 만큼 빠듯한 살림이라 어머니가 문간방에 가게와 파트타임 청소 일까지 나서야 했는데 어떻게 선뜻 그런 결정을 내릴 수 있었는지 아무리 생각해도 어머니는 참 특별한 분입니다.

그런데 제가 대학을 졸업할 때쯤 교회에 열심히 다니시던 큰아버지가 아버지를 데리고 교회에 가셨습니다. 신기하게도 아버지는 우리에게 교회에 나가자고 말씀하셨지요. 아버지의 말씀을 곧 법으로 여기던 우리는 반신반의하면서 따라갔고, 그때부터 제가 마흔이 다 되어가는 지금까지 주일마다 가족이 교회에 다니고 있습니다. 그러던 어느 날 아버지가 거짓말처럼 술을 끊으셨어요. 그리고 제가 공무원 시험에 합격하면서 우리는 아버지의 주사를 추억으로 돌릴 수 있게 됐습니다. 지금 생각해도 신기한 일입니다. 제가 딱 한 번 아버지에게 어떻게 단번에 술을 끊을 수 있었느냐고 물었습니다. 아버지는 "네가 나랏일을 하는 큰사람이 됐는데 아비가 구경거리가 될 수는 없지 않으냐"라고 대답하셨지요.

영원히 술을 끊지 못하실 것 같던 아버지가 달라지시면서 어머니에게 잔소리를 하시는 일이 많아졌습니다. 이것 하지 마라, 저것 하지 마라는 아버지의 간섭에 어머니는 가끔 아버지가 술에 취해 있을 때가 더 좋았다고 우스개도 하셨습니다. 이젠 아버지도 돈벌이를 하셔서 먹고살 만해져 어머니는 저희 형제의 권유로 청소 일을 그만두셨습니다. 저는 이제 아버지의 주사를 두려워하는 일도, 커다란 걱정거리도 별달리 없어서 우리 가족이 평화로워졌다고 생각했습니다.

그런데 제 결혼 날짜가 다가올수록 어머니가 이상하시다는 것을 발견했어요. 어느 날 명희가 우리 집에 놀러 왔을 때 어머니는 과일을 깎다 말고 우셨습니다. 저희를 놔둔 채 방으로 들어가셔서는 명희가 돌아가겠다고 인사를 해도 끝내 나오시지 않았습니다. 그제야 요즘 어머니의 모습이 평소와 많이 다르다는 것을 깨달았습니다. 미소도 찾아보기 어려워졌고, 우리를 한 번씩 웃겨주던 유머도 사라졌습니다. 어머니는 자주 말씀을 잃고 침울해하셨습니다. 무표정한 얼굴로 베란다에 물끄러미 서 계신 모습도 여러 번 봤습니다. 너무나 걱정되어 명희가 예비 장모님이 상담을 받으셨던 상담소를 소개해준 것입니다.

어머니를 홀로 두고 떠나려니 자꾸 걱정이 앞섭니다. 평생 가족을 위해 헌신하신 어머니. 아버지가 앓고 계셨던 20년 동안 저희뿐만 아니라 아버지까지 다 돌보신 어머니. 고마운 어머니가 계시지 않았다면 지금의 우리 가족은 존재할 수 없었겠지요.

지난해에 처음으로 온 가족이 제주도에 갔을 때 저는 어머니가 그토록 여행을 좋아하시는 줄 처음 알았습니다. 어머니는 눈에 보이는 모든 것이 신기한 듯 어린아이처럼 하나하나 만져보시면서 즐거워하셨어요. 어쩌면 제 결혼이 늦어진 것도 그런 이유였을 거예요. 제 호봉이 올라갈수록 자꾸 늙어가는 어머니에게 좀더 좋은 것을 더 많이 해드리고 싶었거든요.

명희는 자꾸 저더러 너무 지극한 효자라고 말하지만, 어머니가 살아오신 세월을 잘 알고 있는 제가 어떻게 어머니를 생각하지 않을 수 있겠어요. 맛있는 것, 좋은 것을 보면 자꾸 어머니한테 가져다드리고 싶은데 제가 초등학교에 다닐 때는 먹을거리가 늘 부족해서 어머니는 김치를 잔뜩 넣은 수제비를 끓여주셨고, 그마저도 식구들이 다 먹도록 기다렸다가 국물만 드셨습니다. 날마다 우리집 골목 끝에 있는 쌀집으로 봉지쌀 반 되를 사려고 심부름을 가던 일을 어떻게 잊을 수 있겠습니까? 아버지가 아프시던 동안 어머니는 우리 집 문간방에 작은 구멍가게를 열어 코흘리개 아이들을 손님으로 맞았습니다. 생각해보면 어머니는 우리한테 소리를 지르신

적도, 힘들다고 푸념하신 적도 없었어요. 늘 부드러운 미소를 지으시면서 다정하게 말씀하셨지요.

동네 사람들은 모두 어머니처럼 무던한 사람은 세상에 없다고 하셨습니다. 그런 사람이 어떻게 아버지 같은 남편을 만나서 고생을 하느냐고 안타까워했지요. 친구들을 보니까 결혼하면 아무래도 부모님과 소원해지더군요. 그래서 제가 예전만큼 어머니에게 잘하지 못할지도 모른다고 말씀드리자 어머니는 너만 네 식구를 잘 건사하고 살면 그것으로 충분하다고 하셨습니다. 그렇게 말씀하시고서는 왜 아프신 건지요? 어서 건강해지셔서 미소 진 모습으로 제 결혼식장에서 하객들을 맞아주세요.

제가 없어도 부디 아버지와 함께 소일거리를 찾아서 다정하게 즐기시면 좋겠어요. 어머니 연세가 이제 예순다섯이시니 아직도 젊으십니다. "아버지도 너처럼 다정하면 얼마나 좋겠냐"라고 하셨던 어머니의 말씀도 언젠가 자리를 만들어 아버지에게 간곡히 전하려고요. 평생 무뚝뚝하게 살아왔는데 어떻게 하루아침에 성격을 바꾸느냐고 아버지가 역정을 내실지도 모르지만요.

어머니의 모든 것이 감사합니다. 이제 정말 자식들 걱정은 다 잊으시고 아버지와 재미있는 일만 하시면서 어머니만을 위해 사시면 좋겠습니다. 어머니, 사랑합니다.

그녀는 이제 막 결혼을 앞둔 아들의 권고로 상담을 신청했습니다. 오랫동안 알코올중독을 앓으며 폭력을 일삼았던 남편과의 사이에서 그녀의 희망은 오직 아들뿐이었습니다. 아들은 그녀의 기대대로 장성하여 공무원이 됐고, 그즈음 신기하게도 남편의 오랜 악습까지 종교로 치유됐습니다. 그렇게 주말이면 가족이 모두 교회에 나가며 행복해지는가 싶더니 딸들을 시집보내고 마지막으로 아들을 결혼시킬 차례가 됐을 때 그녀는 심각한 우울증을 앓기 시작했습니다. 가슴이 답답했고 밤이면 식은땀을 흘리며 잠들지 못했습니다. 저는 처음에 며느리 될 사람에게 그 증세를 전해 듣고는 정신과에서 약물 치료를 받는 것이 좋겠다고 권하고서 그 일을 잊었습니다. 얼마 후에 그녀의 아들이 다시 어머니의 상담을 요청해 왔지요. 그녀의 상담은 이렇게 시작됐습니다.

헌신적으로 가정을 지켜온 그녀는 전통적인 현모양처의 가치관을 지니고 있었습니다. 그 덕분에 역경의 세월은 용케 참으며 잘 견뎌왔지만, 이제야 겨우 살 만해지자 문득 병이 찾아든 것입니다. 제가 어릴 때 어르신들은 곧잘 '그 집이 이제 살 만해졌는데 지금껏 고생만 하던 부인이 덜컥 돌아갔다'고 말씀하시는 걸 들었던 기억이 있습니다. 그러나 어느 순간에 사람이 돌아가는 경우는 없습니다. 고생을 견디느라 잔뜩 긴장하며 버텼던 삶의 고삐를 늦추면서 더 이상 할 일이 없다고

느껴지는 순간 건강이 약해지며 생을 놓아버리게 되는 것이
지요.

그녀도 그 같은 '빈둥지 증후군'을 심하게 앓고 있었습니
다. 빈둥지 증후군이란 자녀를 돌보느라 최선을 다해 바쁘게
살아오다가 자녀의 결혼과 독립으로 여가가 갑자기 많아지
면서 생기는 일종의 우울증인데, 그 원인을 '대상 상실'이라
부르기도 합니다. 매사에 무력해지며 생기를 잃은 그녀는 남
편을 대신해 자신의 심정을 잘 헤아려주던 막내아들이 결혼
을 앞두자 증세가 더욱 심해졌습니다.

20년 동안 알코올중독을 앓았던 남편이 술을 끊어 생활환
경이 예전보다는 좋아진 것은 그녀에게도 기쁜 일이었습니
다. 그러나 여전히 원활한 소통이 이뤄지지 않는 남편을 대신
해 아들은 그녀의 연인 역할을 해줬습니다. 어머니의 고단함
을 지켜보며 안쓰러워했던 아들은 아버지를 대신해서 어머
니와 함께 영화관에서 데이트를 하거나 집안의 애경사에 참
석하고 당일 여행도 자주 했습니다. (임상 사례를 보면 남성의 상담 원
인 중 대리 배우자 역할의 비율이 상당히 높은 편입니다.) 그 때문에 그녀는
아들을 결혼시키는 것이 좋기도 하고 싫기도 한 양가감정을
가지고 있었습니다.

부부 중심의 가족 체계가 잡히지 않은 상태에서 자녀가 결
혼하면 가족들은 새로운 얼굴에 대한 기대감을 보이며 관심
이 고조됩니다. 그렇게 해서라도 그동안 소원했던 가족 관계
를 회복해보려는 기대 심리가 작용하는 것이지요. 이 광경을

지켜보면서 희생자 역할을 해온 어머니는 심한 소외감을 겪습니다. 새로운 가족이 구성되면 집안 전체에 활기를 주기도 하지만 그로 인해 부부 사이가 더 악화되는 경우도 있습니다. 오랫동안 가정에 공헌해온 아내나 남편을 소외시키고 사위나 며느리에게 관심과 사랑을 쏟기 때문입니다.

유난히 다정했던 아들이었기에 그녀의 대상 상실감이 더욱 컸다는 것을 인정해주자 그녀는 눈물지었습니다. 이때 부모는 새로운 세대의 탄생을 축하하고 격려하는 것은 물론 두 사람만의 부부 체계도 다시 세워야 하는 시기입니다. 역할이 달라진 점을 수용해야 하는 것입니다. 그녀는 새로운 가족의 편입과 함께 찾아올 생활의 변화, 즉 부모와 자녀 사이에 이전 체계와는 확연히 다른 체계가 새롭게 구성된다는 것을 이해했습니다. 키 높이가 같아진 부모와 자녀가 성인으로서 서로를 존중해야 하는 것입니다.

열 번의 상담을 통해 그녀는 아들 부부가 건강하게 자기 세대를 꾸리려면 자신과의 분리가 필요하다는 것을 인정했고, 그것을 기쁨으로 받아들였습니다. 그녀의 남편도 상담에 참여해서 새 가족을 어떻게 대해야 하는지 나누는 작업을 했습니다. 어떤 상황에서도 부부의 의견을 일치시키고 서로를 우선적으로 배려해야 건강한 가정이 유지된다는 것도 나눴습니다. 지금은 신혼기처럼 서로에게 밀착하되 두 사람만의 삶이 아니라 자녀들이 새롭게 만든 세대에게도 개방된 상태이므로 더욱 일관성이 필요했습니다. 부부는 자녀나 타인 앞에서 언제 서로의 편이 되어줘야 하는지, 언제 장성한 자녀 앞에서 일관성을 지키고 싶은지를 이야기했습니다.

친밀하고 일관성 있는 노부부는 자녀들에게 어른의 품위를 지킬 수 있을 것입니다. 또한 자녀들 역시 불편하거나 서운한 점이 있을 때 가르치거나 대들듯 하지 말고 사랑받고 싶다는 요청을 할 때 어른은 더 어른다워집니다. 상담실에서 만난 노부부는 생애 처음으로 서로가 무엇을 싫어하고 좋아하는지를 관찰하며 쑥스러워하기도 유쾌해하기도 했습니다. 어떤 부부라도 임상을 통해 신혼을 다시 맞을 수 있다는 것, 누구나 할 수 있는 일입니다.

이제 그녀는 아들에게서 이상화된 남성상을 찾지 않고 진작 그랬어야 할 남편에게 온전히 기댈 수 있게 됐습니다. 그녀는 아들이 원가족과 잘 분리할 수 있도록 기꺼이 도울 것입니다. 원가족과의 개별화는 자녀뿐만 아니라 자녀의 발달단계에 따라 부모에게도 반드시 필요합니다. 그 과정에서 자녀의 가족이 요청할 때 연장자의 지혜와 경험을 자연스럽게 나누는 분위기가 조성된다면 앞으로 태어날 손자들과 함께 이상적인 가족을 꾸릴 수 있습니다. 부부는 평생 서로를 탐구하며 함께해야 합니다. 그 탐구 과정에 따라 행복해질 수 있다는 것은 참으로 흥미로운 파트너십이 아닐 수 없습니다. 행복한 삶은 나를 불편하게 하는 것이 무엇인가를 골똘히 바라보고 해결하려 노력하는 것에서 시작됩니다.

어리석은 자의 노년은 겨울이지만
현자의 노년은 황금기다

아버지, 새벽에 아버지 차를 닦았어요. 일찍 일어나시는 아버지보다 먼저 도착하려고 아예 잠을 안 잤습니다. 어제 본가에 들렀다가 골목에 주차해둔 아버지 차를 보니 세차를 안 하신 듯 보이더군요. 어머니에게 아버지 차가 깨끗하지 않은 날도 있느냐고 물었더니 아버지가 요즘 무리를 하셔서 제때 세차도 안 하신다고 하셨어요. 팔순이 되기 전에 어머니와 세계 여행을 하실 계획을 앞당기고 싶으신 마음에 아침 일찍 일을 나가셔서 새벽까지 있으신다고요. 아버지가 칠순을 넘기신 지 3년이나 지났는데 아직도 아버지에게 일부 의지하고 있는 저는 그 말씀을 듣고 집으로 돌아와 밤새 잠자리가 편치 않았습니다.

제가 뜻하지 않게 박사 과정까지 공부하기로 결정하고 의논을 드렸을 때도 아버지는 잘 생각했다며 기뻐해주셨어요. 제가 학위를 따고 모교의 시간강사 자리를 겨우 얻은 처지에 결혼을 하게 됐을 때도 아버지는 생각보다 큰 전셋집을 학교 가까이에 선뜻 얻어 주시며, 조그만 집이라도 사줘야 했는데 그렇게 하지 못해 미안하다고 말씀하셨습니다. 이러저러한 모양새로 저는 우리 집 형편이 아주 상류층은 아니지만 꽤 규모가 있는 살림살이라고 짐작하며 지냈습니다. 한 번도 돈이 아쉬워 제가 원하는 것을 못 해본 경험이 없을 만큼 남부럽지 않게 자란 까닭이었지요. 아버지가 말단 공무원 생활을 정년 퇴임하실 때까지 생활비를 도움 받는 것도 자연스럽게 여겼습니다. 우리 형편에 과분하다 싶은 댁으로 동생을 결혼시키게 됐을 때도 아버지는 혼수가 부족하지 않도록 장만하라고 어머니에게 누차 당부하셨지요. 덕분에 동생은 혼수 잘해 왔다는 소리를 시댁에서 들을 수 있었습니다.

아버지가 퇴임하시고 몇 달 후에 갑자기 쓰러지시지 않았다면 저는 지금까지도 집안 형편을 잘 몰랐을 것입니다. 아버지가 암 2기라는 것을 알았을 때 가족들은 너무 많이 놀랐습니다. 하지만 그것보다 어머니를 통해 들은 집안 재정 상태는 더 놀라웠습니다. 모아두었던 저축은 물론 퇴직금을 담보로 대출받아 집안에 큰일이 있을 때마다 충당했기 때문에 아버지의 통장 잔고는 바닥이었던 것이지요. 그 상황에 이르러서야 서른이 훨씬 넘은 장남인 제가 어떻게 살아왔는지를 되돌아보게 됐습니다. 자식들에게 돈 걱정을 시키지 않으려고 한 번도 집안 형편에 대해 말씀하시지 않았던, 최선을 다해 저희 남매를 뒷바라지하느라 종잇장같이 얇아지신 아버지. 하지만 염려와 달리 아버지는 한 번의 결근 없이 45년간의 공직 생활을 해내신 투지로 병을 이겨내셨습니다. 그리고 퇴직하신 지 3년 만인 예순여덟에 다시 택시 운전을 시작하셨습니다.

저를 불러 술잔을 권하며 하시던 아버지의 말씀을 저는 지금도 어제 일처럼 기억하고 있습니다. "우리 교수님, 아비가 망신 주는 것은 아니지? 교수님만 괜찮다면 다시 택시 기사로 직업을 바꿔보련다. 이렇게 집에만 있으니 더 많이 아프고 내 존재감이 없어 허망하구나."

아버지의 말씀을 듣는 그 순간, 제 안에서 뜨거운 것이 복받쳐 올랐습니다. 아버지는 일제강점기에 태어나 독립을 맞고, 전쟁을 겪고, 모든 것이 부족한 시기여서 제대로 누리지 못하신 채 평생을 일만 하셨습니다. 노년기에 접어든 아버지가 다시 예순여덟의 연세에 새로운 일을 시작하신다 하니, 아버지는 저보고 울지 말라 하셨지만 제가 어찌 마음이 아프지 않을 수 있었겠습니까.

아버지가 핸들을 잡으신 지도 어느덧 8년이 지났네요. 그동안 아버지는 개인택시 면허를 받으시고 쉬는 날에는 복지관에 나가 노인 분들을 위한 급식 지원봉사도 하십니다. 아버지가 굳이 교수님이라 부르는 공부 많이 한 아들은 보통학교를 간신히 졸업하신 아버지 앞에서 부끄럽기만 합니다. 가족들이 모여 식사를 할 때면 아버지는 당신이 얼마나 교통법규를 준수하고 손님들에게 친절했는지를 자랑하십니다. 제가 봐도 아버지는 서비스 정신이 으뜸인 운전기사가 맞습니다.

　잠을 설치다 일어난 저는 새벽에 차를 닦고 또 닦으며 마음이 밝아졌습니다. 내년에 전임이 될 희망에 부풀었는데 그마저 전임제가 없어진다고 하니 다시 기운이 빠지기는 하지만, 시간강사 6년에 이제 이골이 났습니다. 지난번에 뽑아주신 차 할부금도 다 못 갚았는데 어디든 불러만 주면 달려가야지요. 한때는 교수도 아닌데 교수라 불리는 것이, 겉치레를 하는 데 그 알량한 강사비를 써야 하는 것이 싫어 그만둘까도 했지만 이젠 제법 강의 시간도 늘어났습니다. 또 강사 채용도 개선된다고 하니 기다려보려고요.

　아버지, 일 좀 줄이시고 건강도 챙기세요. 생각해보면 저의 희망은 행동으로 가르쳐주신 아버지였습니다. 너무 늦기 전에 그것을 알게 되어 기쁩니다. 교수가 되기 위해 연구 논문도 발표하고 더 잘 가르치려 노력하겠습니다. 꼭 제자를 사랑하는 교수, 아버지가 세계 여행을 하실 때 조금이라도 힘을 보태드리는 아들이 되겠습니다. 그러려면 오래오래 건강하게 제 곁을 지켜주셔야 합니다.

　아버지 택시는 오늘 새벽에 반들반들 윤이 나게 제가 닦았습니다. 아버지, 유쾌한 택시 기사인 나의 아버지, 사랑하고 존경합니다. 아버지가 가르쳐주신 그 많은 것들을 3분의 1이라도 제 아이에게, 제자들에게 가르치도록 애쓰겠습니다.

그날 외부에 있던 저는 함께성장연구원으로 누군가가 방문한다는 기별을 갑작스레 받고서 급하게 택시를 타야 했습니다. 시간이 임박한 상황이었는데도 택시가 잡히지 않아 저는 길 위에 오래 서 있었지요. 저는 조급증을 내면 뭐하겠느냐는 생각에 평소대로 귀에 이어폰을 꽂고 아그네스 발차의 노래를 듣고 있는데 거짓말처럼 택시가 제 앞에 섰습니다. 놀라웠던 것은 반백의 머리를 한 기사님이 택시에서 내려 뒷좌석의 문을 열어준 것입니다.

모범택시도 아니고, 호텔이나 기타 특별한 곳이 아닌 도로에서 제가 받아본 서비스 중 최상의 서비스였습니다. 저는 여행에서 돌아올 때 커다란 배낭을 끙끙대고 혼자 뒷좌석에 내려놓으며, 운전석에 앉은 채로 손님을 맞는 택시 서비스의 질에 대해 속앓이를 한 경험이 많았습니다. 그래서 손님을 대접해주는 노기사님에게 부쩍 호기심이 생겼습니다.

택시를 타는 손님에게 작은 감동을 안겨주며 서비스 정신을 다시 생각하게 해주는 당신은 누구신가 묻고 싶어졌습니다. 목적지에 도착하기까지 빠르게 진행된 인터뷰는 어떤 명사의 인터뷰보다 흥미로웠습니다.

그 인터뷰는 이 땅의 자식들이 지금 힘들게 느끼고 있는 삶의 무게와 아버지 세대가 짊어온 인생의 무게를 자꾸 저울질하게 했습니다. 1930년대에 태어난 그는 해방 전후와 전쟁

통에 극심한 가난을 겪으며 성장하다가 간신히 직장을 잡아서 살 만해지자 자녀를 박사가 되기까지 뒷바라지하고 결혼한 자식이 잘살 수 있도록 집을 장만해주고 생활비까지 도와주며 살아온 아버지였습니다. 그의 이야기는 자식들에게 최선을 다하느라 가벼운 몸피만 남은 모든 아버지들의 이야기였지요. 평생 말단 공무원으로 지내다가 정년 퇴임을 하고 예순여덟 살에 택시 기사라는 새로운 직업에 용기 있게 뛰어든 그의 마지막 말은 너무나 인상적이었습니다.

"일제시대에 태어나 소학교를 다니다가 해방을 맞고, 먹을거리가 없어 곤궁한 가운데도 배워야 산다고 해서 간신히 보통학교를 마쳤어요. 어렵게 공무원이 되어 45년간이나 근무했지요. 그러는 동안 나는 이 나라에서 모든 경우의 지도자를 다 본 것 같아요. 대통령이 하야하고, 오랫동안 통치하고, 암살당하고, 쿠데타도 있었고, 스스로 죽기까지 하고……. 요즘에는 내가 너무 오래 살았나 싶은 생각이 들 정도로 맥이 빠져요. 나 같은 사람은 그 시대가 하라는 대로 하면서 살아왔고, 또 그럴 수밖에 없었어요. 우리 국민들은 부초처럼 강하기도 하지만, 한편 생각해보면 불쌍하기도 해요. 한 나라에서 태어나 평생 한 번 겪을까 말까 한 일들을 다 겪어왔으니. 지금 내 심정이 딱 그러니까. 그래도 '살아 있는 한 최대한 즐겁게 생활하면서 죽을 때까지 현역으로 일하자'가 내 철학입니다. 작은 서비스에도 손님들은 참 즐거워하고, 그 모습을 보면서 나까지 즐거워지니까. 몸이 건강하면 앞으로 몇 년이라도 더 일해서 손녀한테 과자 값이나마 주렵니다. 우리 아들이 교수가 될 때까지는 일을 놓지 못하지요. 이 일이 유일한 낙이에요. 길에서 보퉁이를 들고 있는 노인을 보면 그냥 지나쳐지지도 않고……, 그것도 내가 해야 할 일이지요. 인터뷰를 해주셨으니 택시비 좀 할인해드리고 싶네."

그는 역사의 굴곡 그 틈바구니에서 자신의 수레를 열심히 끌어온, 그러나 유쾌함이 얼마나 삶의 커다란 원동력이 되는지를 알고 있는 노년이었습니다. 그는 관용과 베풂, 재학습, 자원봉사를 통한 나눔 같은 노년의 귀한 덕목들을 실천하고 있었지요. 저는 이 땅의 진정한 어버이와 만나서 인터뷰했다는 것을 깨달았습니다. 제가 만난 노년의 삶 중 가장 훌륭한 모델로 거리를 유쾌하게 달리는 택시 운전사, 그를 보고 있는 내내 "어리석은 자의 노년은 겨울이지만 현자(賢者)의 노년은 황금기다"라는 탈무드의 명언이 떠올랐습니다.

어머니도 아름다운 여인이십니다
| 노년기의 재혼

어제 그분과 함께 계신 어머니의 모습이 생각보다 보기 좋으시더군요. 하지만 저는 아직 그분을 아버지라고 부르기 어렵습니다. 어머니한테 남자 친구가 생겼다는 소식을 누나에게 처음 들었을 때 저는 어쩐지 어머니에게 버림받은 듯한 느낌이 들었어요. 그 소식을 들은 후에 아버지를 모신 산소에 찾아가서 한참 머물다 오기도 했지요. 두 분의 사이가 참 좋으셨기에 더욱 그럴 거라고, 저희 3남매가 함께 식사하는 자리에서 누이들이 말하더군요.

3남매가 모여서 회의하고 자식의 입장을 정리하여 어머니의 재혼을 반대한다고 말씀드렸을 때 어머니는 놀랍게도 우시며 이렇게 말씀하셨지요. "평생에 한 번 내가 원하는 것을 말했는데 너희는 그것조차 못 하게 하는구나. 나는 너희가 하고 싶다는 일은 어떻게든 하게 해주며 살았는데."

아버지도 안 계시니 손자들이나 봐주면서 지금처럼 살면 되지 뭐가 부족해서 그 연세에 새로 남편을 맞으려 하는지 어머니를 이해할 수 없어 한동안 저는 한밤중에도 잠에서 깨어 뒤척이곤 했어요. 어머니가 부족하게 느끼시지 않도록 보살펴드리려고 애써왔는데 섭섭하더군요. 또 우리 남매들은 그분에게 어떤 호칭을 써야 할지 생각할수록 불편하고 싫었습니다.

상담을 하기 전까지만 해도 어머니의 상견례 자리에 나가지 않을 생각이었어요. 뭔가 마구 뒤섞여 복잡해진 기분에 휩싸였고, 앞으로 이따금 부딪칠 새 가족들과 자연스럽게 잘 지낼 수 있을지도 자신이 없었습니다. 그렇다고 그분 곁에 계시길 원하는 어머니에게 불효자가 되고 싶지도 않아서 괴로웠습니다.

그런데 그 일로 힘들어하는 저에게 아내가 상담을 권했습니다. 그리고 상담을 하면서야 비로소 어머니의 인생이 바로 보이기 시작했어요. 어머니는 칠순이 넘은 지금까지도 일평생 고된 일을 놓지 못하셨습니다. 아버지가 경제적으로 풍족하게 살도록 해주지는 못했어도 어머니가 불행하시다는 생각은 하지 못했어요. 그랬는데 어린 시절부터 지금까지 저의 지난 기억들을 퍼즐처럼 맞춰보니 늘 농동거리며 사셨던 어머니의 인생이 떠오르더군요. 새벽같이 일어나셔서 밥통에 밥을 한가득 지어놓고 반찬까지 두어 가지 만들어두시고는 종종거리며 출근하시는 어머니의 모습. 어머니는 늘 피곤하셨지만 단지 피곤하다는 말씀만 하시지 않은 것뿐이라는 걸

다섯 걸음 다가가기 : 나이듦의 즐거움

깨달았습니다.

아버지는 연세가 드시면서 어머니에게 점점 의존하셨지요. 그 덕분에 두 분이 함께하시는 시간도 더욱 늘어났어요. 저는 그게 어머니한테도 좋은 일인 줄 알았습니다. 아버지에게 별다른 취미가 없어서 두 분은 주말에도 세끼 식사를 모두 손수 차려 먹고, 텔레비전을 보거나 가끔 강아지를 데리고 산책을 나가는 일이 고작이었습니다. 그게 어머니를 불편하게 했다는 생각은 미처 하지 못했습니다. 저희 눈에는 그런 장면이 부모님의 당연한 삶처럼 여겨졌으니까요. 어머니의 말씀대로 그런 당신이 한평생 자신을 위해 뭔가 하신 것은 아버지가 돌아가신 후 노래교실에 나가셔서 지금의 그분을 만나신 것뿐입니다.

어머니, 상담사는 어머니가 여전히 여성이라고 말했습니다. 하지만 외모만 늙으셨을 뿐 마음까지 늙으신 것은 아니라는 그 말을 받아들이기가 쉽지 않았어요. 그런데 며칠 앓아누워 더 쇠약해진 어머니의 모습을 보면서 제가 아무리 잘해도 아버지의 자리를 대신할 수는 없겠다는 생각이 들더군요. 저는 겨우 이틀에 한 번씩 회사에서 퇴근하고 잠시 들렀을 뿐이고, 누나들도 아내도 이런저런 일들로 바쁘다 보니 마음처럼 시간을 내기가 쉽지 않더라고요. 그 빈자리를 그분이 채워주시면서 극진히 어머니를 간병하셨다는 이야기를 전해 들었습니다. 그제야 제 마음이 조금씩 움직였고, 어머니를 각별하게 챙기셨으니 아버지도 그러라고 하실 것 같았습니다.

상견례 날, 곱게 차려입은 어머니가 그분 옆에 앉으시는 모습을 보면서야 어머니도 다른 사람에게 고와 보이는 여성이었음이 새삼스럽게 다가왔습니다. 두 분이 함께 여행을 떠나시는 공항에 어머니를 모셔다 드리기 싫어서 자형에게 부탁했다가 제가 손수 운전한 것은 그동안 어머니에 대해 너무 몰랐다는 생각이 뒤늦게 들었기 때문입니다.

어머니의 인생인데 제가 무례하게 재혼을 반대해서 죄송합니다. 어머니를 한 사람의 여성으로 생각조차 해본 적이 없고, 어머니가 여성으로서 어떻게 살고 싶어 하는지도 관심을 가지지 않았습니다. 그저 언제든 찾아가면 저희를 반갑게 맞아들여 한밤중에도 따뜻한 밥상을 차려주는 어머니셨을 뿐이지요.

어머니, 이제라도 그분과 많이 웃으시면 좋겠어요. 그러고 보니 어머니가 그토록 활짝 웃으시는 모습을 참 오랜만에 봤습니다. 저도 새 가족과 잘 지내도록 노력하겠습니다. 어머니가 누구와 같이 계신다 한들 제 어머니라는 건 잊지 않을게요. 아까 말씀드리지 못했지만 결혼을 진심으로 축하합니다. 남은 생애 내내 행복하시기만을 기도합니다. 진심이에요, 어머니. ✲ ✲

그는 아버지와 사별하고 5년 동안 홀로 지내시다 재혼을 선언한 어머니와 1년여 간이나 불편한 관계를 지속하다가 견디다 못해 상담소를 찾았습니다. 사별이나 이혼으로 독거노인은 늘어가는데 정작 노인의 재혼은 쉽지 않습니다. 대개 경제 사정이 여의치 않은 이유도 있지만 경제 사정이 좋아도 그 상황은 다르지 않습니다. 그중에서 특히 아들이 어머니의 재혼을 반대하는 사례가 많습니다. 아버지와 자신을 동일시하면서 낯선 남성이 아버지의 자리를 대신하는 어머니의 재혼에 거부감을 표현하는 것입니다.

우리는 노인에 대한 이상, 특히 여성 노인에 대한 이상을 가지고 있습니다. 평생 자식을 위해 따뜻한 밥상을 차려주고 손자들을 애지중지 돌보는 어머니로만 바라보려 합니다. 왜 여성 노인은 재혼을 생각하지 말고 밥상이나 차리면서 자식의 아이까지 돌봐줘야 할까요? 노인은 말 그대로 나이가 많이 든 사람일 뿐 인간의 욕구는 그대로 지니고 있습니다.

노인의 재혼이 좌절되는 이유 중에는 경제적인 문제도 걸려 있습니다. 혼자 남은 부모의 재혼은 대개 유산을 물려받지 못할까 봐 걱정하는 자녀의 이기심이 걸림돌로 작용합니다. 상담 사례 중에는 자녀가 부모의 재혼을 허락하면서 재혼은 하되 각자의 재산을 서로에게 상속하지 않는다는 각서를 쓰게 한 후 그것을 공증받은 경우도 있습니다.

또한 자녀들은 이미 고인이 되신 아버지에 대해 긍정적인 기억을 가지려고 노력하기 때문에 새로운 가족 체계에 아주 민감하게 반응하거나 아예 무반응으로 일관하기도 합니다. 여기서 우리가 생각해봐야 할 것은 재혼의 당사자인 어머니 역시 재혼에 관한 심리적 두려움을 가지고 있다는 것입니다. 그러니 지금껏 부모의 역할에 헌신해온 어머니가 다시 여성으로 행복하게 살아갈 수 있도록 어머니에 대한 인식을 변화시켜야 합니다.

노년기의 재혼을 긍정적으로 수용하지 않는 환경에서는 노인이 재혼으로 새로운 삶을 시작하기까지 자신의 죄책감뿐만 아니라 재구성 가족의 갈등, 서로 상충되는 요구, 과거에 해결되지 않은 슬픔 등 여러 문제에 노출될 수 있습니다. 자녀들은 어머니의 관계가 새 배우자의 자녀들로 확장되는 과정에서 파생되는 불안이나 두려움을 이해하고 긍정적으로 수용해야 합니다. 또한 어머니도 새 배우자의 자녀들을 포함한 새 가족과의 관계를 확장하느라 이전 가족이 상실하게 된 것이 있다면 그것을 회복하려고 노력해야 합니다. 이런 점들에 대해 서로 배려한다면 홀로 남은 부모도 노년을 활기차게 보낼 수 있을 것입니다.

그는 3남매가 모두 장성하여 출가한지라 같은 공간에서 만나는 기회도 그만큼 적어져 큰 갈등은 없을 것이라고 생각하지만, 새로운 관계를 맺으면서 신뢰를 쌓기까지는 많은 시간이 필요합니다. 바람직한 결합의 행복한 가족이 탄생하려면 처음부터 무조건적인 긍정의 시선으로 서로를 신뢰하려는 노력이 필요합니다.

상담은 내담자가 기존에 굳게 믿고 있었던 핵심 가치를 바꿔주는 일입니다. 늦게나마 상담을 통해 어머니의 지난 삶을 이해한 아들이 어머니의 재혼을 축하하고 격려할 수 있어서 모두에게 좋은 시간이었습니다. 배우자를 잃으면 그와 함께 살아온 시간을 전부 잃는 것과 같은 슬픔을 경험하게 됩니다. 홀로 남은 노인이 스스로 원하는 삶을 살아갈 수 있도록 최선을 다해 돕는 것이 무한 사랑을 받았던 자녀들의 도리입니다.

가족과의 추억이야말로 인생 최고의 적금

 어머니, 아니 저는 서른이 넘은
지금도 엄마라고 부르는 것이 더 좋으니 엄마라고 부르겠습니다.
엄마, 오늘 밥상에는 청국장이 올라와 있네요. 요즘 야근이 계속되
어 입맛이 없다면서 제가 아침에 청국장이 먹고 싶다고 했던 말을
기억하셨군요. 밥 한 그릇을 뚝딱했습니다. 엄마가 끓이시는 청국
장은 늘 한결같은 맛이에요. 돼지고기, 김치, 청양고추를 넣고 되직
하게 끓여 칼칼하면서도 콩이 구수하게 씹히는 맛. 지난번에 사다
드린 청국장 기계가 별로 좋지 않다면서 손수 뜨신 맛이니 그 맛이
어련하겠어요. 엄마는 오늘도 저녁 밥상을 세 번이나 차리셨겠군
요. 그걸 알고 있기에 늦게 귀가하는 날이면 밥을 안 먹었다고 말
하기가 죄송해지곤 해요. 내일은 일요일이니 느지막이 일어나서
자장면을 시켜 먹으면 어떨까요?

아까 골목 어귀에서 가겟집 아저씨를 만났어요. 그분도 이제 머

다섯 걸음 다가가기 : 나이듦의 즐거움

리가 하얗게 세시고 할아버지가 다 되셨더군요. 아버지가 도통 바깥출입을 안 하신다며 안부를 물으셨어요. 아저씨와 헤어져 걸으면서 사람들은 생각보다 남의 일을 빨리 잊는다는 생각이 들었어요. 그런데 생각해보니 그 일이 있은 지 벌써 10여 년이 넘었네요. 그 10년은 제가 동네 사람을 만나도 피해 가거나 돌아가지 않아도 될 만큼 긴 시간인 것은 분명한데, 또 한편으로는 참 빨리도 흘렀다는 생각이 듭니다. 그때의 일은 바로 어제처럼 아직도 생생하게 기억에 남아 있는데 말이에요.

바람이 제법 선선하게 불어와 여름 더위를 식히던 초가을의 어느 날 저녁이었어요. 공익 근무를 마치고, 현관문을 열고 들어섰을 때 제 눈에 보였던 그 광경. 집 안의 모든 물건, 하다못해 엄마가 아끼시던 작은 소품이며 그림에까지 빨간딱지가 붙어 있었습니다. 게다가 거실에는 빚쟁이들, 평소 우리 집에 와서 하릴없이 엄마의 기분을 살피다가 당신 집으로 돌아갈 때는 엄마가 나눠주시는 물건을 챙겨 가던, 집안일을 도맡아 해주던 순이 아주머니까지 서슬퍼런 기세로 앉아 있었습니다. 제가 더 놀랐던 것은 엄마의 모습이었습니다.

엄마는 큰 죄라도 지은 사람처럼 연신 머리를 조아리며 사정을 하셨어요. 지금도 그 장면을 떠올리면 눈물이 솟구치려고 합니다. 저는 너무나 황당해서 낯선 집에 잘못 들어온 것 같았습니다. 늘 당당하게 열심히 사시던 모습에 익숙했던 우리 3남매는 그런 엄마의 모습을 어떻게 받아들여야 할지 몰랐습니다. 무엇이든 부족함 없이 우리를 뒷바라지하시던 엄마가 무릎을 꿇다시피 남들에게 사정하는 모습을 보는 것은 큰 충격이었어요.

그날부터 우리 집은 전쟁터였습니다. 구의원이시던 아빠는 얼굴을 들고 길을 나설 수가 없다며 자주 엄마와 고성을 주고받으셨고, 저는 그 소리가 듣기 싫어 방에서 이불을 둘러쓰고 귀를 막아야 했습니다.

곧 추운 겨울날, 우리는 엄마가 관리하시던 몇 채의 집을 비롯해 살고 있던 집까지 고스란히 남에게 넘겨주고 단칸방으로 이사를 해야만 했습니다. 그 작은 방에서 다섯 식구가 부대끼며 잠들 때 저는 동네를 떠나고 싶다는 한 가지 생각밖에 없었어요. 왜 그렇게 동네 사람들 보기가 부끄럽고 싫은지 매일매일 울면서 지냈습니다.

그때 공익근무요원의 월급이 10만 원이었는데, 엄마에게 월급을 다 가져다드렸습니다. 버스비를 아끼려 걸어 다녔고 돈에 원수진 사람처럼 하루에 1천 원 이상은 지출하지 않으면서 지냈습니다. 그러던 어느 일요일, 아침 겸 점심을 먹을 시간이었는데 엄마가 라면을 끓여주셨습니다. 그때 바로 옆집에서 자장면 냄새가 풍겨 왔습니다. 일요일 아침이면 으레 온 가족이 둘러앉아 아무 생각 없이 먹었던 음식.

그때 그 자장면 한 그릇이 어찌나 먹고 싶던지, 엄마가 혹시 알세라 눈물을 삼키며 뜨거운 라면을 급하게 먹었던 기억이 아직도 화

다섯 걸음 다가가기 : 나이듦의 즐거움

상처럼 남아 있습니다. 제가 그런 마음이었는데 그 모든 일을 감당하셔야 했던 엄마의 마음은 어떠셨을까요. 10여 년이 지난 지금에야 엄마의 그 참담하셨을 마음이 보입니다. 그때는 왜 우리 집이 하루아침에 이렇게 됐나 하는 원망의 마음만 커서 엄마의 눈물이 보이지 않았어요.

잘못했습니다. 돌아보니 엄마에게 잘못을 너무 많이 했어요. 그때 그 모든 일의 장본인인 엄마가 우리 집안을 망쳤다고 잠시 생각했던 것. 당시 미대에 다니던 누나와 형, 그리고 저와 아빠를 위해서 노력하신 게 아니고 엄마의 욕심 때문에 일을 그르쳤다고 조금이라도 엄마를 오해했던 것. 왜 그렇게 됐는지에 대해 무지했던 아들이 이제야 용서를 빕니다. 엄마 덕분으로 그토록 많은 것을 누렸는데, 당당하시던 엄마가 식당에서 일하면서 얼마나 힘드셨을지는 헤아리지 못했습니다.

차마 자식인 우리 남매에게는 아무 말씀도 못 하셨겠지만 아버지에게 더 섭섭하셔서 끝내 닫아버리신 그 마음, 홀로 쓰린 마음을 달래셨어야 했을 그 외로움이 이제야 보입니다. 하지만 엄마, 10년이 지났는데도 여전히 한 식탁에서 식사를 하지 않으시고 아빠와 말씀을 안 나누신 지도 너무 오래됐습니다. 아빠도, 엄마도 많이 힘드셨겠지요. 그것을 지켜보는 저도 편치 않습니다.

지난번에 엄마와 화해하고 싶으셔서 아빠가 쓰신 편지에서, 저는 아빠가 얼마나 엄마에게 미안한 마음을 가지고 계신지 알았어요. 그때 위로해주기는커녕 마음 아픈 말들만 하셨던 것을 후회하신다고 구구절절이 쓰셨어요. 이대로 쏜살같은 세월이 또 흘러버려서 엄마가 마음을 여실 때까지 아빠가 엄마를 기다려주실 수 없는 일이 생길까 봐 막내아들은 불안해집니다.

엄마가 말씀하신 대로 이제 저도 결혼을 생각해야 할 나이인데 새 식구가 생기게 되면 부모님의 그런 모습을 보여주기 싫습니다. 엄마, 그동안 마음의 스승을 만나서 개인 대학을 만들어 졸업할 만큼 열심히 공부하고 책도 네 권이나 내며 지금껏 달려온 막내아들에게 선물이라 생각하시고 이제 그만 아빠의 사과를 받아주시면 안 될까요? 그토록 싫었던 이 동네가 이젠 오래전 기억처럼 푸근해지고 다시 고향 같아집니다. 부모님이 그 일을 겪으면서도 왜 이곳을 떠나지 않으셨는지 조금은 알 것 같습니다.

넘어진 곳에서 벌떡 일어나 그곳을 다시 환하게 마주할 수 있는 것, 그게 부모님이 저희 3남매에게 가르쳐주신 교훈입니다. 일요일인 내일은 늦잠을 조금만 자고 일어나 아침 겸 점심으로 자장면 세 그릇을 배달시키려고요. 엄마, 아빠, 그리고 저, 이렇게 셋이 한 식탁에서 자장면을 먹는 거예요. 참, 누나랑 형도 부를까요?

그런데 엄마, 이 글을 쓰는데 왜 눈물이 나려 하지요? 아무 일도 일어나지 않았던 10여 년 전 그때, 막내아들은 그때가 너무 그리웠나 봅니다. 자장면 한 그릇을, 아빠가 좋아하시는 청국장을 온 가족이 한 식탁에서 다시 먹는 데 걸린 10년은 아무리 생각해도 너무

길어요. 하지만 우리 가족이 건강한 것이, 이렇게 다시 모여 자장면을 먹게 된 것이 감사하기만 합니다.

　올해에는 다섯 번째 제 책이 나오게 될 거예요. 그동안 엄마를 위해 더 열심히 살고 싶었던 예쁜 막내아들, 자장면으로 축하해주실 거죠? 사랑하는 엄마!

"가족들과 일요일 아침이면 배달시켜 먹던 것이었는데 그 흔한 자장면 한 그릇도 마음 편히 먹을 수 없다는 것이 너무 비참했습니다."

IMF의 여파로 가정이 경제적인 어려움에 처하는 것을 지켜봐야 했던 청년의 말입니다. 자장면조차도 이젠 먹을 수 없는 '불가능'의 의미를 지니면서, 자장면은 더 이상 소소한 즐거움이 아닌 고통의 상징으로 바뀌고 만 것입니다. 이런 경우에 대비해서 에피쿠로스는 현명한 조언을 남겼습니다. "즐길 수 없게 된 것으로 인해 고통스럽다면 그것을 더 이상 즐기지 않는 것으로 바꿔라." 그의 말에 기댄다면, 즐길 수 없는 자장면이 아니라 '즐기지 않는' 자장면으로 바꿔야 하는 것이겠지요.

청년은 제가 쓴 편지를 부모님에게 보여준 뒤 두 분을 식사에 초대했습니다. 10여 년 만에 같은 식탁에 앉아 함께 식사하게 된 것이지요. 그 이야기를 듣고 저는 오랜 침묵으로 서먹했을지도 모르는 그 식탁에서 나지막하고 따뜻한 말들이 오가는 시간을 보냈길 바랐습니다.

승진에서 밀렸거나 실직을 당했을 때, 사업체가 도산했을 때 사람들은 대부분 사회적 관계망에서 자신을 고립시킵니다. 그 까닭에는 여러 가지가 있겠지만, 가장 큰 이유는 타자에게 보이는 자신의 초라한 모습을 용납할 수 없어서입니다.

에피쿠로스는 〈메노이케우스에게 보내는 편지〉에서 "너를 괴롭히는 것은 너를 모욕하는 타자가 아니라 그것을 모욕이라고 생각하는 마음이다"라고 말했습니다. 타자를 의식하는 나를 넘어서서 나의 마음을 먼저 살피는 것, 그게 오늘의 장애를 최소화할 수 있습니다.

평생을 살아오며 부부가 함께했던 희로애락은 다른 무엇과도 바꿀 수 없는 귀한 보석과 같습니다. 중년기를 지나고 있는 저도 한동안 아침에 일어나 침대에서 눈을 뜨면 몹시 우울한 감정이 찾아와 베개를 적시던 때가 있었습니다. 좀더 누워 있고 싶어도 묵직한 몸을 이끌고 자리에서 벌떡 일어나서 움직여야만 그 우울한 감정이 사라졌지요.

얼마 후 저의 상담 지도 선생님이신 슈퍼바이저에게 상담을 받으면서야 제가 왜 그토록 우울한지 알았습니다. 저는 나이가 든다는 것을 인식하면서 제게 허락된 시간이 얼마 남지 않았다는 강박증을 앓고 있었습니다. 평생 공부에 매진하면서 워크홀릭에 가까운 일중독에 빠져 정신없이 살았던 제가 앞으로 더욱 열정적으로 활동할 수 있는 시간은 물론, 무엇보다 가족과 함께할 수 있는 시간이 이제 얼마 남지 않았다는 불안함이 강박을 넘어 우울증으로 진행되던 시기였습니다. 단명하신 어른들이 많은 가족 환경으로 인해 조기 죽음 염려증이 저의 트라우마가 되어버린 것입니다.

어떤 날은 연구실에 앉아 노년에 관한 글을 쓰다가 저도 모르게 하염없이 흐르는 눈물을 닦지도 못하고 있는 제 자신을 속수무책으로 바라만 보던 날도 있었습니다. 또 어떤 날은 아침에 헤어진 남편과 아이들이 애틋해져 전화로 목소리를 확인할 때까지 불안했던 적도 있습니다. 슈퍼바이저 선생님께 상담을 받고 명상하고 기도하는 시간이 늘어가면서 편안해졌지만, 자신에게 남은 시간이 얼마가 될지는 누구도 알 수 없습니다. 그러니 우리는 우리가 가진 사랑을 한껏 나눠야 합니다.

노년은 무엇보다 관용과 조화가 덕목인 시기이고, 힘껏 살아온 지난날의 경험을 후대에게 지혜롭게 전해줄 수 있는 힘을 가진 세대입니다. 거기에 한 가지 취미가 있어 그것을 자녀나 손자들과 나누고 자원봉사로까지 이어진다면 더 바랄 것이 없이 행복한 노년을 향유할 수 있으실 것입니다. 또한 평생을 살아오며 부어온 최고의 적금인 '함께 나눈 추억'을 꺼내어 가족과 소통하는 도구로 써보세요. 노년이 유쾌할 것입니다. 지혜롭게 노년에 다다른 모든 어른들에게 존경을 표하며 그분들이 적금을 한 푼도 남기지 말고 행복하게 다 쓰시길 기원합니다.

용맹한 투사 같은 당신, 고마워요

 햇빛이 너무나도 투명한 날이군
요. 당신이 막 차를 운전해서 아파트 광장을 빠져나가는 걸 봤어요.
15년도 넘은 차를 당신의 애마라면서 고집을 피우며 타고 있는데,
저는 가끔 그 차가 복잡한 도심 한복판에서 서버릴까 봐 불안해집니
다. 비라도 쏟아지는 날에 그런 일을 당한다면 큰 낭패 아니겠어요.

30여 년을 하루처럼 회사로 출근하는 당신의 모습이 오늘따라
더 든든하게 여겨져요. 다들 불경기라고 하는데 일이 밀려 바쁘다
는 말을 들으니 더 고맙고요. 비록 서방님과 함께 소규모로 시작한
사업이지만, 당신과 서방님의 성실한 모습이 몇십 년 고객을 만들
어 오늘이 있는 거겠지요.

지난주 토요일, 돌잔치에서 우리 손녀딸 혜인이는 정말로 예뻤
지요. 우리 맏딸 해님이만 한 미인은 눈을 씻고 찾아봐도 없었어
요. 사위도 더할 나위 없이 우리에게 잘하고. 사위를 겪어보면 볼

수록 해닙이는 결혼을 아주 잘했다는 생각이 들어요. 그날 당신이 혜인이를 안고 있는 모습을 한참 동안 바라봤는데, 당신은 아이가 칭얼대는 줄도 모른 채 생각에 잠겨 있더군요. 사위가 혜인이를 받아 들 때까지 당신은 한동안 18층 아래를 내려다보고 있었어요.

말은 안 해도 우리 부부는 똑같은 생각을 하고 있었겠지요. 작년 이맘때 우리에게 등을 보이고 먼저 가버린 불효막심한 막내아들 별이. 그 아이가 있었다면 누이를 좋아했으니 제 조카 생일날이라고 그 잘생긴 얼굴로 삼촌 노릇한다며 꽤나 바쁘게 그곳을 오갔을 거예요. 당신도 저처럼 내내 그 생각을 하고 있었다는 걸 어찌 모른다고 하겠어요.

그렇게 오토바이를 타고 다니면서 애면글면 부모 속을 태우다가 드디어 취직을 했던 별이. 사고가 났던 그날 아침, 별이는 첫 직장에 들어가 첫 월급을 탔다면서 굳이 자고 있는 당신을 흔들어 깨웠어요. 그러고는 며칠 후에 다가올 당신의 생일선물이나 사시라면서 봉투를 내밀었어요. 그런 자신이 스스로도 대견한지 가벼운 발걸음으로 집을 나서던 그 아이의 늠름한 어깨가 떠올라서 자꾸 눈가가 매워져요.

원두커피를 한 잔 내려서 습관처럼 별이의 방에 들어왔어요. 시간순으로 걸려 있는 그 아이의 사진들은 언제 봐도 근사해요. 저를 닮아 오뚝한 콧날, 당신을 닮아 단정한 입언저리, 기다란 팔과 다리. 이렇게 별이 책상에 앉아 있노라면, 우리의 멋진 작품이라고 그 아이를 키우며 함께 웃었던 우리의 웃음소리들도 어디선가 들려와요. 별이의 야구복, 모자, 방망이라도 한번 쓰다듬다 보면 아직도 마음은 천 갈래로 찢어집니다. 언제든 당신이 없는 틈을 타서 별이 방을 말끔히 치워보려고요. 그 아이의 물건들을 보니 자꾸만 생각이 나서 안 되겠어요. 그러지 말라고 극구 말리는 당신이 없을 때 그 일을 해야 하지 않겠어요?

오늘 당신이 좋아하는 연포탕을 끓이려면 싱싱한 낙지와 박을 사러 노량진 수산 시장에 다녀와야겠어요. 며칠 전에 당신의 정기 검진 결과가 궁금해서 주치의에게 전화를 걸었더니 당신이 식사량을 더 늘려 체중을 좀 불리는 게 좋겠다고 하더군요. 제법 예전처럼 보기 좋았던 당신의 모습이 별이가 가고 난 후에 식사량이 적어지면서 체중도 다시 많이 줄어들어 걱정스러운 것 외에는 모든 수치가 정상이랍니다.

6년 전에 당신이 위암 3기라는 소식을 처음 들었을 때 우리 모두 말은 못 했지만 당신을 잃을지도 모른다는 극심한 불안감에 시달렸어요. 위를 잘라내는 수술과 함께 몇 번의 대수술을 치러내며 당신이 보여준 투혼은 지금 생각하면 당신이었기에 가능한 일이었어요. 부모님이 돌아가시고 당신 3형제가 똘똘 뭉쳐 살아온 그 세월만큼 쌓인 인내심과 결속력……, 우리 가족도 가족이지만 아주버님이나 서방님, 동서들이 보여준 그 마음이 당신에게 얼마나 큰 힘이었는지 잘 알아요.

열심히 가족을 부양하면서도 예인처럼 붓글씨를 쓰고 가끔 시도 짓는 당신이 얼마나 가족을 끔찍이 아끼는지, 그 덕분에 지금 이 나이에도 제가 어디를 가든 곱다는 이야기를 듣는 건 남편 잘 만난 제 복이지요. 제가 잘한 일이 있다면 그건 당신과 만나 함께 산 세월이에요. 서로 충분히 사랑하며 함께 살았다고 생각되는 30여 년의 지난 삶.

여보, 당신 말대로 별이의 방을 그냥 놔둬야 할까요? 제가 그것들을 보면서 별이가 생각나 자꾸 울게 된다고 말했지만, 사실은 산 자와 죽은 자를 구분하는 일에 익숙한 우리 문화 때문에 좀 꺼림칙했던 이유도 있었어요. 하지만 당신 말대로 죽음이 삶과 다른 것이 아니라 삶과 같은 것이라면, 당신이 원하는 대로 별이의 방을 치우지 않는 것도 나쁘지 않겠다는 생각이 문득 듭니다. 하기야 외국 영화를 보면 그네들은 망자의 방을 그대로 보존하면서 죽음을 일상 곁에 두잖아요. 당신이 원하는 대로 그대로 놔둘게요. 지금은 울지만, 언젠가는 그 아이가 우리에게 주고 간 것을 웃으며 기억할 수 있는 날이 오리라 믿으면서요.

오늘은 좀 바쁘군요. 당신에게 말은 안 했지만 오늘 동서들과도 잠깐 만나기로 했어요. 당신이 차를 바꾸면 꼭 ㄱ 차로 바꿀 거라던 차를 보러 가기로 했거든요. 당신의 차를 바꿔주려고 생활비에서 따로 떼어 3년 동안 돈을 모았는데, 형님과 막내 동서도 다들 당신의 차가 걱정됐는지 좀 보태준다네요. 형제들이 별이를 잃고 상심한 우리 부부를 위로해주고 싶으신 거겠지요. 영업소에 진열되어 있던 차를 할부금 없이 현금으로 싸게 살 수 있다고 해서 다들 같이 가기로 했고 아주버님과 서방님도 잠깐 들르신답니다. 그러니까 당신 몰래 번개를 치는 셈이지요. 동서들과 함께 차를 계약하고 장도 보고 맛있는 점심도 먹으려고요.

아! 참, 오늘은 야근하지 말고 일찍 집에 들어오라고 당신에게 전화를 거는 것도 잊지 말아야겠어요. 어서 저녁이 왔으면 좋겠어요. 새 차를 본 당신이 괜한 짓을 했다고 잔소리하면서도 기뻐할 모습을 빨리 보고 싶어요. 이번 주말에는 해님이네 가족을 태우고 가까운 강가에 다녀오면 좋겠어요. 거기서 혜인이에게 지난번처럼 당신의 자작시를 읽어줘도 좋겠지요. 어쩌다 저는 이렇게까지 당신을 사랑하게 된 걸까요? 삶을 지독히 사랑하는 당신, 병마와 싸워 이기고 또다시 그토록 사랑하던 아들을 잃은 슬픔을 삭이며 절망적인 상황 앞에 한 번도 무릎 꿇지 않은 용맹한 투사 같은 당신.

위급한 상황에서도 저를 먼저 챙기며 남자임을 잊지 않으려 노력하는 당신을 사랑하지 않는 게 더 어려운 일이라는 것을 다시금 깨닫는 아침입니다. 오늘은 당신이 한번쯤 제 어깨에 기대어 큰소리로 울어도 따라 울지 않고 당신을 안아줄 수 있을 것 같아요.

별이한테 아빠에게 드디어 새 차를 선물하게 됐다고 이야기해주고 이제 외출을 해야겠어요. 국물이 부드러운 연포탕을 끓이려면 물이 좋은 낙지를 사야 하니 서둘러야 해요.

지난해에 이 편지글을 썼는데 그사이 그녀의 남편은 갑상선 암이 발병하여 또 수술을 받아야 했습니다. 시련에 시련이 겹친 이 가정을 지켜보면서 저는 그녀와 그녀의 딸, 그리고 남편이자 아버지인 그가 존경스러웠습니다.

어떤 경우에도 서로의 곁을 지켜주는 그들은 시련 속에서도 묵묵히 제 할 일을 해내며 가정을 지켰습니다. 그 과정에서 사소하게 마음을 다치거나 상심하는 일이 생겨도 두 손을 꼭 맞잡고 앞으로 나아가는 그들의 모습은 저를 감동시켰습니다. 이미 벌어진 상황을 긍정적으로 수용하고 그 상황에서 자신이 할 일을 찾아 최선을 다할 때 시련은 더 이상 시련이 아닐 수도 있다는 것을 이 가족에게서 배웠습니다.

가족의 힘은 함께하는 데에서 비롯합니다. 그런데 요즘은 결혼을 망설이는 싱글이 늘어나고 있습니다. 물론 혼자이거나 가족과 함께이거나 시간의 속도는 같습니다. 그러나 누군가 지켜봐준 시간의 힘은 훨씬 세어 그 에너지는 상상도 할 수 없을 만큼 커집니다.

가족은 서로의 희로애락을 포근하게 비춰주는 햇빛 같은 존재입니다. 가족끼리는 따뜻한 포옹만 자주 나눠도 마음이 화사해집니다. 처음에는 다소 어색하겠지만 일주일에 한 번만이라도 서로를 안아줄 수 있다면 그곳이 바로 천국입니다.

순기능 가족이 서로에게 미치는 영향은 바로 축복과 같은 것입니다. 일관성 있는 태도로 따뜻하게 소통하는 가족은 텔레비전 드라마 속에만 있는 것이 아닙니다. 우리의 가족으로도 얼마든지 만들 수 있습니다.

요즈음 노부부는 막 탄생한 둘째 손녀딸을 돌보고 있습니다. 이 가정에 온 새 생명은 보다 각별한 축복의 의미이며 희망입니다. 둘째 손녀딸의 탄생을 축하하며 유쾌하게 웃으실 일이 많기를 바랍니다.

가족에 대해 알게 된 소중한 것들

이 책에서 가장 많이 쓰인 말은 '알게 되었다'는 말이다. 심리학을 통해, 구본형변화경영연구소와 함께성장연구원, 그리고 상담, 또 이 책을 쓰면서 알게 된 것들. 함께성장연구원을 이끌고, 상담심리소를 통해 사람을 만난 것은 희미해졌던 것 또는 모르고 있던 것을 알게 되는 순간을 사람들과 함께 경험하고 싶어서였다. 알게 되면서 나도 품을 수 없을 만큼 좁았던 품이 나와 너를 품고, 우리를 품게 된 경험의 기쁨을 나누고 싶었기에 말이다. 그러나 알고 있는 것을 일관되게 실천하는 것에는 끊임없는 수행이 요구된다.

30편의 가족 편지를 쓰는 내내 기쁘기도 슬프기도 했다. 응원을 담은 이 편지로 인해 가족이 마음을 열게 되는 계기가 되었고, 무엇보다 편지의 주인공에게 위로가 되었다고 믿는다.

이제 마침표를 찍는 순간에 내가 왜 이 책을 꾸려야 했는지 다시 알게 된다. 함께쓰는글터에서 '100일간 치유와 코칭의 글쓰기' 프로그램을 진행하는 동안 한 기수가 된 10명은 가족사부터 나누며 서로의 개인사를 이해하게 된다. 100일을 달려 레이스가 끝났을 때, 자신만이 가졌던 아픔이라고 여겼던 상처는 서로의 상처를 보듬으면서 강한 내성이 생긴다. 이 책이 세상에 나아가 그런 역할을 할 수 있기를 바랐다.

나만이 가진 아픔이 아니며, 그 상처를 보듬어 앞으로 다시 나아갈 수 있다는 것, 또한 이 책에서 아버지의 사례가 특히 두드러진 것은 나이가 들면서 가족에게 소외받고 있다는 위기의식을 가진 아버지들에게 도움이 되기를 바랐던 까닭이다. 상담을 진행할 때 사례마다 중요한 것들은 발달단계별로 반복하였음도 밝혀둔다.

열심히 살고 있는 분들의 사례를 쓰는 것이 쉽지 않았기에 원고가 진행이 안 될 때면 누군가에게 선물하고 싶은, 우리네 삶의 전하고 싶었던 초심을 기억했다.

이 책은 지난날의 내 마음과 같았던 가족에게 바치는 책이다. 사랑하지만 타성 때문에 사랑한다고 말하는 것을 잊어버린, 사랑받고 싶지만 어떻게 사랑받아야 할지 몰라 혼자 울고 있는 가족. 나 또한 심리학에서 답을 찾았지만 그것이 전부가 아니기에 내 생이 끝날 때까지 노력하며 함께 가야 할, 그러나 은혜로운 가치가 있는 가족.

이 책에서 가장 많이 쓰인 말 '알게 되었다'에 기대어 알게 된 것을 실천하는 당신이 유쾌한 가족 신화를 쓸 수 있기를 응원한다. 무엇보다 가르치는 가족이 아니라 함께 즐기는 가족일 때 창의성, 삶의 에너지가 넘친다는 것을 전하는 것이 이 책의 소명이다.

이제 감사의 인사를 전해야 할 시간이다. 가족으로 함께 지켜본 세월이 20여 년, 뿌리 깊은 나무처럼 곁을 지켜준 남편에게 고마움을 전한다. 사랑하는 아이들, 부모의 일상이 무엇인지 묵묵히 보여주시는 오빠 내외. 사랑하는 조카들, 시댁의 가족들.

가톨릭대학교 박영석 교수님께 감사하다는 말씀을 드리고, 서로에게 든든한 버팀목이 되어주는 가톨릭대학교 동문들, 지현배 신부님께도 인사를 전한다. 무엇보다 2년간 함께해온 함께성장연구원의 연구원, 문우 들과 출간의 기쁨을 함께하고 싶다. 유일하게 책을 읽어준, 좋은 친구 세희에게 고마운 인사를 전한다.

원고에 공감해주신 박재호 편집장님, 출판할 수 있도록 도와주신 비아북 한상준 대표님, 좋은 책을 만들겠다는 애정을 보여준 이둘숙 팀장님, 일러스트 전지나 작가에게도 애썼다는 인사를 전한다.

그리고 20여 년 동안 고향처럼 마음을 오롯이 기댈 수 있었던 KBS1 FM의 음악으로 받은 위로를 어떻게 감사할까. 신뢰 깊은 목소리의 정만섭, 정세진 아나운서, 이제 막 〈세상의 모든 음악〉의 마님이 된 정은아 아나운서, 골똘하게 해주는 〈당신의 밤과 음악〉의 이미선 아나운서, 시간이 늘 짧은, 상상력을 키워주는 〈전기현의 음악풍경〉, 김미라, 김경미 작가. 지난 20여년 매일, 함께 지낸 또 하나의 가족이었기에 지면을 빌려 무한한 감사의 인사를 전한다. 내 글쓰기 힘의 원천인 주옥같은 프로그램. 앞으로도 오래도록 나와 함께할 다정한 벗이다.

늘 지켜주시는 그분, 하느님께 나와 함께하는 분들을 부탁하는 기도로 하루를 여는 내 기도의 끝은 항상 같다. '지금, 여기에 있게 해주셔서 고맙습니다. 오늘 하루, 온전히 살겠습니다.' 다시금 사랑이신 그분께 감사의 기도를 드린다.

삶을 지독히 사랑하는 욕심쟁이의 하루를 닫으며.

2011년 화사한 5월

인사동 함께성장연구원에서

정예서

"편지 상담을 희망하시는 분은 사연을 적어 아래 주소로 보내주세요.
성장심리상담사의 격려와 응원이 담긴 메시지를 받아볼 수 있습니다."

(편지지는 절취선을 따라 잘라 쓸 수 있습니다)

:: 보내실 곳

(110-718) 서울특별시 종로구 관훈동 197-28 백상빌딩 본관 10층 1004호
함께성장연구원, 정예서 앞